有爱的青春陪伴者

驰野

DING
SHI
SAN

丁十三 /著/

Chi ye

河北出版传媒集团

花山文艺出版社

河北·石家庄

图书在版编目（CIP）数据

驰野 / 丁十三著. -- 石家庄 : 花山文艺出版社,
2020.7
ISBN 978-7-5511-5173-3

Ⅰ. ①驰… Ⅱ. ①丁… Ⅲ. ①长篇小说－中国－当代
Ⅳ. ①I247.5

中国版本图书馆CIP数据核字(2020)第085207号

书　　名：驰野
　　　　　CHI YE
著　　者：丁十三
统筹策划：张采鑫
特约编辑：琵　琶　王　琼
责任编辑：于怀新
美术编辑：胡彤亮
责任校对：卢水淹
装帧设计：刘　艳　Cain酱
封面绘制：林　萩
出版发行：花山文艺出版社（邮政编码：050061）
　　　　　（河北省石家庄市友谊北大街330号）
销售热线：0311-88643221/29/35/26
传　　真：0311-88643225
印　　刷：湖南凌宇纸品有限公司
经　　销：新华书店
开　　本：880×1230　　1/32
印　　张：8.5
字　　数：200千字
版　　次：2020年7月第1版
　　　　　2020年7月第1次印刷
书　　号：ISBN 978-7-5511-5173-3
定　　价：38.00元

目录
contents

001—— **第一章**
最帅赛车手

026—— **第二章**
且逢花雨下

049—— **第三章**
天才揽少年

061—— **第四章**
追风也追你

089—— **第五章**
表白超时速

112—— **第六章**
甜美的秘密

目录
contents

129—— **第七章**
暗恋请直行

146—— **第八章**
恋爱协奏曲

170—— **第九章**
寒风吹不过

192—— **第十章**
春夜潜入梦

215—— **第十一章**
青空黄昏后

239—— **第十二章**
浪漫的极限

265—— **后记**

第一章

◆最帅赛车手◆

六月的天热得人发狂，郊外的柏油公路被烘烤得冒着热气，树枝上的蝉对着太阳纵情嘶吼。突然，一阵剧烈的轰鸣声打破了夏日清净，一辆黑色的重型机车从远方疾驰而来，一个漂亮的甩尾后，机车稳稳地停下，地上的尘埃微微卷起而后落下。

　　苏驰娅右脚撑着机车，摘下密不透风的黑色头盔，从兜里掏出振动个不停的手机："峰哥，我刚从刘总的公司出来，怎么了？"

　　"这次见着人了吗？"

　　"没有。"苏驰娅烦躁地甩了甩被汗浸湿的碎发，"先是秘书说开会，等了一个小时又说刘总回家了。这帮资本家，当时咱们车队夺冠的时候上赶着来赞助，现在出事儿了一个个都躲得远远的。"

　　"行了，你先别生气，刚有个作家的经纪人联系我说愿意出资赞助车队。"电话那端的男人声音因激动而有些高亢，"我跟对方约了下午见面，你没什么事儿就赶紧回来……"

　　对方话还未说完，空气中就传来一阵惊天的尖叫声，接着又是一阵踢踢踏踏的声音。苏驰娅有些听不清电话那端的声音，于是匆匆说了句"马上回去"便挂断了电话。

　　飞速将头盔戴上，苏驰娅整个人趴在重型机车上，拧动油门的瞬间，后座一沉，不知何时跳上来了个男人。

那人脸上戴着黑色口罩，冲着苏驰娅疯狂地喘着粗气，汗珠顺着下颌滑落："哥们儿，帮个忙载我一程，开到前面随便找个地方把我放下就行。"

苏驰娅透过后视镜看到后面都是手持立牌尖叫的小姑娘，大抵掌握了情况，也没废话，直接递过去一只备用头盔，说了句"戴上"后，手腕轻拧，巨大的轰鸣声立刻压过了高亢的尖叫。

苏驰娅松离合的瞬间，整辆机车如一只奔驰的马腾空而起，在对方惊魂未定之际又稳稳落地，紧接着黑色机车如离弦的箭般冲了出去。

速度带来的反作用力让毫无心理准备的男人猛地撞到苏驰娅身上，狂风顺着身上裸露的肌肤擦过，一颗刚落下的心又被人抛掷在了半空中。

"麻烦慢点。"男人从牙缝里挤出微薄的声音，声波透过厚重的全封闭头盔弹回来。原本搁在苏驰娅身侧的双臂如藤蔓般紧紧缠绕在她腰间，男人生怕一个转弯车主就会将自己甩下。

腰腹部的紧绷感让苏驰娅感觉喘息困难，这让骑了多年机车的苏驰娅头一回萌生出想把后座之人丢下车的冲动。

加快车速直奔前面的服务站，苏驰娅一个急刹直接把车漂移着停稳。她还没来得及说话，后面的男人"嗖"地跳起冲着旁边的大树就开始干呕。

苏驰娅皱了皱眉，琢磨着这人身体素质也太差了。

摘下头盔和黑色骑行手套，苏驰娅从书包里拿出一瓶未开封的矿泉水，三两步走过去："喝口水可能会好些。"

听到声音，原本靠在大树旁边的男人明显一愣，深棕色的瞳仁里倒映着几分不可置信，脱口问道："你是个女人？"

原本就对性别很敏感的苏驰娅闻言拧起双眉，坚硬的刺立刻竖起："不然呢？"

意识到自己方才的话似乎有些不妥，男人站直身子道歉："我没别的意思，就是方才戴着头盔没能看清你的脸，加上骑重机的男人比较多，所以误会了。"

"今天的事儿多亏了你，谢谢了。"他说着接过苏驰娅递来的水，"咕咚咕咚"喝了两口，这才恢复些许精神，"刚你带着我奔腾起来的动作挺帅的，怎么弄的？"

苏驰娅抿了抿唇，前轮起跳一般是炫技动作，方才她加速油门时不小心误放了离合，原本就是错误动作，如今对方问起，她更是无从解释。

苏驰娅不想承认自己那瞬间的走神，看了眼手机上的时间，不欲多言："机车进不去市区，所以先把你放在这儿，附近打车也比较方便，我接下来还有事，先走了。"

"等等！"男人飞速往前走了两步，赶在苏驰娅离开前问道，"我叫迟野，还不知道你的姓名？"

"苏菲。"

很快，苏驰娅的声音在空气里消散，就如同那道绝尘而去的身影。

苏菲？

迟野凝望着逐渐变小的身影，嘴角轻轻往上扬了扬。

没了迟野这个"小包袱"，苏驰娅一路狂飙回到了 MFC 车队，推开车队总经理韩峰的办公室门就问道："刚你在电话里说下午约了谁，新的赞助商吗？"

"坐下说。"韩峰起身倒了杯水递给苏驰娅，"上午有个作家经纪人联系我，说他家老板愿意出资赞助我们下个赛季的比赛。具体条件还不知道，约了四点在车队见面细聊。"

"你说投资商是个作家？"苏驰娅眼底泛起的光立刻暗淡了下去，"现在连周边广告商都不愿意出资，无利可图的作家怎么可能会跨界蹚这浑水，别又是想借着这件事趁机炒作的。"

"即便是炒作也要试试，现在只要有一线希望我们都不能放弃。"

闻言，苏驰娅手上的动作一顿，轻叹了口气："峰哥对不起，要不是因为我，车队也不至于……"

"都说了事情过去了就不要再提，车队也没有人怪过你。"韩峰粗声打断苏驰娅未说完的话，拍了拍苏驰娅的肩膀，"好了，下午你跟我一起见见这个作家，我们不需要什么天价供应商，只要资金能确保下一赛季顺利进行就够了。"

苏驰娅点了点头，以车队现在的情况，也的确只能走一步算一步。

下午，不知在韩峰办公室喝了多少杯水，苏驰娅终于将那位传说中的作家投资商盼了过来。这是车队出事后，第一个主动联系他们说要投资的赞助商，所以韩峰极为重视。

听说作家脾气多少都有些古怪，去会议室前，韩峰就担心万一发生什么不愉快，苏驰娅会控制不住自己的火暴脾气，特意叮嘱她无论对方做什么都要牢记对方的投资商身份，千万不能发生冲突。听得苏驰娅都有些怀疑人生，不明白自己在韩峰心中究竟是什么泼妇形象。

透过会议室的透明玻璃，苏驰娅看见里面坐着一男一女两个人。

女人将长发在脑后盘起，身上穿着得体的套装，脸上是一副不苟言笑的严肃表情。而男人松垮地坐在椅子上，脸上挂着墨镜，苏驰娅窥不得面貌，只觉得这人与自己原本构想的男性作家都是抠脚大汉的形象有所出入，长相干净清爽，足以秒杀一众小鲜肉。

只是，好像有点眼熟？

听到开门的声音，座位上的女人率先起身，细高跟踩在地板上发出"哒哒"的声音，她走到韩峰面前自然地伸出手："你好，我是今天上午和你联系的季妃娜。"

肉粉色的亮甲油在阳光的照射下显得更加明亮，车队除了苏驰娅都是一水儿的男孩，突然出现个这么精致的女人，韩峰黝黑的脸上闪过了一丝暗红，赶紧伸出手："你好你好，我是 MFC 车队俱乐部的经理韩峰。"

季妃娜往旁边站了站，指着座位上的男人说道："这位是我的老板，迟野。"

迟野起身，慢慢摘下墨镜，和苏驰娅视线相对，吸了口凉气，脱口惊呼："是你？"

迟野一改上午的狼狈，剪裁得当的白衬衣将他整个人的气质衬得越发出众，仿佛那个靠在大树旁干呕的男人只是苏驰娅自己想象出来的。

韩峰的视线在两人身上逡巡了一圈："你们认识？"

迟野嘴角噙着一丝笑意，伸出友谊之手说道："又见面了，苏菲小姐。"

语闭，空气诡异地停滞了几秒，韩峰抽了抽嘴角："苏菲？"

"就是我啊，我不是苏菲嘛。"苏驰娅赶忙用力掐了韩峰一下，"您记性真好，还记得我的名字啊，呵……"

"当然，这么特别的名字，我时常会在电视的广告里听到。"

好冷的笑话。

"那个……其实苏菲是我行走江湖的艺名，"苏驰娅尬笑了两声，"你叫我苏驰娅就可以了。"

谁用个卫生巾牌子当艺名。

韩峰捏了捏太阳穴，突然有种要凉凉的感觉。

会议室内，冷风呼呼地往外吹着，温度有些低，与外头热到缥缈的气温形成了鲜明对比。与苏驰娅原本的猜测不同，此次投资，迟野的团队是带着十足诚意而来的。

迟野虽然只是作家，但开出的赞助资金并不比广告商少，而且因为没有产品推广的需求，所以条件并不苛刻，只要求 MFC 车队能够培训他成为职业车手。

这样优渥的条件几乎是白送钱，由于合同谈得过于顺利，导致一向不会隐藏自己情绪的韩峰盯着迟野双目放光，嘴角那抹谄媚的笑容让苏驰娅简直无法直视。

现场一片和谐，只有苏驰娅与周围的环境格格不入。

就在双方开始商谈签订合约之时，苏驰娅终于忍不住"啪"地把合同扣在桌子上："迟老师，关于合同最后的附加条件，我不是很清楚。"

迟野抬眸，苏驰娅飞速把合同翻到最后的补充条款页："就是这句，'投资期间由苏驰娅小姐担任迟野先生的专属赛车教练，并负责迟先生在 MFC 车队的一切课程教授工作'，请问这是什么意思？"

迟野将椅子往后滑了滑，无处安放的大长腿跷起，右手支着下巴回答道："就是字面上的意思。"

苏驰娅眉头皱成一团："迟老师，您可能不太清楚我们车队的状况。我不是 MFC 的教练，且已经退赛，目前并没有重回赛道的打算，所以您的要求恕我不能答应。不过我们MFC有很多优秀的教练，我可以介绍技巧和能力都出众的……"

"苏小姐，现在是你搞不清状况。"不等听完，迟野伸手打断苏驰娅的话，"你现在好像没有资格和我谈条件，你答应，我投资；你不答应，合同作废，就这么简单。"

这副懒散又强势的样子，哪里还有半点上午那个弱不禁风小可怜的影子！

两人隔着长桌遥遥对视，韩峰仿佛都能看见空气里噼里啪啦地燃烧着火焰。

苏驰娅深吸了两口气，突然觉得韩峰之前对她的嘱托实在是很有先见之明，这位大作家果然很有气死人的本领。

心里默念了几遍"他是财神爷"之后，苏驰娅语气稍稍变得缓和："那我可以问一下选择让我当教练的原因吗？还是说身为乙方，我连询问的权利都没有。"

"你当然有。"迟野扬了扬眉，"上午你让机车飞起来那招挺帅的，感觉比较适合我。到时候设计课程，你可以先从那个动作入手。"

苏驰娅："……"

韩峰点头哈腰地把人送走，重新走到会议室，关上门扭过头的瞬间，脸上的笑容消失，一张脸黑得堪比包拯。

没注意到韩峰表情变化的苏驰娅还在叽叽抱怨着："你瞧瞧刚才迟野什么态度，他可搞清楚了，今天把他从水火中拯救出来的人是我哎，结果这才隔了几个小时就反过头来威胁我了！"

“说完了？”

过于阴沉的语气让苏驰娅后知后觉地发现韩峰有点反常，闭上嘴“嗯”了一声。

“说完了咱们就谈谈‘苏菲’的事儿吧。骗人还敢骗到投资商头上了，苏驰娅你现在真是胆子大了啊。”

苏驰娅张了张嘴，刚想解释，就听见韩峰继续说道：“还有迟野说的‘飞起来’是怎么回事，你当骑机车是耍杂技？MFC队员在外面骑机车时的‘三个不许’是什么，你再给我背一遍。”

韩峰在苏驰娅心中一直都是如兄长般的存在，加上前轮起跳确实是她的失误……不占理的苏驰娅立刻偃旗息鼓道：“不许飙车，不许杂耍，不许载人。”

“很好，三条里犯了两条。”韩峰黑黢黢的脸更黑了，“你知不知道你现在正处于事业的低谷，多少媒体、同行等着看你笑话顺便踩你一脚，再踩咱们 MFC 一脚。打开微博，热搜五条里三条是你，还有一条是咱们 MFC 车队，你不为自己考虑，也得为车队考虑吧。”

苏驰娅咬了咬唇，没有回答。

韩峰叹了口气：“算了，一个月内出门都只能开汽车或打车，你的机车暂时没收。”

通常，在车队韩峰就是绝对权威，苏驰娅上交了钥匙，放在桌子上的手机突然振动了两声。

苏驰娅看了眼短信上的内容，抬头对韩峰说道：“检修部给我发的消息，那边说亚洲 GP 赛事故检修结果已经出来了，需要我去组委会签字。”

“现在就要过去？”韩峰眉头紧皱，担心地看了眼苏驰娅，“你等我安排一下，一会儿送你。"

"不用，你接下来不是还有会要开，我自己打车过去就行。"苏驰娅揪了揪自己细碎的短发，"为了我的事儿你们已经够烦心的了，没必要再因为这点小事浪费时间，再说只是确认一下，很快的。"

韩峰想了想，估摸着只是签字应该出不了什么大问题，于是点了点头："有什么事随时和我联系。"

另一边，迟野已经从 MFC 出来，坐在副驾神情愉悦地刷着苏驰娅的朋友圈。想到方才女人瞪圆了眼睛凶巴巴的样子，他嘴角露出一丝笑意，嗓门那么大，看来精神面貌还可以。

"你真的确定签这份合同？"季妃娜系上安全带，"虽然这是你的钱，怎么用我无权干涉，但还是劳烦你看看合同上的金额再考虑考虑。老年人买保健品至少落个东西，你弄这个车队投资，还是臭名远扬的 MFC 车队，别到时候自己辛辛苦苦码字十几年赚的版权费全投进去，连个响儿都听不到就全没了。"

迟野右手撑着头，注意力全部集中在手机上。

苏驰娅的朋友圈除了一些赛程讯息和训练技巧分享之外，连张自拍照都没有。

真是一点都不像个女孩子。

"迟老师，你到底有没有听到我说话？"季妃娜微微提高音量。

"听到了。"迟野抬了抬眼皮，"今天你怎么这么啰唆。"

"如果你能正常点，我也不想跟你废这么多话。"

季妃娜翻了个白眼："上午签售会你突然丢下排队的读者跑出去的账

我就不跟你算了，但上周你不经过我同意私自把两部作品卖给影视公司变现，是不是不太妥当？你这一冲动，咱们直接亏损两千万。"

迟野嫌弃地皱眉："张口闭口都是钱，人总得为了梦想买单。"

"因为担心车祸而放弃考驾照的人居然嚷嚷着玩赛车，你不觉得这个梦想有点过于远大？"

"别忘了，我有摩托车驾照。"迟野把手机屏按灭，若有所思地点了点头，"不过我觉得你说的话有道理。"

这是终于醒悟了？

季妃娜松了口气："合同还没签，现在放弃还来得及。"

迟野摇了摇头："我是说你提醒我了，光有摩托车驾照还不够，记得一会儿帮我查查两年前报的汽车驾校还能不能学，和那边的教练预约下时间，毕竟技多不压身。"

得，还是没听进去。

季妃娜也不再废话，兀自启动汽车。

车内终于恢复安静，迟野放下车座，刚想躺下，扭头就瞧见苏驰娅耷拉着脑袋从车队门口走出来。

他记得方才听韩峰说 MFC 车队一个小时后有个会议要开，应该是终于准备商议亚洲 GP 赛后的公关事宜。按理，苏驰娅应该在场才对，她现在离开做什么？

"等等再走。"

迟野脊背立刻挺得笔直，如鹰隼般的双眸透过漆黑的玻璃盯紧女人，看见她伸手拦了辆出租车后，他才沉声说道："跟上那辆出租车。"

落日西垂，天边的云渐渐压下，翻卷的云彩被浸染成了橘色。原本舒适而宁静的傍晚，此时却被一众媒体记者的喧闹声打破。

半小时前还冷清的组委会大楼门口，短时间内围满了闻风而动的记者，他们仰着头蹲在外面，一个个如同猎鹰翘首等待着。

大楼外的人群让苏驰娅脸色有一瞬苍白，她环视了一下大楼的内部结构，除了面前的门没有其他出口。她手指滑了滑通讯录上的姓名，想了想还是打开 App 叫了一辆出租车，确认对方快到门口才深吸了一口气，敛神走了出去。

如预料的那般，苏驰娅一露面，无数只话筒立刻戳到她面前，无数闪光灯在面前闪烁。

"苏小姐，这次您来组委会是为了确认亚洲 GP 赛的判定结果吗？"

"您如何看待亚洲 GP 赛因您操作失误而造成的事故？身为肇事者，您安然无恙，而您的队友 Kay 却仍旧生死未卜，您是否心怀愧疚？"

"MFC 如今损失您和 Kay 两名大将，事发后投资商也纷纷解约，有传闻 MFC 现在已经停止训练，请问 MFC 是否正在面临解队危机？"

问题如雨点落下，记者的提问让苏驰娅仿佛回到了亚洲 GP 赛的现场，摔落的机车、撞上来的队友，还有尖叫的人群……种种画面在她脑海里倒放。

苏驰娅手指抠紧手心，眼睛已经没了最初的坚定，透过人群四处张望着自己叫来的出租车。

"贱人，滚出 MFC！滚出赛车圈！"

突然，疯狂的车迷从外面冲过来。

"把 Kay 还给我们！要不是因为你，Kay 也不会出事，你把 Kay 还给我们！"

听到队友的名字，苏驰娅微微战栗，迷茫地望过去，看见几个穿着MFC应援服的女孩流着泪竭力嘶喊着，她们伸出手想要透过人群拉扯她。

苏驰娅就像被点了穴一般，一时间忘记了反应，立在原地如同一座雕塑。眼见着穿过人群的手就要抓住苏驰娅，一双有力的手敏捷地将她从人群中心拽了过去，随即，一顶黑色棒球帽牢牢扣在她的头上，将她整个人纳入怀里。

"傻了？别人拽你不会躲啊？"

低沉带了些疵气的声音从头顶传来，苏驰娅被他紧箍在怀里，除了对方的心跳听不到其余任何声音。她不知道他是谁，可那人身上的味道意外地让她感到心安。

记者还在喋喋不休地问着问题，男人用身体为她撑出了一片清净之地。眼睛被胸膛遮挡，苏驰娅看不清四周的方向，最后索性闭上眼将自己完全交给了对方。

谁说她不会难过，只是没有人知道，当人难过到极致时，心是会变木的。

她不想一个人。

至少在这一刻。

四周的声音渐渐淡去，那人手上的力度却丝毫不减。

对方身上淡淡的古龙香水味在苏驰娅鼻尖萦绕，贴着男人脸的一侧热得厉害。

苏驰娅用力挣扎了两下："可以放开我了吧？"

对方这才不情不愿地松开手臂，苏驰娅飞速往后退了两步，"谢"字在看清对方脸的瞬间被吞回去，脱口问道："迟野？你怎么会在这儿？"

一天见到这人三次，真不知是什么孽缘。

迟野避过了苏驰娅的问题，张望着四周，说道："先走吧。"

"走？走去哪儿？"

苏驰娅捏紧背包带，环视了圈周围的环境，迟野方才又将她带回了大厅。门口的记者还没有散去，纷纷踮着脚透过透明玻璃朝里面张望，苏驰娅赶忙压低头上的棒球帽，往里面站了站。

"我的车停在地下停车场，送你回家。"

坐迟野的车回家？一时间，苏驰娅有些犹豫。

就是因为载他，她的机车才被没收，也是因为他，她莫名变成了车队教练，虽然跟迟野不熟，但她总觉得自己跟面前的人沾上就没什么好事儿。

见苏驰娅面露难色，迟野看了眼手表："这里的人还有一个小时下班，是跟我走还是选择冲出去和那群记者、车迷一决高下，你慢慢想没关系。"

事实上，她哪个都不想选。

苏驰娅沉思片刻，还是低头取消了出租车订单，冲着迟野露出极敷衍的笑容："真是麻烦你了。"

还算懂事。

迟野嘴角忍不住往上提了提，又在苏驰娅看向他的瞬间恢复了原状。

当迟野理所当然地把车钥匙递给苏驰娅，自己走到副驾系好安全带的时候，苏驰娅简直被男人顺畅的操作惊得合不拢嘴。

"你让我开？"

"嗯。"迟野降下车窗，趴在窗子上无辜地点了点头，"我不会开车。"

不会开车还说送她回家！

不对，不会开车这辆车是怎么被开过来的？

仿佛知道苏驰娅的疑问，迟野解释道："季妃娜把我送过来的，她有事就先走了。"

其实是迟野把人轰走的。

苏驰娅起了疑心："你好端端的跑到这里来做什么，你该不会……"

"就许你有事，不许别人有事啊。"担心苏驰娅发现什么，迟野气急败坏地打断，"我可是刚刚拯救你于水火的恩人啊，你看看这是对待恩人的态度吗，快上车！"

苏驰娅站在原地，怎么感觉这句话听上去这么耳熟呢。

虽然苏驰娅对迟野的人品还持有保留意见，但不可否认这个男人的车还是相当不错的。

摇下车窗，轻柔的风透过缝隙吹入，远方是大片橘色的云，若旁边男人的话没有这么多，苏驰娅想自己的心情或许还能更好些。

迟野摆弄着手机："晚上想吃什么？我请你，就算是我们师徒二人第一次聚餐。"

她有答应要和他吃饭吗？

苏驰娅手指敲了敲方向盘，想了想还是问道："你难道就没有什么要问我的吗？"

"问你什么？"

"就……今天我被记者困住的事。"

迟野舌尖顶了顶腮，慎重地摇了摇头："没有。"

迟野回答完，车内陷入了短暂的沉默，只有导航里郭德纲的声音尽职尽责地播报着方向。

苏驰娅握着方向盘的手微微发紧，酝酿良久才又问道："你选择我当你教练的真正原因到底是什么？别和我说你觉得前轮起跳很帅，那个动作一般车手都会的。"

"十六岁开始你就正式入行参加比赛，其间横扫国内外各大奖项，亚洲女骑手中你位居榜首，而世界排位赛中你名列 21 名，技巧不逊色于当前在赛道上活跃的任何男车手。很长一段时间，'苏驰娅'三个字就是女性赛车手的代名词。"迟野微微侧过头，紧盯着苏驰娅，"你这么优秀，我有什么理由不选你？"

"你认识我？"苏驰娅闻言微微一怔，突然想到自己的新闻每天挂在热搜榜首，不认识也难，于是换了个问法，"既然你知道我是谁，应该对 MFC 现在的处境也有所了解，明知道我们车队的处境，你……为什么还愿意投资？"

"为什么不愿意，那场事故毕竟只是意外。"迟野顿了顿，"我反倒要感谢这次的意外，毕竟此前 MFC 还是不缺投资商的，不是吗？"

这话倒是没错，MFC 此前一直是国内最大的车队，队员苏驰娅、Kay 和杭磊并称为 MFC 三巨头，三人在国内一度掀起了机车狂潮。只是亚洲 GP 赛后，Kay 因车祸在医院接受治疗，事故主要责任人苏驰娅选择无期限退赛，只剩下杭磊还在为了梦想坚守。

一夜间，MFC 从云端坠入地狱。

男人的回答不管真假都让苏驰娅心里起了几分波澜，她将车缓缓停在路边，语气里带了几分真心："迟野，我真的不适合当你的教练。网上的舆论都是真的，今天 Kay 的粉丝也没有说错。若不是因为我操作失误，导致机车在亚洲 GP 上撞上隔离带，紧跟在我后面的 Kay 也不会闪避不及撞上，现在还躺在医院里，甚至永远都无法再回赛场。"

"我这样的技术，不适合再回到赛车的圈子。"苏驰娅深吸了口气，喉头微哽，被她硬憋了回去，"我索性和你直说吧，这次 MFC 因为保我被牵连，等到 MFC 投资稳定回到正轨，我会彻底退圈。所以……如果你真的对这行有兴趣，我可以给你介绍更优秀的教练。"

"我说了你答应我就签约，你不答应合同就作废，这个话题到此为止。"

苏驰娅脾气有点上来了："你怎么这么犟，就听不明白别人说话呢！"

"我饿了，赶快带我去吃饭。我不管，刚说好了今天师徒第一次聚餐的。"说完，迟野还不放心地补充了句，"别反驳我的意见，当心我撤资啊！"

什么时候说好了？虽然与迟野认识时间不长，但苏驰娅发现这个人极度擅长胡搅蛮缠。

原本的情绪瞬间被戳破，苏驰娅重新挂挡上路，突然想到了一个问题："不对，你是不是早就知道我是谁？"

突兀的问题让迟野心往上一提，刚想开口就听到苏驰娅气急败坏地说道："那你上午还多此一举地问我叫什么干吗，你是不是故意的？"

"对啊。"提到这个，迟野嘴边露出了一抹神秘的微笑，"不过还好我问了，如果我不问，我怎么会有机会知道你行走江湖的艺名叫'苏菲'。"

苏驰娅一口气哽到嗓子眼，竟无言以对。

好的，算他狠。

是夜。

墙上的时钟摇摇晃晃地指在了两点的位置，窗外蝉声渐停，房间里只有一缕清幽的月光顺着窗帘缝隙直射进来。

苏驰娅平躺在床上，兀自与黑夜作斗争。

只要闭上眼，赛场的那一幕便会如鬼魅般侵入大脑，漫天的自责将她整个人吞没。没有人知道自从亚洲 GP 赛后，每到夜晚她都在独自恐惧。

就在傍晚，"# 亚洲 GP 赛事故原因二次调查 #"再次被顶上了热搜，苏驰娅险些被黑粉打的视频短短时间内传遍了整个网络。所有网友都在大喊遗憾，仿佛只有苏驰娅遭到一顿毒打，才能够缓解这些网友的怒气。

对此，苏驰娅心中倒是没什么波澜，或者说她早就习惯了这样的言论。从决定入行的那天起，关于性别与实力的非议便无时无刻伴随着她，曾经有多少次她希望能够争取所有人的认同，希望自己的努力被更多的人看见，只是如今都化作了泡沫。

面对网络暴力，她从来没有回应过。甚至这次，她希望自己被暴力得再彻底一点，在这些如利剑般的人言中，她彻底放逐了自己。

只不过相较于前几次的全网抵制苏驰娅，这次迟野的出镜倒是分散了许多网友的注意力。他们将迟野为苏驰娅戴上帽子，将人护在怀里的片段截出来，单独开启了"# 苏驰娅 男友 #"的话题，纷纷猜测画面中这位具有超高颜值的男生与苏驰娅的关系。

意外的是，迟野的出现甚至帮苏驰娅获得了某些不熟悉赛车的颜粉的关注。

"圈外人不站队，但看颜值，我还是很服这对神仙 CP 的。"

"以前就觉得苏驰娅很帅，没想到站在男友面前居然这么小鸟依人！有点心动了是怎么回事？"

只是话题量太小，很快就被淹没在Kay粉们对苏驰娅的骂声中。

而此时码完字刚躺上床的迟野打开微博，刚好看到这一条话题。

迟野点开网友们截下来的片段反反复复看了十几次，这才恋恋不舍地点了保存。紧接着又跳到评论区，暗戳戳地将所有赞美他跟苏驰娅相配的评论全点了赞才作罢。

看了几分钟手机，迟野突然间觉得仿佛有什么还不够，于是直接拨通了经纪人季妃娜的电话，响了好久对方才接通。

"现在立刻联系公关团队，我要买一个热搜位。对了，还需要点水军。"

季妃娜拿开手机迷迷糊糊地看了眼："迟野，你是不是疯了，你知道现在几点了吗？"

迟野跷着二郎腿："老板辛辛苦苦加班，你躺在床上睡觉，觉得好意思吗？"

加班？

试问哪个老板，白天一点正事儿不干，专等晚上工作的？

季妃娜在床上使劲儿踢了踢腿，没好气地问："你不是拒绝配合任何与三次元有关的宣传吗？连个微博都没有的人，买什么热搜和水军？"

"不是我。"

迟野优哉游哉地说了想买的话题后，季妃娜没脾气地乐了："得，我看你这是打算把自己那点钱全搭这姑娘身上。你要是能在新书发布会上露一半的脸，咱们公司早就收益翻倍了。"

"我的脸岂是给你们做宣传用的，再说赚钱不就是为了给我女人花嘛，只是提前了而已。"

"是不是你女人，还真不一定。"季妃娜冷哼一声，"钱都花了，人家一点不知道，我真是没见过比你还闷骚的人了。到时候追不到，不但人没了，钱也没了。"

"你管不着，我乐意。"

说完，迟野挂断电话，捧着手机等待成果。

一个小时后，"#苏驰娅男友#"的话题飙升至热搜榜首，成为继"#亚洲GP赛事故#"之后，另一个屠屏的话题。

隔天，苏驰娅是被无数的电话叫醒的，失眠到天亮的她完全不知道只是经过了一个晚上，她已经成功地"被女友"了。

她迷迷糊糊地接听电话，还没睁眼就听到车队赛车手石头恶龙般的咆哮："苏驰娅，你是不是跟迟野在一起了？"

迟野？谁啊。

苏驰娅大脑反应了两秒，这才想起来是他们车队的新晋投资商。

起床气还没过去，苏驰娅直接骂道："石头你是不是有病啊，一大早说什么胡话。没事儿赶紧练车去，等我去测车速没达标看我怎么收拾你。"

她说完"啪"地挂了电话，翻了个身继续睡。

不到两分钟，手机又开始狂响，女人气得从床上坐起来，也没看清来电直接骂道："石大头，你要是再打电话吵我睡觉，信不信我把你大头拧下来拴在机车上当风筝飞！我发起疯来，当心峰哥都救不了你！"

"呵……是谁让你一大早就生这么大的气，说出口的话这么血腥。"

陌生又熟悉的声音让苏驰娅清醒了不少，拿离手机发现来电是一串陌生的号码。

"你是？"

"我们都见过这么多次面了，你还听不出我的声音，我有点伤心啊。"

这么恶心的话……一个人名飞速闪过脑海，苏驰娅皱了皱眉："迟野？"

"认出我来了？"迟野轻笑，"我在你家楼下，洗漱完了下来找我，有事和你商量。"

这句话让苏驰娅仅存的一点困意瞬间消失，赤着脚连忙跑到窗边拉开窗帘，果然看见迟野靠着昨天的那辆车站在楼下，看见她，他还骚包地挥了挥手。

"唰"地把窗帘拉上，苏驰娅一边换衣服一边问道："有什么事儿非要直接堵在我家楼下！"

"不对。"换动作的衣服停住，她问，"你怎么知道我的住址，还有我的电话号码？"

昨天明明是她先把迟野送回家，自己又溜达回来的。

"我找韩峰要的。"迟野顿了顿，声音带着笑意，"你还没看微博吗？我们两个上热搜了。"

一股不好的预感从脚底板直接升入大脑，她飞速打开微博，热搜榜上第一位的标题直接让苏驰娅倒吸了口凉气。

手指在通讯录"韩峰"的名字上停顿了片刻，苏驰娅摇了摇头，转而拨通车队车手石头的电话，张口就问："你怎么不早跟我说热搜的事，现在峰哥在不在车队，情绪怎么样？"

"你看到热搜啦。"石头幸灾乐祸地哼了声，"峰哥现在在和公关团队商量你的事，刚出来，我瞧见了，脸比炭还黑。我现在可是豁出命给你通风报信，你居然非但不感谢，刚刚还挂我电话……"

还没等石头说完，电话那端就传来了忙音。

被二次挂电话的石头："……"

不过几分钟，苏驰娅火急火燎地冲到楼下，向迟野道歉："没想到昨天的事被人扭曲成这样。你放心，这事我一定会澄清清楚，不会拖你下水。"

"不急。"迟野坐上副驾驶座，下巴点了点驾驶位，"先上车再说。"

苏驰娅看着面前这辆气派的车，要说的话被哽在喉中，神情闪过一丝异样："你的经纪人又有事先走了？"

"嗯哼。"迟野耸了耸肩，"她赶去上班了。"

感觉这人就是吃定她会给他开车一样，现在她甚至有绝对的理由怀疑这人一早来堵她，就是想找个免费的司机。

她虽然心里腹诽着，但身体还是很诚实地坐上了驾驶座。开往 MFC 俱乐部的路上，她一直心神不宁，眼睛不自觉往迟野身上瞥。

这人一大早"杀"到她家楼下，她原本以为是来兴师问罪的，可现在瞧着迟野怡然自得的态度，似乎又不像被舆论困扰的样子，这副样子反而让她心里摸不着底。习惯有话明说的苏驰娅忍不住拧紧眉毛，一颗心七上八下的。

察觉到苏驰娅视线的迟野嘴角往上勾，终于在等待红灯期间，苏驰娅忍不住又往男人身上看的时候，迟野迅速扭头，将女人偷看自己的小动作逮了个正着。

一双带着戏谑的黑亮眼眸就这样明晃晃地撞进苏驰娅的双眼，她明显感到自己心跳窒了一拍，想立刻闪开又觉得过于刻意，于是硬着头皮对视了过去，这么一看居然发现迟野似乎……还有点好看，至少比时下诸多小鲜肉长得要顺眼得多。

现在作家质量都这么高了吗？

怪不得一张照片就在网上掀起了这么大的风波。

苏驰娅思绪瞬间拉远，突然看见男人嘴巴动了动："绿灯了。"

"啊？"

苏驰娅反应了两秒抬头，瞧见前方绿灯跳跃着。

她居然看迟野看呆了？饶是脸皮厚的苏驰娅此时也觉得脸颊有点烧得慌，慌忙间不小心再次踩到了刹车，车子猛地顿了一下，后面传来急促的鸣笛声。

这绝对是苏驰娅考到驾照以来最丢人的一天。

女人的耳根以肉眼可见的速度开始变红，抿着唇低头挂挡，车子缓缓启动。苏驰娅觉得如果此时迟野多说一句话，她一定会羞愤到跳车离开，还好男人一路都很识相地保持着安静，仿佛刚刚的插曲没有发生过一般。

苏驰娅微微松了口气，没有再去思考男人的古怪，而是打起精神将注意力集中在道路上，忽略了男人眼底越发浓郁的笑意。

苏驰娅带着迟野赶到 MFC，瞧见韩峰时，强压了许久的情绪瞬间涌了上来："峰哥，我……"

"我都知道。"韩峰拍了拍苏驰娅的肩膀，小声说道，"有什么话之后再说，当务之急是把迟野撇干净。等会儿无论讨论出什么解决方案，你都保留意见，先把这件事解决掉。"

说到底，现在车队最怕的还是微博的事牵扯到合同的签订，毕竟赞助一事尚未尘埃落定，若是再发生什么变故，不要说想要靠实力重挽 MFC

形象，就连下个赛季参赛的资格或许他们都争取不到。

韩峰说完后顿了顿，语带犹豫地说道："这次可能又要你受委屈了。"

当苏驰娅拿到公关部的策划案时，她才明白韩峰最后的那句话是什么意思。在公关界，消除负面新闻影响最好的方式并非是蒙上网友的眼，而是转移大众的注意力。

会议桌前，公关部长对着迟野解释道："我们的初步计划是找认识的记者提供 Kay 住院治疗的具体康复情况，这样网友的注意力自然就会发生转移。其间我们也会同步联系微博撤销热搜并投放水军，只要亚洲 GP 赛事故的话题重新被顶起，关于恋情的讨论自然会偏移。"

只是这样一来，事故主要责任人苏驰娅就再次会被丢入舆论的深渊，被媒体和 Kay 的粉丝二次伤害。

投影幕布上是公关团队配套做出的文稿，苏驰娅呆呆地盯着配图上烧伤的队友 Kay 被抬上救护车的照片，双手紧紧捏紧衣摆。

迟野看了眼一旁的苏驰娅，神色因公关部的话沉了下来。

他微微往后坐了坐，双腿跷起："下一个方案呢？"

"下一个效果可能不如这个。"部长切了一页 PPT，"我们希望提前将 MFC 的投资计划公开并表明您的投资人身份，这样一来您和苏驰娅的谣言自然就会不攻自破，只是我们不确定您是否同意提前公开。"

"呵！"迟野将面前的资料丢在桌子上，嘴角勾着的笑意却未达眼底，"现在网友最不关心的就是真相，这点你们应该比我更清楚。公开我的投资人身份反而会刺激网友对苏驰娅本人私生活的讨论，甚至我投资可能也会被歪曲为是苏驰娅为了拉赞助不择手段，抱上了我这个投资商的大腿。"

对男人而言没什么，对苏驰娅而言却只会让她的名声越来越差。

这样的公关很明显是将苏驰娅当成了靶子，他很难想象这样的方案是MFC自己的团队制作出来的。

迟野不禁有些奇怪，按照苏驰娅的性格，听到这样的公关方案早就该气得破口大骂，怎么如今却意外地沉得住气，难道被气傻了？

"苏驰娅，你怎么想？"

坐在角落的女人脸色带着些苍白，后背却挺得笔直。听到问话，她轻轻抬起头，面无表情地说："我都没意见，无论哪种方案我都会配合执行。"

女人的回答让迟野脸色彻底凛了下来，他突然明白MFC这次公关的意图，无疑是想牺牲苏驰娅的名声来"取悦"他，而苏驰娅甘愿当这个靶子。

"是吗？"迟野怒极反笑，"可是我有意见。"

迟野的一句话，让偌大的会议室倏地安静了下来。

"昨天被拍到是意外，没必要推个小姑娘上去顶雷，我还没小气到这个份上。况且，苏驰娅被黑必然会让MFC也陷入危机。我是MFC的投资人，我想不到MFC名声继续这样臭下去对我有什么好处。"

若非不得已，韩峰也不想要这样公关。闻言，韩峰立刻问道："您有什么好的提议？"

"我看网友误会我们是情侣带来的效果还不错，大家对苏驰娅的负面评价也少了不少，所以不用公关了，这个料对我来说没什么影响，索性就将计就计吧。"

"将计就计？"苏驰娅太阳穴跳了跳，那股不好的预感再次浮现，"我不太明白您的意思。"

迟野对着女人弯了弯眼角："就是隐藏我的投资人身份，顺应舆论假扮情侣。"

第二章

◆ 且逢花雨下 ◆

天上飘着大朵的云，头顶是一片湛蓝，炽热的阳光直射地面，将沥青赛道晒得滚烫。

迟野手里捏了张A4纸，遮住自己头顶的太阳，逆光而注视着苏驰娅。

"这辆摩托是专门给新手练习用的，随着练习难度与强度的加深，我们会不停进行零件替换与调整，你可以先骑上去感受一下。"

苏驰娅旁边放着一辆磨砂材质的黑色摩托车，她继续说："等你给这辆车起好名字，我会让维修部的同事喷上漆，作为它的专属印记。"

"起名字？"

最后一句话引起了迟野的兴趣："车还有名字？"

"对车手而言，车和人一样是我们的战友，是我们的亲人。"苏驰娅手指顺着黑色的车身划过，瞧着赛车的眼神专注而炽热，"它们都应该被我们铭记。"

迟野的视线随着女人手上的动作移动："那你的车叫什么？"

苏驰娅手指一顿，眼底的光暗了暗："和你没关系，想好你自己的吧。"

"啧，真冷漠。"迟野走过去用力拍了拍车座，"我想想……它这么黑，不然叫'小黑'？不对，怎么听起来有点像狗名，你说'飞驰'是不是更贴切，但又大众化了一些……赛车这么危险，叫'平安'会不会吉利一点？"

"好难选择。"仿佛遇到了世纪难题，迟野满脸真挚地扭过头冲着女人问道，"如果让你投票，小黑、飞驰和平安，你选哪个？"

这是什么值得纠结的问题吗？

苏驰娅抽了抽嘴角，她开始怀疑，就这样的起名水平，这个人到底是怎么成为的作家。

"姐夫！"

未等苏驰娅回答，摩托车的轰鸣声伴随着高亢的喊叫自远及近，欢腾的少年嗓音传入耳中。女人磨了磨牙低声说了句"小兔崽子"，飞身跳上车扭头对着迟野说道："上来我带你兜一圈，顺便参观整个俱乐部。"

显然迟野也听到了那声呼唤，原本期待着与苏驰娅同车共骑的人此时却老僧入定一般蠢在原地，昂起下巴指了指不断逼近的两辆摩托车，慢悠悠地问："是你的队友？"

说话的工夫，加快速度的两个人已经疾驰而来，现在溜显然来不及。苏驰娅只得"嗯"了一声说了句："都是一群小屁孩，等会儿说什么你别放在心上。"

"当然。"迟野大度地笑了笑，心里却想着刚刚小队员的那声"姐夫"叫得倒还算上路子。

眨眼间，飞驰而来的车便将苏驰娅和迟野围在中间。方才叫得最大声的男孩率先摘下头盔，一张小脸汗津津的，冲着迟野脆声问了句："你就是传说中的，我们苏姐的男朋友吧？"

迟野不动声色地理了理头发，苏驰娅羞耻得已经不敢直视迟野的双眼，怒吼："祁元夕，你信不信再胡说八道我撕烂你的嘴！"

祁元夕双手夸张地捧住胸口的位置："姐夫，你快管管驰娅姐姐啊！"

苏驰娅忍不住直接跳下去，捏住祁元夕的脸颊往旁边一扯。男孩立刻疼得龇牙咧嘴连连道歉："我错了我错了，是石头的锅，是石头告诉我你们在假扮情侣！"

旁边的石头一听也跟着摘下头盔："嘿，你个小不点，卖队友啊！"

"就知道是你，下午的体能训练你们俩一个都别想跑。"

威胁总算起了效果，两个半大的男孩闻言，果然不情愿地闭上了嘴。

苏驰娅往外吐了口浊气，朝着站在一边的迟野介绍道："这个小不点是队里最小的成员祁元夕，上个月刚满十八岁，是我们队里鬼心眼儿最多的。旁边这个八卦传得比车速还快的大嘴巴是石头，比元夕大两岁，最爱凑热闹。"

虽然苏驰娅的语气满是嫌弃，但脸上带着与上午截然不同的轻松，能看得出来苏驰娅和他们的感情确实很好。

"驰娅姐净诋毁我形象。"祁元夕不满地鼓了鼓脸。

"热死了热死了，有什么话进去再说！"石头被烘烤得实在受不住，屁股往前头坐了坐，"迟哥，过来跟我挤一挤，咱们一起去室内训练室。"

迟野撇了眼石头的后座，又看了眼坐在自己摩托车上的苏驰娅："不用，你们驰娅姐刚说要载我兜兜风。"

"哦哟，甜死个人喽。"两个小孩儿对视了一眼，互相挤眉弄眼的模样让苏驰娅又差点跳脚。

石头趁苏驰娅爆发前赶紧拧了下油门，嬉笑着说道："那我们不打扰你们了，你们继续兜风哟。驰娅姐记得把边边角角都给迟哥介绍清楚，慢慢来不要着急哟。"

"嘿，石大头你真的是皮痒得很。"苏驰娅暴脾气上来，弓下身子趴在机车上立刻就想追上去，被迟野拦住。

"你要去哪儿，不是说带我去逛逛？"

"你干吗刻意扭曲事实，跟他们说我要带你去兜风？"原本大家就因为迟野提出的什么鬼建议起哄，结果现在这人又讲这些暧昧不清的话。

"难道刚刚不是你说要带我去参观俱乐部的吗？"

参观俱乐部跟带他去兜风能一样吗？

况且她就是知道这两个小屁孩话多，想要避开他们才提的建议。

苏驰娅脸颊通红，也不知道是被晒的还是被气的，现在的她算是知道什么叫有苦说不出了。

只能容纳一人的赛车上强行坐了两个人，身后的男人胸膛紧紧贴近苏驰娅的后背，她甚至能感受到迟野呼吸间胸腔的起伏。

这样的距离太近了，近到已经突破了安全界限，苏驰娅身体的每个细胞都在叫嚣着"危险"，此时她的身体就犹如树干一样僵直。

迅速围绕 MFC 转了一圈，介绍了几个主要的训练区域之后，苏驰娅将车停在阴凉处，终于问了会议之后的第一个问题："为什么会帮我？"

迟野靠在树边，一阵清风吹得男人额间上的碎发飘动："你好像特别喜欢刨根问底。"

苏驰娅皱眉："难道我不该问吗？突然多出了一个男朋友，尽管是假的，但我至少应该有权利知道你是怎么想的吧。"

迟野提出的公关策略是将计就计，假扮情侣。如果只是像最初迟野所说的那样不希望让 MFC 的形象变得更糟糕，进而影响投资的话，那么不回应是平息这场风波最好的方法。但他提出了假扮情侣，和苏驰娅成为情侣对他而言没有任何好处，但在这种敏感的时期，苏驰娅会得到很多CP粉的支持。

不过才认识了两天而已，迟野真的没必要为了她做到这样的。

"有些事不用搞那么明白的，没人说过你做事太较真了吗？这个世界上哪里有那么多的原因，想做就去做了。"

迟野的声音和记忆里的另一道声音重叠，那时她刚进MFC俱乐部，因为是队里唯一一位女骑手而备受外界争议。当时她也同样受到各界舆论的攻击，不被看好，当她被流言重伤难过的时候，她也曾问过队友Kay为什么。

"为什么这个世界上会存在这样的人，他们甚至连我是谁都不知道，光凭着性别就认定我不行。"

当时Kay是怎么回答的？

他说："世界上哪有这么多为什么，驰娅，人生是不能较真的，较真来较真去，最终伤害的也只有你自己罢了。"

而如今没想到的是，曾经安慰过她的人却被她所伤。

一时间涌上太多情绪，苏驰娅敛了敛眼眸，深深看了迟野一眼。透过迟野，她似乎又看到了曾经的Kay。

"'谢谢'好像这几天说太多了，但我还是想说谢谢你。"

苏驰娅的表情过于真挚，迟野不自在地摸了摸鼻子，要是苏驰娅知道这件事的热度原本没那么高，是他花钱买的热搜为其添了一把火，不知还会不会向他道谢。

迟野虚咳了一声："别那么客气，以后你就是我老师了，我帮自己老师也是应该的。"

疯野

这话倒是提醒了苏驰娅，此时她似乎也没什么能为男人做的，思来想去，要想表达感激之情，还是帮助迟野尽早实现赛车梦比较实际。

于是，女人用力地点了点头："你放心，你想成为赛车手这件事，我定会尽力而为。"

选手休息室内，迟野坐在沙发上，脸上带着些不可置信的慌张。

"体能测试？"迟野怀疑自己听错了，挖了挖耳朵，"我又不是去参加奥运会，开个车为什么还搞什么体能测试？"

"赛车和所有的竞技类项目一样，对身体素质要求非常高。"苏驰娅面无表情犹如机器人一般，拿着一支笔在纸上勾勾画画，"你不需要担心，都不是什么复杂的项目，这次测试只是记录一下初始数据，方便之后为你制定训练计划。"

虽然苏驰娅说得简单，但迟野一点都没有松口气，反而脸上写着崩溃。

自从毕业之后，他已经许久没有运动过了。作为一名职业作者，他每天都过着"肥宅"的幸福生活，谁能想到今天会被拉出来在苏驰娅面前公开处刑，他突然有种回到大学被强制运动的感觉。

苏驰娅把手里记录的单子递给了迟野一份："喏，这个就是等会儿测试的项目。"

迟野接过，迅速略过前面的身高体重等基本信息检测，直接看向后面的 1500 米长跑、50 米往返跑、一分钟引体向上……

这叫简单？

迟野眉毛皱得都能夹死一只蚊子，酝酿良久忍不住说道："上面的这些都要在今天测试？"

"对，现在天气热，晚上跑步不会那么辛苦。"苏驰娅点了点头，"我们尽量争取早些完成前期的工作，这样你就能早点正式投入训练。"

"其实……也不是那么着急的。"迟野掸了掸手里的纸，尽量让自己的表情看起来比较自然，"你看时间仓促，我连合适的衣服和鞋子都没有准备，不然还是……"

"早就为你准备好了。"

苏驰娅终于露出了笑脸，从储物室里拿出一套崭新的训练服和运动鞋"这是我们队里定做的训练服，我提前向你的经纪人季小姐联系询问了你的尺码，你现在可以去换衣间换上。"

犹如雕塑般捧着训练服的迟野："……"

死是什么感受？

是呼吸挤压后的窒息与急促，是心脏跳动下的疼痛与恶心，是四肢沉重中的无力与迟缓。

迟野觉得自己此时正在濒临死亡。

在跑出去的这漫长时间里，迟野反复思考着同样的几个问题——

他是谁？他从哪里来？他现在到底在做什么？

迟野脸色苍白如纸，两条修长的腿犹如两根禁不起风雨的塑料筷子，整个人摇摇欲坠，哪里还有半点白天跷着二郎腿满身桀骜的样子。

"姐夫，加油！"

投资人兼苏驰娅的绯闻男友迟野正在进行体能测验这个消息很快传遍了 MFC，队员们训练完纷纷过来加油助威。普通的测试现场因为这群人的加入硬是变成了大型运动会现场，一群小伙子又是尖叫又是吹口哨，惹

驰野

得苏驰娅眉头皱得都能夹死一只蚊子。

"你们能不能给我安静点!"

一声吼,现场果然安静了下来,偌大的训练室只有迟野粗重的喘息声。

"还有最后一百米,给我跑起来!"苏驰娅右手握着计时表,瞧着跑得比乌龟还慢的迟野,眉心紧皱。

听到女人催促的声音,迟野下意识抖了抖,猛然想到若干年前自己军训时的那位魔鬼教官。

真是毫无同理心的女人。

迟野慢吞吞地往前拱了几步,迈过那道红线的时候现场掌声雷动,大有奥运夺冠的架势。祁元夕更是直接跑过去殷勤地递水送毛巾,只有苏驰娅一个人面对计时器上的时间兀自严肃。

"13分58秒,1500米你居然跑了14分钟。"苏驰娅深吸一口气,大步走过去一把夺走迟野从祁元夕手里接过的矿泉水,"你站起来!"

瘫痪在地上刚准备喝水的迟野:"?"

"驰娅姐,你看迟哥很累了,就让他休息休息吧。"祁元夕见状,立刻伸开双臂挡在迟野面前。

迟野突然滋生出些许的感动,没想到下一秒就听到祁元夕冲着苏驰娅大声说道:"我听说作家都很弱鸡的,迟哥能跑出这个成绩已经是作家里面的'战斗鸡'了,你就别为难他了。"

"就是。"石头也跟着点头,"迟哥现在可是咱们俱乐部的财神爷,你这样残暴,万一迟哥不高兴了撤资,我们俱乐部可就倒闭了,你睁一只眼闭一只眼得了。"

迟野："……"难道现在流行当面说人坏话？

"你们赶紧闭嘴吧。"苏驰娅用手使劲儿按了按太阳穴，"剧烈运动之后不能立即喝水是常识，迟野不知道你们也不知道吗？"

说完，苏驰娅脸上闪过一丝不自在，扭过头粗声粗气地对着仍旧坐在地上的男人说道："你站起来走动一下，跑完就坐下会影响血液循环，加重肌肉负担。"

所以，她是在关心他喽。

迟野方才心里积郁的别扭一扫而空，突然有种还能再跑 1500 米的错觉。

勾肩搭背的队友们在听到苏驰娅的话之后异口同声地"哦"了一声，石头捂着牙喊着"酸死了"，连站在后面的杭磊脸上都挂上了笑意，拍了拍祁元夕的后背调侃道："小不点，刚还替人家迟野打抱不平，现在打脸了吧？"

"杭磊，怎么连你都跟着瞎起哄？"

迟野听到这个名字耳朵动了动，抬头看了眼说话的人。杭磊这个名字他是有所了解的，当年 Kay、杭磊和苏驰娅被媒体视为 MFC 三大主力，素有"铁三角"之称。

杭磊本人看上去比电视上更白一些，也是在场唯一一位戴着眼镜的现役选手，看上去文质彬彬，带着几分书卷气。

被冷落许久的迟野抿了抿唇，不动声色地移开视线，对着苏驰娅伸出了一只手，说道："腿软，站不起来。"

明明是低沉的声音，但苏驰娅就是凭空听出了几分撒娇的味道。苏驰娅瞄过去，看见迟野一双大眼盯着她眨啊眨的，充满无辜与纯洁。

迟野怎么会跟她撒娇呢？

苏驰娅觉得自己都被车队这帮人搞魔怔了。

刚想让旁边的祁元夕帮忙，还未开口，自己的手便被地上的男人紧紧握住。苏驰娅手臂下意识微微收紧，迟野借力从地上站了起来。

不过一瞬的工夫，男人便收回了手。

"你……"

刚刚运动过的关系，迟野的手心温暖而有力。被男人握过的地方滚烫，继早晨开车的尴尬后，她再次经历了慌乱。

"谢谢。"迟野嘴角挂的笑容坦荡清澈，这副样子让苏驰娅原本到嘴边的话只得再次咽了回去。

平时她和这群队员相处也经常会有肢体触碰，怎么遇见迟野她就显得这般敏感，难道单纯因为迟野的颜值比较高？

苏驰娅心里默默鄙视了自己一下，继而胡乱把本子合上："测试的结果我基本上已经了解，我晚上回去会稍微研究一下，明天正式开始训练。"

"明天？仓促了吧？"

迟野笑容凝固在嘴边。

苏驰娅敲了敲体能测试的记录单，上下扫了扫迟野："恕我直言，你现在浑身上下唯一能过得去的测量指标只有身高和体重，其余的全部不及格。还有三个月就是 CSBK 中国超级摩托车锦标赛，期间我必须负责队里选手的集训工作，能够盯着你训练的时间就不多了，所以最近我们必须抓紧时间先把你的体能练上去。"

经过这一整天，迟野感觉自己那颗骄傲的心脏被捅得千疮百孔。

迟野飞速想着推辞的借口，没想到苏驰娅把记录单往兜里一揣，问道："晚上有时间吗？一起吃个饭，算是欢迎你入队。"

昨天拒绝他的人今天居然主动约他吃饭？

迟野立刻忘记了明天即将进行体能训练的哀怨，挺直身子摆了个自认为帅气的姿势，故作姿态地说道："其实时间还是有些不凑巧的，但佳人邀约，我就给你个面子。"

"太好了！"苏驰娅还没出声，当了半天壁画的祁元夕跟石头互相拍了下手，"我们现在就去换衣服！"

说完，几个家伙像小旋风一样雀跃着离开，训练室再次陷入了沉静。

良久，消化完信息的迟野缓慢问道："一起？"

"对啊。"苏驰娅瞧着这群崽子的背影，嘴角噙了丝笑意，"这几个家伙听说你加入就嚷嚷着要请你吃个饭，季妃娜说你不愿意参加这些聚餐活动，所以一开始我拒绝了，但架不住他们死缠着让我帮忙问你，没想到你这么痛快就答应了。"

"这样啊。"

迟野眼眸垂下，他的确不喜过于喧闹的场合，若是知道是车队为他举办的欢迎会，他定会直接拒绝的。苏驰娅嘴边的笑意让他把想说的话收回，他抿了抿唇："那我先去换衣服。"

迟野的声音有些低沉，饶是一向对人际关系神经大条的苏驰娅都感受到了对方似乎有些不对劲。误以为男人是连续体力测试了一个小时过于疲惫，苏驰娅犹豫了一瞬，跟在迟野后面一同进了更衣室。

"过来。"

迟野上衣脱到一半儿，被身后的女声吓了一跳，赶紧把撩上去的上衣放平，双臂捂住胸口处，眼神里满是惊悚："这是男更衣室。"

"我知道。"苏驰娅不耐烦地拍了拍里面的躺椅，"躺在这儿。"

"躺……躺在那儿？"没想到苏驰娅这么豪放，迟野难得语拙，"更衣室人来人往的，你这样会不会影响不太好……"

苏驰娅皱眉，一把将迟野拽到躺椅上："躺好。"

"别这样……"迟野扑腾着挣扎了几下，几秒钟后，"咿，啊，嗯……"

苏驰娅手上按摩的动作一顿，被男人的叫声搞得耳根滚烫："你能不能不要发出这样的声音？"

迟野将头埋在双臂间，抬起头时两只眼睛湿漉漉的，声音柔弱，还有些许委屈："你的手法太好了，我忍不住。"

给那么多的选手放松按摩过，迟野是唯一一个让苏驰娅感到羞耻的，就跟两个人做了什么见不得人的事一样。

她默默加重了手上的力气和频率。

在迟野越发激昂的呻吟声中，苏驰娅结束了动作。

迟野缓慢起身，有些意犹未尽的感觉："结束啦？"

仿若方才扭扭怩怩的人不是他一般。

苏驰娅面无表情地起身："运动之后肌肉酸痛是一定的，放松之后会好一些。如果你还觉得身体不舒服，我和他们打声招呼，你晚上不去也可以。"

迟野后知后觉地反应过来，苏驰娅大概是误会了，原来她一直都有在暗暗关注自己。

苏驰娅的行为取悦了男人，原本对晚上的聚餐颇有抵触的迟野立刻像只温顺的猫，头摇得跟拨浪鼓一样："我不是主角嘛，当然要去。"

"那就好。"苏驰娅走到门口，想到什么，微微回头，"谢谢你能过来训练。"

"你说什么？"

迟野心情有些荡漾，没听到苏驰娅的话。

"没什么，我说继续换吧。"

苏驰娅抿了抿唇，疾步走出了更衣室。

迟野不知道的是，MFC 自从出事以来，这帮孩子已经多久没有像今天这样欢乐了。

行道树的叶子上还残留着几滴清晨的露珠，偶然经过的车辆带来的微风将露珠吹落，刚好滴在迟野慢跑时摆臂的手臂上。

赶完稿子才睡了三个小时的迟野一早便被苏驰娅拖起来，困意加上昨天运动后身体的酸痛让迟野双腿仿佛灌了铅，脑袋更是犹如千斤重。

"下雨了！"迟野陡然停下脚步，左臂高举，指着那滴尚未干涸的晶莹喊道，"你看下雨了，我们还是先回去，感冒就不好了。"

跑在前面的苏驰娅简直被迟野一本正经的样子气笑："艳阳高照中下雨？"

"你没听过太阳雨吗？"迟野晃了晃手臂，"看，证据还在。"

苏驰娅伸手"啪"地将对方手臂拍下："不要想偷懒。我昨天说过了，你的体能太差，需要加强强度，晨练五公里一厘米都不能少。"

"难道你没听过揠苗助长的故事吗？"迟野觉得自己的黑眼圈都挂到了脚底，精神萎靡地摇着头，"我觉得现在你的训练方法出现了很大的问题，我们需要从长计议。"

"没问题。"

苏驰娅应得很痛快，就在迟野以为对方快要被自己说服的时候，她突然狡黠一笑："等你能追上我的时候，我们再来谈条件。"

略带歧义的话让迟野心里陡然空了一拍，继而才反应过来她指的是追上她跑步的速度。

太阳刚好从云朵里探出了头，一层淡淡的光点亮了女孩的笑脸，一双眸子在阳光的映衬下闪亮得耀眼。

被烫到般，迟野飞速移开视线，原本白嫩的脸不知是因为跑步还是紧张红得厉害，他垂眸小声嘟囔了句："我现在不就是在追你嘛。"

"什么？"

"没什么，我说知道了。"迟野哼唧了一声，"那我……我继续跑了。"说完迈着沉重的长腿率先跑动了起来。

就这样乖乖地跑了？

站在后面的苏驰娅挑了挑眉，还有些不适应这样听话的迟野。

不过迟野说得没错，苏驰娅的确有些心急了。她昨晚仔细研究过迟野的体能测试报告，以迟野现在的身体状况，很难承受高速风力的阻抗。可令人意外的是，迟野在灵敏度和直觉测试中表现异常优秀，成绩甚至不逊色于训练多年的职业赛车手。

迟野本身的腿部条状肌肉的线条异常漂亮，腿和手臂的长度也恰巧适合重型机车驾驶的比例，这让有着多年赛车经验的苏驰娅几乎立刻就可以断定，迟野是一个具有天分的赛车好苗子。体能可以后天训练，然而反应速度、直觉，包括身体素养却都是天生的。

不可否认，苏驰娅现在的急切不仅与最初想要帮助迟野实现梦想有关。

更重要的是，MFC需要这样有潜力的车手，而迟野让她看到了希望。

苏驰娅胡思乱想之际,原本如乌龟散步般跑步的迟野突然回头问了句:"杭磊住在这附近?"

"谁,杭磊?"苏驰娅一怔,"他住城东,离这里蛮远的。"

苏驰娅跟着四周看了一圈,狐疑地问:"你看见他了?"

迟野瞥了眼远方越来越小的两道身影,舌尖抵了抵腮。若是他没看错的话,那个应该就是杭磊没错,而和他站在一起的男人身上似乎穿着极速车队的队服。

迟野收回视线,摇了摇头:"大概看错了。"

说完,他胳膊一伸直接压在了苏驰娅的肩膀上,像是两副面孔一般立刻委屈巴巴地说道:"你看我都出现幻觉了,再跑下去我就真的要晕倒了。"

苏驰娅看了眼手机上记录的里程:"还有最后800米,你就是爬也要爬过去。"

迟野哀号一声:"我后悔了,现在就回去改合同条款。"

"声音这么响亮,看来还是有余力的。"苏驰娅眉眼带着几分笑意,"跑到街头刚好是一家早餐店,吃完载你去车队。"

魔鬼训练还没结束?

被夺去半条命的迟野听到苏驰娅的话整个人都不好了,如果换个人,他可能会掉头就走,但偏偏对方是苏驰娅。

一时间,千万种情绪涌上心头。

男人绝望的表情太明显,苏驰娅"噗"地笑出来:"今天是CSBK内部选拔赛,主要是带你去观摩。"

CSBK 目前是国内摩托车业内重大赛事之一，也可以被看作是接轨国际的一张门票。如今 MFC 正处在风口浪尖处，CSBK 成了他们再次赢得大众认可的关键一战。

作为这次赛事的主要投资者，迟野对此当然也有所了解，若有所思地点了点头问道："这次车队准备派几个人？"

"四个。"苏驰娅犹豫了一下，还是没有隐瞒地说，"其实这次比赛我们早就选定了人选，前期资金紧张流失了一大批车手，从目前的成绩上看，有资格参加的只有杭磊、方显、石头和元夕。"

"杭磊和方显成绩一直比较稳定，石头和元夕虽然是新人，但进步速度也都可圈可点。我们在这次测试后会针对个人特点集中训练，兼顾磨合四个人的配合，在排位赛中保二争一。"

极速俱乐部一直都是 MFC 有利的竞争对手，在历届 CSBK 大赛中，如果说 MFC 是永恒的冠军，那么极速则是铁打的亚军。现在 Kay 伤势严重加上苏驰娅退赛，顶替的新人又没有实战经验，事实上，苏驰娅对排位赛的冠军之位并没有多少信心。

"那参赛的主力选手是谁？"

"杭磊。"

意料之中。

想到方才看到的两道人影，迟野拇指轻捻，抿了抿唇没有回答。

苏驰娅这时才意识到站在自己对面的，不仅是"机车小白"迟野，更是"投资财神爷"迟野。

她舔了舔变得干涩的嘴唇："杭磊的技巧和水平还是值得信赖的，之前 Kay 的排位在国内是第一名，而后就是杭磊还有极速俱乐部的吴佑凯。

我们前期进行过大数据的分析，吴佑凯的实力和胜率都不敌杭磊，所以我们是有胜算的。"

迟野最初投资的目的原本就与成绩无关，看了眼苏驰娅紧张的样子，想说的话咽了回去，轻轻点了点头，回了句："我知道，我相信你。"

远方是晴空白云，数辆重机并排停在起跑线的位置，年轻的车手已经就位，正在紧张地等待着前方信号灯的指令。

迟野头戴耳罩，坐在休息室的椅子上抬头盯着面前数台监控荧幕。除了赛道上的监控，每位车手头盔上也安装了能够时刻看到选手状态的便携式监控仪，方便实时指导。

这是 GP 赛后时隔许久，MFC 车队成员的首次计时测试，对所有选手而言，都是重要的能力检验。

苏驰娅手里握着对讲机，脸上的表情也同样凝重。

红色的旗帜在起跑线疯狂挥舞，苏驰娅紧盯着监控器上的指令灯，而身后的迟野则侧目看着紧张的小姑娘。

苏驰娅不知道，其实此前的半路拦车并非是两人的第一次见面。在紧张的赛场，在喧器的庆功，在热闹的见面会，他一直在追逐着她的身影。只是那时他在台下，而她站在聚光灯的中间绽放着光芒。

"准备，开始！"

苏驰娅对着对讲机一声令下，悬在赛道上的五盏灯全数熄灭，一辆辆摩托车如离弦的箭全力疾驰，巨大的轰鸣刹那间响彻云霄。

苏驰娅眼睛紧盯屏幕，犹如自己上了赛场般手脚冰凉："赛车竞技其实同样消耗体力，虽然不如其他体育项目那样直观，却是一项持久战。"

苏驰娅对着屏幕为迟野做着讲解："起步和弯道是最能考验车手技术的两个部分。你看元夕，虽然年纪最小，但反应的灵敏度要远远高于其他三位车手，在起跑时比目前位居第一的杭磊要快0.13秒。然而这样的起跑优势却在过弯道的时候由于路线选择错误被消耗，反而被其他人超过。"

赛程还在继续，伴着屋外传来的轰鸣，女孩的声音显得尤为清脆。原本盯着小姑娘的迟野慢慢地也被监视器上的赛事吸引，跟上了苏驰娅的讲解节奏观战。

方格棋在终点挥舞，不出最初苏驰娅的预料，杭磊以绝对第一之姿顺利闯线，方显与石头紧随其后，而年纪最小的祁元夕虽然位居第四，却与第三名的石头相差了近半圈的距离。

苏驰娅盯着屏幕上最后定格的各位选手的时间，轻不可闻地叹了口气，情绪却在选手集合的时候飞速调整。

"最后一圈跑得不错。"

苏驰娅笑着拍了拍率先跑回来的石头。原本石头与老车手方显相差近一个车位，在最后一个弯道时石头突然发力追上了不少距离，两人几乎同时抵达终点。

倒是杭磊，苏驰娅看了眼计时仪："你的成绩距离最佳差了8秒12，是不是状态还没找回来？"

"起速有些慢。"杭磊垂了垂眼眸，低头将手套褪下，没有直视苏驰娅的双眼。

直觉杭磊似乎有些不对，她抬头不自觉地与迟野对视了一眼，还想继续问些什么，就被最后跑过来的祁元夕打断。

"驰娅姐。"摘下头盔，祁元夕眼眶红红的，哽着喉头说了句，"对不起。"

"已经很棒了。"祁元夕有多努力，苏驰娅是知道的。可现在他的成绩确实称不上优秀，若是放在车队出事前，他连获得参加 CSBK 这样大赛的资格都有些勉强。

祁元夕耷拉着脑袋，一向明朗的表情消失。苏驰娅拍了拍祁元夕的头："还有时间，明天跟迟野一起加强训练。"

坐在一边的迟野："？"

这次的 GP 赛事件多少还是影响到了车手们的状态，平均圈速与之前相比都有了不同程度的下滑，这在大赛来临之际原本 MFC 整体实力就偏弱的情况下，并非是令人喜悦的结果。

跑完大家普遍情绪不高，苏驰娅吸了口气，尽量开朗地说道："都回去休息休息好好调整状态，成绩我会再和教练沟通。"

祁元夕兴致不高，耷拉着脑袋跟在杭磊后面离开。苏驰娅叹了口气，还是忍住上前安慰的心，大赛当前这样或许是好事。

人走得七七八八，苏驰娅瞧了眼一直坐在凳子上无所事事的迟野："过来。"

突然被点到，迟野直觉没什么好事。

果然，下一秒只见女孩拍了拍停放在门口的机车："你上来也骑一圈。"

这车什么时候被推过来的，怎么之前他都没注意。

"我不要。"迟野想也不想地拒绝。

不要说这种 600cc 的重机，此前他可是连电动车都没开过。

"让你上你就上。"苏驰娅不耐烦地皱了皱眉，"怎么话这么多。"

迟野发现这个女人只要沾上车，脾气就容易暴躁。

还没离开等着看热闹的石头安慰道："迟野哥，随便骑骑还是蛮简单的，就拧拧油门而已。"

"我当然知道只拧拧油门就能骑，汽车还只踩踩油门就能走呢。"迟野一边嘟囔一边不情愿地往门外挪动，"怎么没听哪个汽车教练说第一次就让学员随意开开的。"

苏驰娅没听清男人的话，见对方磨磨蹭蹭的又是一阵怒吼："你自言自语什么呢？"

迟野身子下意识地抖了抖："我说我没有头盔。"

"就让你随意跑两圈感受一下重机的力度，你的速度达不到，不用头盔也可以。"太阳毒辣，苏驰娅也担心迟野会中暑。

哪知迟野却突然停下了脚，义正词严地说："那可不行，万一我摔倒了脑袋着地怎么办，风大伤了眼怎么办，有人故意偷袭我……"

"给你！给你！"苏驰娅嫌烦极了，把厚重的头盔一把丢到迟野怀里，"赶紧戴上。"

迟野抱着头盔委屈巴巴地跨上车，模仿着车手的样子俯下身子，晃了晃无处安放的大长腿，侧过头露出一排整齐的小白牙："苏驰娅，看我这姿势是不是还挺帅的？"

苏驰娅翻了个白眼，走过去捏紧离合和刹车，引擎声陡然炸裂，轮胎高速空转摩擦地面，白色的烟气从车尾飘散到空中。

"机车需要烧一下轮胎，我帮你挂挡了，你准备好了就动油门，刹车就按这个。"

车身随着烧胎的动作剧烈摇晃，迟野如同惊弓的鸟整个人弹起："这个太危险了，我还没准备好，你让开，我要下去。"

苏驰娅没想到迟野的反应会这么剧烈，扶稳晃动的机车思索片刻："往前坐，给我在后面腾个空间。"

迟野机械地把屁股往前挪了挪，苏驰娅身材娇小，刚好卡在了后面的缝隙里："我辅助你跑一圈，你自己控制方向。不用害怕，大胆往前开，有危险我会帮你，听到了没？"

根本没听到女孩在说什么，迟野只是愣愣地点了点头。

事实上，从女孩贴近的那一刻开始，他就仿佛患上了严重的心悸，心跳快到要呕吐。女孩半趴在他的背上，手臂从外侧握住手把，将他整个人半纳在怀里，让186cm的他找到了些小鸟依人的感觉。

"准备好了吗，现在出发！"

说着，苏驰娅松了紧紧握住的离合。黑色的摩托犹如一把利剑猛然出鞘，飞驰而过的风将迟野脑中所有的旖旎吹散，这叫速度不快？他感觉自己心脏病都要犯了好吗！

"不行了不行了，停……停下来。"

"油门在你自己手里。"

原本覆在男人手背上的手轻轻敲了两下，迟野赶快松弛手腕："可以了，体验结束了，你快帮忙停下来。"

哀号让苏驰娅莫名起了丝坏心，迟野当初的威胁陡然被她记起，她报复性地再次抓住迟野的手，借力拧紧油门："跑完这个弯道。"

车速重新提升，就在迟野还没摸到苏驰娅想法之际，他们迎来了第一个弯道。

　　女孩双臂用力顺着弯道往左下压，整辆机车以几乎与地面切合的角度飞速切过，迟野整个人立刻陷入癫狂："要摔倒了，我们要摔倒了！"

　　这样的动作简直比坐过山车还要刺激，迟野忍不住用力挣脱自己被牢牢钳制的手："苏驰娅，我说我有危险了！"

　　就在迟野喉咙快要喊破之际，苏驰娅终于扶正车把握着迟野的手拉住了刹车。

　　迟野坐在车坐上一动不动，整个人似乎惊魂未定。

　　这样呆呆傻傻的迟野让苏驰娅没忍住，"噗"地笑了出来。带过这么多车手，迟野绝对是叫得最惨烈的那一个。

　　在迟野脸色逐渐变黑之际，苏驰娅终于止住了笑。她两只眼睛亮晶晶的，犹如被冲刷过的琥珀："现在感觉怎么样？"

　　迟野递给了苏驰娅一个复杂的眼神，没有回应女孩的问话，慢吞吞地从摩托上爬了下来，掠过苏驰娅不发一语地转身走进了大楼。

　　明明是生机勃勃的盛夏，这人的背影看上去却异常萧瑟。

　　苏驰娅一愣，难道自己玩笑开过火了？

　　苏驰娅提步，刚想追上迟野，一通电话却止住了她的脚步。

　　"驰娅，杭磊解除合同了。"

第三章

◆天才揽少年◆

天灰蒙蒙的，漫天的乌云将最后一丝红霞遮住，只有半轮残月在天的另一头泛着白光，等待着昼夜轮换。

　　苏驰娅坐在赛道角落的台阶上，手里捏着两个不同颜色的骑手肩章，一遍遍地抚摸上面的文字，而另一侧空位上原本的温热早已消失变凉。

　　"驰娅，我的生活不止有梦想，还有我的家人和孩子需要我。MFC现在的状况你也看见了，你和Kay都不再上'战场'，剩下的车手们根本撑不起一场比赛来。我过完年就二十九了，我的职业生涯还能有几年呢？我等不起了。

　　"驰娅，我们后会有期。"

　　杭磊这几句话反反复复地出现在苏驰娅的脑海里，一字字、一句句。

　　杭磊的离开似乎摧毁了苏驰娅最后的信仰，说好的三个人，最后却又只剩下了她一个。

　　头顶的云堆积成片，顺着微风慢吞吞地流动着。那一轮泛白的明月越来越亮，慢慢出现一圈淡淡的月晕。

　　"找了好久，问了韩峰才知道你躲在这里。"

　　低沉的男声从楼梯下方传来。

　　闻言，苏驰娅立刻撇开头吸了吸鼻子："你怎么过来了？"

　　"身为投资人，不幸提前知道了些内部消息，不放心过来看看你。"

苏驰娅敛了敛神："对不起。"

迟野挑眉："是你让杭磊离开的？"

苏驰娅愣住："当然不是。"

"那你为什么和我道歉？"

迟野转身坐在苏驰娅的身边，狭小的台阶瞬间变得逼仄。男人伸手将苏驰娅手里的肩章拿过来："执梦人和逐光者，"思索片刻笑了笑，"这是上次你提到的机车名？"

年少时期的中二被戳穿，苏驰娅脸颊微红，从男人手里抢过来紧紧攥在手里。

女孩的反应证实了迟野的猜测，粉了小姑娘这么多个年头，倒是第一次听说这个名字。迟野顿时来了兴致："让我猜猜，'执梦人'是你，'逐光者'是杭磊？"

苏驰娅久久没有言语，就在迟野以为小姑娘不会回答自己的时候，她终于开口说道："不，'逐光者'是我，'执梦人'才是杭磊。"

迟野微怔，逐光，逐光。

只有身处黑暗的人，才会努力追逐光亮。

他放在心上的小姑娘，这一路上遇到了太多的委屈。

苏驰娅没有多言，将手里的肩章放进口袋："如果你想撤资我可以理解，我会帮你和韩峰讲。车队队员的成绩你今天也看见了，杭磊是我们实力最强的选手，他离开我们几乎没有胜算。"

"在你心里我是这样的人吗？"迟野因为苏驰娅的话有些受伤，"如果是因为杭磊，我一开始就不会投资 MFC。"

"可你投资不是为了让我们赢吗？"苏驰娅眼眶带着红，"我们现在可能没有胜算了。"

"人生的意义并不能用输赢去评判，况且我都还没失去信心，你先丧失斗志了可不行啊。"迟野伸手想要糊一糊女孩的短发，却还是收回手转而说道，"学会表达自己的真实情绪，其实也是一种坚强。"

苏驰娅不解。

"其实你不想我撤资的，不是吗？下次如果不想，就不要违背心意说出这样的话，我不愿意再听到了。"

苏驰娅咬紧了嘴唇，迟野似乎总是能看透她的内心，憋了好久才说了句"我知道了"。

这样乖巧的苏驰娅是迟野没见到过的，他没忍住伸手用力揉了揉苏驰娅的碎发，果然如自己想的那般柔软。担心被苏驰娅看穿自己心事般，迟野飞速起身："时间不早了，赶紧送我回家吧。"

所有的感动顷刻破灭，苏驰娅被迟野最后一句话噎住："真是什么时候都不忘使唤我。"

抱怨的她没有注意到男人眼眸里荡漾的温柔。

"迟野，下午骑完车你是不是心情不好？"苏驰娅想到什么，唤住离开的迟野，"如果是因为我……"

"不是因为你。"迟野右手插兜，抬脚蹭了蹭地面，"我只是……算了。"

迟野止住，粗声粗气地催促："别磨磨蹭蹭的了，我困死了。"

他没有说的是，他只是觉得在喜欢的人面前，自己表现得有点丢人罢了。

隔了几天，杭磊退出 MFC 转而加入极速俱乐部的消息不胫而走，一时间，大家对国内整体赛车车队排名和随之而来的 CSBK 冠军又有了新的预测，一篇题为《MFC 俱乐部之死》的文章更是出现在了某杂志上。

"胡言乱语，狗屁不通！"

一早到车队的苏驰娅看完杂志，气得直接扔在了桌子上："现在的纸媒都什么水平，这种胡编乱造的东西也敢刊登出来！"

祁元夕看了眼被甩下的杂志，某种悲伤情绪再次被勾引，两只眼睛红肿得像兔子："驰娅姐，我能请假休息一天吗？"

自从杭磊离开后，这群人中当属元夕的状态最差。

原本祁元夕只是山里胡乱跑的野孩子，当年算是杭磊带他入行的。那年山地越野赛在他的家乡举行，杭磊代表 MFC 夺回了冠军。祁元夕就在场边看着，眼里充满了羡慕与希冀。这样的眼神让杭磊想到了自己的过去，他出资送给了祁元夕一辆儿童摩托，祁元夕就是靠着那辆摩托一路北上投奔了 MFC。

"就你现在这状态休息多少天都是一样。"石头使劲儿拍了下桌子，"少像个林黛玉似的抹泪，走，带你直接去极速车队找杭磊算账！"

说着，石头满脸怒容地往外冲。

"回来，你去算什么账？"苏驰娅喝住男孩。

"他背信弃义！"石头怒吼，像个愤怒的火球，"在这个时候离开我们，还去了极速俱乐部，这不是背叛是什么？明明那天还假模假样地跟着我们一起测试，结果回头就闷声解约，我要当面问问他到底把我们当成什么，把 MFC 当成什么！"

石头的愤怒挑起了其他队友的情绪，大家纷纷说要去找杭磊当面质问。

看着站在中间脸色苍白却还不断顾虑大家情绪的姑娘，迟野舌尖不悦地舔了舔上牙膛。

"去吧。"坐在最角落旁观的迟野突然出声，原本喧嚣的训练室立刻陷入安静。苏驰娅紧张地捏紧衣摆，轻声喊了句"迟野"。

"杭磊解约和极速签订合同，没有了他，MFC 整体实力被大幅削弱，现在甚至连四名参赛选手都凑不出来，那我投钱给这样残败的俱乐部的意义是什么？"迟野摇了摇头，"石头你带大家一起去吧，要么把他打到他再也玩不了机车，要么就求他跟极速再次毁约重新回来，反正无论哪种结果我都乐见其成。"

大局已定，这群人再怎么闹也都无济于事。

这个道理，在场的人又有谁不知道呢。

见没人吭声，迟野冷笑一声："没这个本事，就别在这儿嚷嚷。驰娅和杭磊比肩十年了，难过不比你们少。有时间闹腾，不如花时间训练，也算给为了你们留下的人一个交代。"

也不知怎么，迟野简单的几句话却轻易击中了苏驰娅的脆弱，这段时间积聚的委屈直充鼻腔。

迟野的话也提醒了原本沉浸在愤怒情绪里的队员们，石头最先道歉："驰娅姐……"

"我没事的。"苏驰娅咧了咧嘴，说了句"我给大家准备了礼物"，转身走了出去，再回来时整个人已经调整好了情绪，怀里多了一个巨大的纸箱。

女孩嫌弃地把带有"MFC 俱乐部之死"大标题的杂志丢入垃圾桶："以后这种糟粕杂志禁止出现在我们车队。"

她用裁刀划开纸箱："我给大家带来了一本我最喜欢的书。当年在我被家人反对、被同行排挤、处处碰壁的时候，它带给了我力量和勇气，也帮我寻到了生命的光。我把书带过来送给大家，就是希望大家也能够不熄灭梦想，不放弃希望。虽然杭磊离开了，但峰哥还在，我还在，你们还在。只要有人在，我们就永远不会被打倒。"

车队的士气再次被点燃。

迟野突然对箱子里的书产生了好奇。他想知道是哪位作者如此幸运，以一种特别的方式陪伴女孩度过如此漫长的艰难岁月。

带着有些嫉妒的心情，迟野走到女孩身边，低头看见书封上赫然写着"如若我们不曾努力"几个大字。

瞬间，男人的眼神变得有些意味深长："你……喜欢这个作者？"

"李予吗？"提起喜欢的作者苏驰娅丝毫不忸怩，"我喜欢他好多年了，他写这本书的时候才十六岁，真的是天才级作家。"

突然想到迟野似乎也是个作者，她问："对了，你认识他吗？"

迟野手一滞："不认识。"

"他很红的。"

"没听说过。"迟野闲散地把书放回箱子，一副毫无兴趣的样子。

这个态度让苏驰娅撇了撇嘴，都说文人相轻，果然一点也没错。在她心里，李予可是文坛的旗帜一般的人物，怎么会有人真的不认识呢，一定是迟野嫉妒李予！

面对 MFC 的财神爷，她也不好将情绪表露得太明显，重新拿出来往迟野怀里塞了一本，说道："那送你一本看看，真挺好看的。"

刚端上来的牛肉面徐徐冒着热气，迟野悄悄把漂在自己碗里的香菜夹进苏驰娅的碗里，等了半天都没见到小姑娘的厉声呵斥，伸手朝着女孩晃了晃："想什么呢，这么入神？"

早晨五公里已经成了两人每天的固定活动，迟野从抗拒到习惯，现在已经享受其中，不得不说，这人身体素质的确非常优秀。

苏驰娅这才回神，低头就瞧见自己碗里绿油油地堆满了香菜，有些气急败坏："我的碗又不是垃圾桶，你不吃就让老板不要加，老给我干吗？"

虽然口头上抱怨，但右手还是诚实地拿起筷子搅拌了两下。

"老板开店多辛苦，你怎么忍心跟老板提那么多要求。"

这话说的，就跟是她挑食一样。

苏驰娅翻了个白眼："对了，你的车漆已经全部喷好了，可以开始上车练习了。"

"不要。"迟野想也不想地直接拒绝。

苏驰娅把筷子放下："今天又是什么借口？"

苏驰娅发现迟野对骑摩托车这件事异常抗拒，自从上次她强行让迟野"试骑"了一次之后，他再也没碰过摩托。原本以为迟野当时特意在合同上加注让自己帮忙训练，一定是对机车异常热爱。可如今看来不是热爱，根本是唯恐避之不及。

"我要开会。"迟野闷头吃面，说出的话含混不清。

苏驰娅提醒："你昨天才开的会。"

"是啊，你看我多惨，天天要开会。"

说得有鼻子有眼的。

苏驰娅冷哼一声，一边拿起手机一边盯紧了迟野。就在迟野猜测苏驰娅要做什么时，只听女孩说道："妃娜姐，我是驰娅……"

"你什么时候和季妃娜这么熟的？"迟野担心季妃娜乱说些有的没的，赶紧主动道，"你赢了，我今天没有会。"

苏驰娅闻言把电话放在桌上，上面哪有什么通话记录。再抬头，女孩眼睛眯起，笑得像只偷腥的猫。

迟野无奈地摇了摇头，小丫头变聪明了。

没想到吃过早餐，苏驰娅带迟野去的地方却和最初以为的训练基地大相径庭。

昏暗的电玩城，聚满了正值花季的年轻人。跳舞机上几个男生踏着节拍扭动着，一排排游戏机荧幕画面闪烁，迟野逡巡了一圈："你和我说要带我来一个特别的地方，就是这里？"

"没错。"苏驰娅也是第一次来，踮着脚找到服务台，"我先去那边兑换游戏币。"

迟野一愣，随即脸上露出了然的微笑。

都怪自己的魅力过于致命，让苏驰娅终于忍不住偷偷创造和自己单独约会的机会了。

女孩都已经暗示得这么明显，作为早就对苏驰娅"居心不良"的迟野也没必要那么矫情："不用你去，结账这些事留给我们男人。"

说完，他又想了想，似乎小女生都喜欢抓娃娃，于是补了句："你可以去娃娃机那边等着我，我抓娃娃的技术还不错。"

苏驰娅："？"

迟野还有这个癖好？

"不需要。"苏驰娅面无表情，"抓娃娃你等私下有时间再来，我和这里的老板提前约好了赛车的游戏机器，主要是带你找找手感。"

玩游戏机找骑摩托车的手感，有这个必要吗？

今天的活动是苏驰娅帮助迟野用脱敏的方法克服机车恐惧的第一步，迟野多次找理由推拒实战，苏驰娅想了很多的原因，最后还是将矛盾聚焦在了自己身上。上次她故意带着男人弯道压车，迟野的惨叫声到现在还历历在耳。她觉得迟野一定是被吓着了再也不敢骑了，这才想到了这个方法。

电玩城里的赛车游戏是两台联机的，苏驰娅与迟野分别跨上了并排摆放的机车。

苏驰娅道："这款游戏的赛道我事先让老板帮忙设置过，让他帮忙安装了一个和这届 CSBK 的赛道弯度数量相同的地图，你玩的时候可以在选取最佳线路时多用点心。"

她看了眼时间："我们只玩半个小时，我会留心观察你的线路选择。你自己跑自己的，没必要追赶我。"

迟野活动了一下筋骨，屏幕上的两辆机车在起跑线上准备就绪。

手腕轻轻搭在油门上，当大屏幕"Start"的字样闪现，迟野驾驶的摩托径直往前狂奔。男人的身体随着弯道的弧度而微微调整，每一条路线选择都仿佛精心设计过一般最优而精准。

屏幕上两辆车互相焦灼，仿佛真的来到了赛车比赛的现场。没想到迟野实力居然这么强悍，不仅从开始到现在没有一次碰壁，甚至有赶超她的迹象。

每位赛车手都流着竞技的血液，苏驰娅当然也不例外。被激起了胜负欲的苏驰娅也顾不得观察迟野的路线选择，一门心思全部铺在了游戏上。地图上的赛道历程越来越短，越到后面难度就越大。

几乎并驾齐驱的两人终于迎来最后一个，也是整个赛道弯度最大的弯道。稍稍落后的迟野突然朝着内侧加速，营造出即将超车的假象，就在苏驰娅下意识摆尾防守时迟野利用急弯的后轮转速飞速转动方向，紧贴着苏驰娅另一侧侧身实现了完美超车。

弯道已过，两人距离被拉开，游戏的胜负已定。

周围爆发出雷鸣般的掌声，不知何时电玩城里的玩家们都被这场赛事吸引，甚至还有好多女孩子拿出手机冲着拥有高颜值的迟野录像。

因为遗憾，苏驰娅拍了下车把，撸起袖子："我们再来一局！"

没想到苏驰娅开始恋战，迟野拗不过，硬是又陪着苏驰娅重开了一局。

游戏时，苏驰娅眸间微蹙，神情专注，一双粉唇因为紧张而不自觉翘起。迟野分神侧眸，一时间看呆了。

坐在他身边的姑娘，是苏驰娅啊。

思及此，迟野的心就犹如被微风轻抚，化成了一池春水。

走神让迟野没避开急弯，一头撞在了护栏上。大屏幕毫不留情地显示了"Game Over"。迟野说："你赢了。"

那边苏驰娅顺利跑完，脸上却没有该有的笑容。

"你故意放水的。"

"没有，确实是开偏了。"迟野晃了晃装硬币的篮子，"还有些游戏币，给你夹几个娃娃？"

怎么这人对夹娃娃这么热衷。

苏驰娅刚想吐槽，结果周围传来了一群女生的惊羡声：

"长得又帅还温柔，果然神仙男友都是别人家的。"

苏驰娅这才后知后觉地发现不知何时身边站满了围观群众，频频上热搜，对人群有恐惧的苏驰娅整个人都不好了。

什么情况？怎么突然间冒出来这么多人？

一旁的迟野低头拨弄手机刷了刷微博，嘴角爬上了一丝可疑的微笑。

第四章

◆ 追风也追你 ◆

极速车队最终参加大赛的车手阵容已经全部确定，队长吴佑凯成为冠军呼声最高的实力选手，而最新加入极速的杭磊也成为大家看好的对象。在极速车队夺得大众全部关注之时，MFC却迟迟没能确定最后的人选。

"替代杭磊参赛的选手，你有什么建议？"

上交报名表的最后截止期限，苏驰娅被叫到了办公室专门商议人选。

苏驰娅不是冒进主义者，摇了摇头："为什么一定要选四位选手参赛呢，与其让队里那些还没做好准备的选手参赛，不如直接报三名。滥竽充数，只会让MFC在三流车队的路上越走越远。"

韩峰想了想，没头没尾地问了句："迟野开始训练了吗？表现怎么样？"

提到迟野，苏驰娅嘴角忍不住露出一丝笑意："还没正式开始，不过迟野自身的身体素质非常好，对于赛道的感知度也是我见过的车手中最优秀的。"

除了不敢骑摩托车，其他的都很好。

韩峰若有所思地点了点笔尖："那第四个人，就写迟野吧。"

在韩峰看来，这次CSBK大赛不要说夺冠，夺奖牌的可能性都微乎其微。他是车队的负责人，与满腔热血挥洒梦想的车手们承担着不同的压力，他必须要想办法把车队的损失降到最低。

显而易见，现在迟野是投资商，也是当前车队唯一的稻草。既然迟野有想成为赛车手的心，他不如顺势给迟野一个参赛名额，这样即便队伍输掉了比赛，迟野作为团队一分子也不好讲出什么话来。

韩峰的算盘打得周全，苏驰娅听得眉头紧皱，直接说道："我不同意。"

迟野的状况她最了解，一个连摩托车都不敢骑的人怎么可能在短短时间内参赛。况且和迟野相处这么久，她对男人的感情也开始变得微妙起来，至少她不想让他们的关系多了算计。

"以现在车队的情况来看，并不是任性的时候。"韩峰的语气是不容置喙，"你去和迟野说，这个名额是我们好不容易为了感激他注资向主办方争取过来的，你的任务就是在这段时间集训，让迟野能够和队员们一起上场。"

"如果迟野自己不愿意上场呢？"

"他既然在合同里加入了附加条款，就说明他对赛车是有情怀的。即便是没有情怀，你也需要在短时间内培养他的情怀。这次我们的队员实力不要说跟极速车队比，连普通的车队都不如，在这种情况下，我们必须考虑下一场比赛的资金，不然只会不停上演这样的尴尬。"

曾经排名第一的车队，如今大赛当前，却沦落到绞尽脑汁讨好投资商的境地。

韩峰的每一个字都仿如利剑般刺痛苏驰娅，提醒她，是她撞碎了MFC的过去。如今她夹在 MFC 的发展与道德的审判中，动弹不得。

"怎么表情这么难看，不是说去找韩峰商量参赛车手，最后确定了谁？"

等在门口的迟野见苏驰娅出来，顺手递过去一杯咖啡。

"没有，就还是三个人。"苏驰娅低着头不敢直视迟野的表情，她要怎么告诉对方——车队担心你会撤资,所以强行把你也推上赛道。

"三个人好好训练还是有机会的。"迟野没多想,以为苏驰娅还在为杭磊离开而可惜,挂上笑脸安慰了几句之后扯着女孩的手臂,"过来,我有礼物送给你。"

当苏驰娅随着迟野走进会议室,看见会议室黑板上挂着一张超大型赛道手绘图的时候,她惊讶得合不拢嘴:"这是……CSBK的赛道?"

"我找人去湖市航拍了两个月后的赛道场地,然后按照角度和距离进行同比缩小,并计算好了参赛摩托车行驶的最佳路线。"迟野双臂环胸,嘴角噙着一丝笑意。

苏驰娅快步走过去,轻轻用手摸着碳素笔划过的纹理,又根据自己的比赛经验飞速检查了迟野在上头用铅笔绘制的路线,眼底闪过一丝赞赏。

怪不得这家伙在和她玩电玩的时候能赢。

他是天才,绝对的天才。

"之前你不是和我说元夕他们赛道路线规划是弱项,我就想着做些什么减轻你的负担。集训的时候可以让车手按照这几条线路练习,然后再不断加入机车陪练模拟突发情况,强化弯道超车。"

迟野右手插兜,站姿潇洒,连语气都是云淡风轻,但看向苏驰娅的时候眼神带光,就差把"快夸我"几个字刻在脑门上。

苏驰娅双拳紧握,某种情绪在胸腔流转发酵。她突然间觉得与面前之人相比,自己是那么卑鄙,三番五次地利用对方,甚至还害他对摩托车产生了恐惧心理。

明明他们之前素不相识,可迟野对她的好已经超出了预期。

苏驰娅想对他说,不要对她那么好,她不值得,结果说出口却变成了硬邦邦的一句："下次不要做这些了。"

迟野瞧着落荒而逃般疾步离开的女孩的背影，舌尖抵了抵腮。

迟野靠在椅背上盯着自己熬了几晚画出来的赛道图，这才想到小姑娘从韩峰办公室出来时眼神飘忽，似乎透露着古怪。他拿出手机拨通助理的电话："季妃娜，帮我查一下 MFC 这次 CSBK 大赛的报名情况。"

时间的齿轮不停地向前滚动着，越是逼近大赛，苏驰娅脸上的笑容就越少。MFC 仿佛又回到了 GP 赛事故的那段时间，紧张与焦躁的氛围充斥着队伍。

青天烈阳下，一辆辆重型机车在赛道上疾驰，宛如夏日旋风。而在这群迅猛而过的机车中混迹着一辆堪比"路障"的龟速车。

"迟野，弯道是加速超车的地方，不是让你减速慢行的。"

苏驰娅对着对讲机冲着迟野怒吼："你给我开过来，不要影响其他人的训练！"

听到苏驰娅的话，心态稳如狗的迟野慢悠悠地打亮了向右转的转向灯，七彩的灯光立刻从竖起的转向灯上闪烁而出，在斑斓的色彩里，机车缓缓朝着休息室的方向驶去。

在看见耀眼灯光的瞬间，苏驰娅的太阳穴迅速跳动了两下，一双盯紧车灯的眸子几欲喷火。迟野的领悟能力和身体素质在队里绝对是翘楚，原本以为只要他克服了心理恐惧骑上摩托车，训练进度就会突飞猛进，谁承想，当迟野终于鼓起勇气能够独立驾驶摩托之后，这人的表现却再次刷新了她的认知。

"这东西什么时候安的？"

苏驰娅指着面前宛如招风耳一般昂首挺立在车把上的转向灯，面容有些扭曲。

比赛的专用赛车与日常摩托有所不同，为了减少行驶阻力，往往车体在设计的时候会尽可能规避车身除外的一切配件，而这两只与整款黑色摩托严重不搭的"招风耳"显然不是原本的零部件。

提到这个，迟野的脸上露出了一个笑容，躬下身子拍了拍"小耳朵"："出于安全考量，我特意请师傅帮我安装的，为了美观我还加价做了七彩款，是不是很炫酷？"

还挺得意？

"你见过哪个赛车手在赛道过弯的时候打转向灯？"苏驰娅咬牙切齿，"高速行驶下，你的这两个东西有脱落危险，赛场上出现哪怕一块小石子都可能会引发一场事故，你立即把这个碍事的东西给我拆掉。"

迟野看着无比闪耀的转向灯，做最后的挣扎："可是我开得又不快。"

"你还知道你开得不快？平均时速20公里都不到，别人骑自行车都比你骑得快。"说到这个，苏驰娅再次控制不住自己的脾气，一双杏仁眼瞪到最大，"过弯道身体侧压你说技巧不足放慢速度练习就算了，直道你又是为什么不提速？距离CSBK大赛就剩下一个多月，你这样不要说……"

话说到一半，迟野盯着苏驰娅的眼神带着几分深邃："不要说什么？"

后面的话被硬吞回去，苏驰娅慌忙移开视线："没什么。"

她抿了抿唇生硬地移开话题："接下来你的主要任务就是练习直道，我会单独给你计时，直到时速破百为止。"

赛道的尽头是大片橘色的天空，连绵的云如撕扯的棉絮铺散开，余晖落在苏驰娅发丝上。从早到晚，他们的训练时间早就超过了八个小时，而这俨然成为集训时期的常态。三名参赛队员反复在赛道上飞驰着，苏驰娅则寸步不离地在赛道边跟随指导，甚至午休期间，女孩还在不停观看训练视频，以寻找提升速度的方法。

短短几天，苏驰娅就肉眼可见地消瘦了下来，眼底挂着疲惫的黑眼圈，只有一双眸子亮得惊人。

迟野眸中闪过心疼，看了眼手机上的时间："不早了，明天再继续吧。"

苏驰娅以为迟野又开始找借口，脸色瞬时变得难看："你如果累了可以先回去。"说完不再看向迟野，冷漠地转身继续看着赛道上的车手。

"想要利用时间战术在短时间内提升选手的实力只是徒劳，这样超负荷的训练只能加重车手的心理和身体负担。"迟野把机车往苏驰娅身边横了横，挡住女孩的去路，"不如保证充足的休息时间，利用精力最旺盛的几个小时针对弱点进行强化训练。"

"训练没有捷径可走，你不需要为你的懒惰找这么多理由。"此时的迟野在苏驰娅眼里像极了阻碍车队进步的敌方间谍，"我说了，你累了可以先离开，但请不要耽误赛队选手训练。"

整个 MFC 的名誉之战全部压在苏驰娅的肩上，对于她和其他车手而言，早就没有了选择，摆在他们面前的只有一条路，就是赢得比赛。

拼尽全力，是他们唯一的希望。

清风吹过苏驰娅短俏的碎发，女孩昂起头才到迟野的肩膀，眸底却带着近乎决绝的坚毅。

最后还是迟野败下阵来，把头盔摘下捏在左手，他说了句"随便你"就翻身下车，径直往休息室走去。

没料到迟野会真的转身离开，苏驰娅眼中闪过慌乱，随后巨大的失落混杂着其他说不清的情绪喷涌上来，她只觉得胸闷得厉害。强撑着的肩膀垮下，一双手紧紧握成拳，嘴唇被咬出两道浅浅的印子。

究竟是什么时候，迟野对她的影响竟这么大。

苏驰娅执拗地站在原地，也不知在和谁较劲。

"坐下。"

一道男声从休息室门口传出，原本离开的迟野再出现，手里多了一把椅子。

"你……"

"不是说要给我计时，坐在终点也是一样的。"迟野声音低沉，手上的动作却意外的轻柔，"连续站这么长时间，还真以为自己是超人。"

苏驰娅喉咙干涩，微微别过头去："不用，我不累。"

"哦。"迟野无所谓地耸了耸肩，"那我不练了。"

这人！

苏驰娅拉过椅子一屁股坐上面："现在可以了吧！"

"可以。"迟野往上弯了弯嘴角，得寸进尺道，"是不是我时速破百就可以结束训练？"

还提条件？

苏驰娅"嗯"了声，补充了句："只是今天可以结束训练了。"

"那你呢，能答应我和我一起结束，然后立刻回家休息吗？"

怎么话这么多！

"你先破百再说吧。"方才莫名的那股情绪都被迟野的连篇废话带走，苏驰娅像轰苍蝇一样挥了挥手，"别练到十二点你还是时速 20 公里。"

闻言，迟野扬唇一笑，整个人俯趴在机车上，鹰隼般的视线透过头盔上的玻璃牢牢锁住苏驰娅所在的方向。

苏驰娅手中的黑白格旗帜向上挥舞，随着旗帜落下，迟野驾驶的那辆黑色机车犹如利剑出鞘，黑色的轮胎卷起层层灰尘，在夕阳的照射下散发出金色的光。

机车上的少年仿佛鲜衣怒马的骑士，带着狂涛乍起的汹涌和澎湃，朝着她疾驰。

刹那间万物失色，苏驰娅甚至能感受到自己身上流淌的血液被燃烧而后沸腾。那轰鸣成了最动听的旋律，而那抹英挺瞬间击中了她的心脏。

迟野总是能够在她绝望的时候带给她惊喜和希望。

夜色如墨，MFC 会议室却依旧灯火通明。

最前面的电视上反复播放着历年摩托大赛的视频集锦，苏驰娅按下暂停键，画面停在吴佑凯的赛前介绍上。

"吴佑凯是极速车队的主力选手，目前国内成绩排名第四位，也是今年 CSBK 夺冠的热门选手。"经过连续几天的超负荷工作，苏驰娅的声音已经暗哑得厉害，"吴佑凯喜欢反复变化路线以干扰其余选手，开车攻击性强，和他分在一组的石头要特别当心。"

石头嘴里叼着笔，发丝间的汗渍还未消退，拿着扇子呼啦呼啦扇着风："早就领教过了。一年前跟他跑过一次小组赛，弯道超车的时候太野，后面的车险些被逼停。"

"所以更要稳。"

苏驰娅脸上挂着担忧，石头开车就犹如他本人的性子，莽撞又容易被激怒。摩托竞技四处潜伏着危险，在赛场上最忌讳的就是开斗气车。

"知道。"石头不在意地摆了摆手，"现在问题最严重的不是我，是小元夕。"

祁元夕原本实力就是这几名选手中最弱的，又是首次参加全国性的大赛,压力可想而知。在这个当口杭磊又离队，原本活泼的祁元夕也日渐沉默。

"干吗都看我，我在努力的。"祁元夕神情有些憔悴，发现大家的视线聚焦在自己身上，脸上迅速挂出笑容，故作开朗地说，"大家放心吧，我一定不会给车队拖后腿。"

"也不要有太多压力。"苏驰娅捂着唇在一旁剧烈咳嗽了几声，声音已经哑到几乎讲不出话来，"你今天的训练视频我已经导进电脑，滑胎进弯道动作不够流畅，位置的选择也有些问题，等散会后你自己看一下视频查找问题。"

就在大家全神贯注查找自身及对手问题时，紧闭的大门突然被人从外拉开，换好私服的迟野逆光出现在门外。

"回家了。"

讨论被打断，苏驰娅装作没听懂的样子拿出手机："我联系季妃娜让她现在来接你。"

"说好的和我一起休息。"迟野食指转着车钥匙，眉毛一挑，"苏驰娅，你该不会要食言吧？"

话音刚落，石头立马应景地吹了个口哨："瞧我们这群没眼力见儿的，驰娅姐你快回去和迟野哥一起休息吧！"

"一起休息"四个字被石头刻意咬重，气氛陡然往奇怪的方向跑去。

苏吃娅发现在耍赖这件事上，她从来就没赢过。

"连续训练这么长时间，的确该休息了。"方显率先起身，扭了扭发酸的脖子，"都回去好好睡一觉，明天继续战斗。"

"跑了一天热死了。"石头也跟着蹦起来，"我去洗澡了。"

一个两个都跑了，会肯定是开不成了。苏驰娅瞪了眼迟野，关上电脑："你到底什么时候去考驾照？"

她更想知道自己要一直当迟野司机到什么时候。

"不急，不是还有你嘛！"迟野赖个彻底，"况且我摩托速度都破百了，有没有汽车驾照也无所谓。"

这个口气，不知情的还以为他的速度有多快，实际上也才达到了时速102公里而已，连职业赛均速的一半都没到。

苏驰娅刚想泼冷水，半天没讲话的祁元夕走过来："驰娅姐，可以把迟野哥送你的赛道图借我练习一下吗？我晚上想对照着路线跑几圈，明天就还你。"

祁元夕说的还是之前迟野送给苏驰娅的那副亲手绘制的 CSBK 赛道，上面有他标注的最佳线路。那张图每每看到，似乎都在提醒苏驰娅，她正在利用迟野的善良。没给队员拿出来学习的原因，说到底，是她还是没能过心里的那关。

既然祁元夕主动想要训练，苏驰娅自然是全力支持，点了点头突然反应过来："不对，你是怎么知道那个赛道图的，还知道是迟野给我的？"

"大家都知道啊，你不是天天在办公室看的嘛。"祁元夕眨巴了两下眼睛，"除了迟野哥，还有谁的东西能让你这么宝贝。"

"一天到晚瞎说什么呢。"

才警告过迟野不要再为她做这些，结果没隔几天就被人戳穿自己有多宝贝这东西，这波打脸过于猝不及防。恼羞成怒的苏驰娅再次暴走，对着迟野疯狂摇头："你也知道，这小子就喜欢信口开河，我才没天天看。"

"才不是，我跟石头还有显哥都看见了！"

"少说两句没人把你当哑巴。"苏驰娅把办公室钥匙丢给祁元夕，轰苍蝇似的挥手，"尽会给我添麻烦，赶紧走。"

祁元夕抱着钥匙，露出两个清浅的梨窝："好嘞，那我继续训练，不打扰两位了。"

迟野得知小姑娘如此珍视自己的礼物，自然是有几分高兴的，看着祁元夕的目光也不禁多了几分慈爱："这么晚了回去休息吧，提高成绩不是一朝一夕的事。"

苏迟娅瞪眼："迟野，我警告你别扰乱我们的军心。"

"迟野哥，我没事的。现在队里只有我成绩最差，我再不努力就真的要让你的钱打水漂了。"眼底的难过一闪而过，祁元夕强颜欢笑道，"再说我身体好得不得了，不用担心的。"

一阵风吹来，苏驰娅嗓子又开始犯痒，忍不住狂咳不止。

苏驰娅原本话不多，集训期间对着对讲机从早说到晚，她怀疑自己把一年的话都说完了。最初只是喉咙沙哑，没想到现在变得有些严重，头也晕沉沉的。

女孩咳得眼泪汪汪，迟野也顾不得祁元夕，皱眉从兜里掏出什么往女孩嘴里一塞，动作无比自然。苏驰娅下意识想吐出来，一阵清凉却流入嗓子，舒缓了不适。

是……喉片？这人什么时候去买的？

突然想到方才迟野训练完好久没回来，苏驰娅心中有了答案。

咬住嘴里的药片，女孩只觉得今天的灯光明亮得刺眼，照得她眼底竟然出现了微微潮意。

入夜，四周是伸手不见五指的黑，没有一丝光亮。入梦的苏驰娅置身黑暗，浑身被不安与恐惧笼罩。

陡然，巨大的荧幕出现在女孩的前方，嘈杂的喊叫声伴随着疾驰的摩托出现在屏幕上。在她还未反应之际，一股巨大的力量将她整个人吸入荧屏，下一秒她已经置身于 GP 赛赛道现场。

她驾驶的那辆墨绿色机车正在全速奔驰，然而坐在上面的姑娘却带着不安与焦虑，因为她知道，就在百米之后那场意外将再次上演。

"停下，拜托快停下！"

梦境中的苏驰娅用力按着刹车，可问题是，摩托仍旧依照原定路线驶入弯道，而身后的 Kay 距离自己越来越近，越来越近……

濒临崩溃的边缘，一双手从身后捂住了她的双耳，犹如电影一般，她再次被拉出荧幕。

"苏驰娅，看着我！"睁开眼，一双深棕色的眼眸映入眼帘，眸波荡漾温柔，冷汗和心悸犹在，心里的恐惧却奇异地被男人的目光拂去，整个人如被下了蛊般再也无法移开视线。

两人的呼吸渐渐交叠，男人的视线逐渐变得滚烫。察觉到对方意图的她顺从地闭上眼，轻轻仰起下巴……

"丁零零！"

闹钟适时响起，外头天色已是大亮，窗外几只早起的鸟儿正在枝头喧嚣。

苏驰娅从一段光怪陆离的梦境中惊醒，整个身子仿佛被掏空，头昏沉得厉害。她蓦然打了个寒战，摸了摸额头，嘴角露出一丝苦笑，没想到几年没生过病的她居然在这个节骨眼上发烧了。

常年的户外训练让女孩肤色更偏向健康的小麦色，颇高的体温让苏驰娅双颊染上淡淡的晕红，她起身为自己倒了杯温水，就算吃过药了。

早晚温差大，迟野穿了一件宽松的黑色卫衣，娇嫩的白皮肤在衣服的映衬下更加耀眼。老远瞧见苏驰娅的车驶来，站在小区门口的迟野双手插兜小跑着过去，露出一排小白牙："车速破百的车神来了。"

苏驰娅抬眼瞅了男人一眼，仿佛在看巨型智障。

迟野早就习惯了苏驰娅这副表情，坐上车，从包里拿出个粉嫩嫩的保温杯放在杯架上："喏。"

"什么东西？"保温杯的颜色让苏驰娅嫌弃地皱了皱眉，嗓子像被砂纸划过，开口就疼得厉害。

"本车神亲自炖的银耳梨汤。"说完，迟野有些担心苏驰娅拒绝，补了句，"昨晚做多了，我自己也吃不完，刚好给大家分一分。"

既然大家都有，苏驰娅也没矫情地拒绝，毕竟现在她的嗓子确实不舒服到了极点。

迟野体能上升后，每日固定的五公里跑步就取消了，取而代之的是在车队器械室做一些针对性和专业性更强的体能训练。他们到得较早，只是这天，祁元夕也提前到了车队，正在器械上进行有氧练习。

"怎么来得这么早？"

苏驰娅看了眼时间，堪堪七点而已。从祁元夕身上的汗量来看，显然已经训练了一段时间。

"我最近失眠，反正也睡不着，就爬起来训练了。"

以往训练，祁元夕永远都是睡过了迟到被罚的那个，男孩突然说自己失眠倒是让苏驰娅奇怪了一瞬。不过苏驰娅并不是什么细腻的人，加上此时身体不舒服便也没有多心，只沙哑地嘱咐了句："自己训练注意安全，不要伤到肌肉。"

迟野在女孩说话的空当已经将银耳梨汤倒好，适才坐上器材进行热身准备。

喝过银耳梨汤，苏驰娅似乎已经干涸的喉咙得到了些许舒缓，而一旁原本在做肌肉拉伸的迟野见小姑娘起身打算收拾碗筷，极其自然地走过来伸手接过："你保存体力，这些放着我来就好。"

迟野的一句话让苏驰娅有片刻晃神，她不知道自己究竟是从什么时候开始，竟如此习惯迟野的照顾。突然间，被抛掷脑后的梦境陡然闯入脑海，男人深褐色的眼眸，殷红的唇瓣，越靠越近的头颅……

倒吸一口气，苏驰娅从椅子上惊跳而起，速度太快以至于不小心磕到了右腿，疼得她龇牙咧嘴。

"怎么这么不小心？"迟野皱眉，想要查看女孩的伤情，结果他刚靠近，她就连续往后面退了几步，一双小手还夸张地捂住了口鼻。

他是什么瘟神？

迟野伸出的手僵在原位，脸色也阴沉了下来。

察觉自己的不礼貌，苏驰娅赶紧放下手，舔了舔干涩的唇："谢谢你的银耳梨汤，很好喝。我……我回办公室看一下今天的训练方案，你继续训练。"

苏驰娅说完头也不回地离开，偌大的训练室只剩下迟野和埋头训练、搞不清状况的祁元夕。

祁元夕冲着迟野咂了咂嘴："迟哥，我早晨没吃早饭，那个……梨汤还有吗？"

迟野斜眼瞥了男孩一眼，冷笑一声抬脚跟着离开。

无辜的祁元夕："？"

早晨的梨汤事件后，苏驰娅整个上午都感觉很不对劲。而这一切的起因不仅仅是身体不适，更多的是她震惊于昨晚那个过于荒唐的梦。

沥青赛道上一辆辆摩托不知疲倦地跑着，苏驰娅独自站在赛道边缘的位置，身上穿着与其他的车手一样的机车服，蒸蒸热气让她的发丝黏在脸颊，不知是因天气还是身体不适，整张脸带着不自然的晕红。

她梦见和别人接吻了，而男主角不是别人，居然是迟野。

一双眼紧紧锁在慢悠悠过弯道的迟野身上，她不自觉咬着右手的指甲，神情里三分焦躁七分不可置信。

"想什么呢，这么入神？"

突然，一只大掌从后面伸出，重重地拍了下苏驰娅的肩膀。

苏驰娅被吓了一跳，身子一抖，回头才发现原本在一旁懒散训练的人不知什么时候开到了她的身后。

从前，迟野在苏驰娅心中有很多身份标签，比如他是投资商，也是恩人，更是她想要重点栽培的预备车手。但此时，她突然意识到摒弃这些身份，迟野是个男人，还是长相非常不错的男人。

而这种认知在苏驰娅漫长的竞技生命中，还是第一次。

面对迟野，她开始感到不自在，极度不自在。

苏驰娅头痛得更加厉害，整张脸像煮熟的虾子泛着红光，身体却冷得异常。她试图摆脱身体与思想上的纠结，用力按了按太阳穴："别人都在训练，你跑过来做什么？"

"劳逸结合。"摘下闷热的头盔，迟野仰着头甩了甩湿漉漉的短发，整个人犹如夏日彩虹般耀眼。

"我看你没有劳，全部都是逸。"苏驰娅移开视线，结果一眼就看见迟野膝盖上纤尘不染的膝包，使劲儿皱了皱眉，"说了多少次过弯道的时候要身体和车身要同时下压，同时膝盖感受下压的最大弯度，最大限度地减少摩擦。"

"会摔倒的。"

迟野其余的都能接受，唯独压弯无法轻易尝试，更别提在高速行驶的情况下用膝盖压地寻找极限。

"不会，机车的前轮都是特殊处理过的，抓地力会比普通摩托好很多。"苏驰娅说话的神情严肃，"迟野，我希望你知道，赛场不是小学生交通安全教学现场。车手不仅是在与时间赛跑，更是和死亡竞争。"

赛道上的意外太多，当他们选择成为职业车手的那天开始，他们就在与风险同行。

"既然风险这么多，你为什么还要成为车手？"

反问让苏驰娅愣了一瞬，随即她抬眸望向远方："因为对我来说，信仰比生命更重要，而机车竞技，就是我的信仰。"

苏驰娅话音刚落，不远处训练的一辆红色机车在滑胎入弯时突然车尾剧烈摇晃，车手无法第一时间控制住方向，整辆车如脱缰的马，斜擦地面向着护栏甩去。苏驰娅大声对着对讲机呐喊指挥，只是已经来不及了，她眼睁睁地看着那辆摩托脱离赛道，自己的队员被甩到地面上。

大脑空白了一瞬，苏驰娅立刻凭借下意识的身体反应一把握住迟野的车："通知队里的救护车，是元夕。"

兵荒马乱之后，住院部的楼道恢复了原本的平静。冰凉的座椅上，苏驰娅将脸埋在双手里，眼睛无神地盯着紧闭的房门。只有空气中飘散的消毒水味道还在不断刺激着她的嗅觉，元夕倒地的瞬间和 GP 事故现场 Kay 因她撞出栏杆的那幕一遍遍在脑海中回放。

"喝口水吧。"

送走车队其他队员，迟野从楼梯口的贩卖机拿过来两瓶水："元夕还没醒，应该是很久都没睡过一个好觉了。刚去问了医生，除了右脚被机车稍微压伤外没什么大碍。这小子安全意识还算强，摔出车的时候自我保护做得很好。"

苏驰娅两只手紧握成拳，指甲因用力露出青白色，听到迟野的话也没抬头，只是说了句："是吗，那就好。"

见苏驰娅这个样子，迟野眸色软了软，半蹲下身子，仰头看着低着头的苏驰娅："你不要把这件事又怪在自己身上，他真的没事。"

苏驰娅苦笑，不怪在自己身上吗？

医生说，从精神状况上来看，祁元夕失眠长达一个月之久，疲劳训练导致的精神不济是事故发生的主要原因。身为教练，她非但没有发觉元夕情绪的异常，反而不断施压让他通过高强度训练提高成绩，跟上整个训练速度。

迟野早就提醒过她不要过度训练，可她仍旧一意孤行。如果这都不怪她，那又能怪得了谁呢。

自己最尊重的师兄 Kay 此时就躺在这家医院的八楼，而自己最疼爱的小师弟祁元夕如今躺在这家医院的三楼。苏驰娅呼吸渐渐有些急促，甚至喘不过气来。

她起身想要做点什么，可瞬间一阵天旋地转，随即便失去了意识。

夕阳垂下，明月悬空。

睁开眼，苏驰娅便发现自己躺在病床上，右手上方还挂着吊瓶。迟野坐在床边的凳子上，韩峰也从车队赶来，站在窗边低头看着手机。

守在一旁的迟野最先发现苏驰娅醒来："现在感觉怎么样？"

原本有些混乱的大脑恢复运转，苏驰娅后知后觉地意识到自己竟然晕倒了。

头痛减缓了大半，可身体仍旧虚弱无力。自从 GP 事故受伤后，苏驰娅明显察觉到自己的身体状况不若以前那般好了。

在这家医院，苏驰娅有太多不想回忆的过往，坐起身的第一件事是想要直接将右手的针管拔掉。

迟野发现苏驰娅的动作，一把抓住女孩的手腕："做什么？"

"已经好了。"苏驰娅眉头皱起，声音一如破碎的锣。

"发烧到 40℃ 都没意识到的人没资格给自己看病。"迟野强行扣住女孩的手，"我真怀疑你上辈子是把伞，声音都已经哑成什么样了还在这边硬撑。医生说如果再这样烧下去，极有可能会损伤脑细胞。以你现在的身体状况，最好是卧床休息，不然下次……"

苏驰娅太阳穴跳了跳，轻声唤了句："迟野。"

原本还在喋喋不休的男人陡然停住，因为女孩的一句呼唤重新恢复温柔："我在。"

结果却听到女孩继续说道："你太吵了。"

迟野："？"

苏驰娅挣脱束缚，趁迟野不注意直接拔掉右手的针管起身。

低估了苏驰娅的固执，迟野凛下脸来，跟着起身挡在女孩面前。

"让开。"

迟野冷笑："把别人的关心当作耳旁风就是你一贯的方式？"

一时间，两人僵持在了原地。

"让她出去吧。"

站在一旁的韩峰突然出声，他把手机放进口袋，冲着苏驰娅说道："我已经联系了他的主治医师，你现在上去吧。"

苏驰娅嘴唇紧紧抿住，紧握的右手上的针孔渗出血来也浑然不觉，身体僵硬地掠过迟野走到门口，也不知对着谁说了句"谢谢"。

迟野烦躁地撸了一把凌乱的发丝，一双深棕色的眼眸充斥着凌厉和恼怒，整个人气压极低："这就是你们队想要的？队员不睡觉死撑着也要继续训练，教练发烧到晕倒拔针管也要离开病房。我投资是想要重振MFC，可不是想花钱看 MFC 队员虐待自己这场好戏的。"

"她去看 Kay 了。"

韩峰掏出一根烟，想到房间内禁烟又放回烟盒里："两个月了，Kay一直在重症监护室没有醒来。驰娅被对方家属要求不允许探视，这么长时间以来，除了承担 Kay 所有的医疗费用，驰娅不曾靠近过八楼半步。半个月前，医院传来 Kay 终于苏醒的消息，这次我知道她一定忍不住想要亲自确认。"

迟野倒是不知道这件事，往外走的脚步顿住。

原本按照惯例，赛道的意外事故出现的伤亡情况不应该由选手本人承担。但苏驰娅不但自己担下高额的治疗费，还坚守着所有当初与 Kay 奋战时的承诺。即便置身地狱，也不曾离开 MFC，她努力筹资训练，只为等待着队友 Kay 回来的那天。

韩峰目视着窗外那棵逐渐蜕变成黄色的树，对着身后的迟野说道："驰娅性格执拗，又轴得很，表面看起来冷冷清清的，但实际上心比谁都热。你……照顾好她。"

夏末的夜添了三分萧瑟，苏驰娅的肩上挑的是愧疚与责任，可承载在韩峰身上的又何尝不是呢？整个 MFC 的未来，队员的梦想乃至生命，全部都压在他身上，心有余而力不足。

迟野捻了捻拇指，淡淡地说了句："我知道。"

迟野赶到八楼，见到的就是苏驰娅惨白着脸，狼狈地站在监护病房门口的画面。而站在她面前的，是一个穿着深灰色外衣，手里拎着饭盒的女生。

"你不是想了解他的伤情吗？好，我来亲口告诉你。Kay 是醒了，但右腿膝关节交叉韧带断裂，右手腕尺神经及屈伸肌腱断裂，即便做再多的恢复训练都没办法让肌肉达到过去的肌力。也就是说，他永远都不能赛车了。"

女生个子小小的，可此时身高超过一米七的苏驰娅看起来比她还要柔弱。

　　"你的出现只能不断提醒着 Kay 他的职业生涯结束了，他永远没办法再继续他热爱的运动了。你知道当他知道自己无法再上赛场时的表情吗？苏驰娅，如果你还顾及过去的情分，求求你不要再来了，他好不容易恢复了精神，我不想他再消沉下去了。"

　　说完，女生走进了病房，只留苏驰娅站在原地，宛如秋日干枯的落叶。苏驰娅抵着墙缓缓滑落，坐在冰凉的地板上，双目呆滞。

　　而迟野躲在距离她几步之遥的地方，提步却没有走过去。

　　在所有人面前装作无坚不摧的苏驰娅，也有被紧紧摁住的脆弱。

　　郊外的俱乐部，融入月色的墨色机车在赛道上疾驰。车上的人没有穿戴任何防护措施，车速如同上了发条般机械又疯狂，声声入耳的轰鸣声仿佛午夜呜咽，犀利绝望。

　　"迟野哥，你终于来了。"

　　队员们仿佛见到救星般围上去："驰娅姐从医院回来就开始在赛道骑车，一直到现在了，连韩峰哥都劝不住。"

　　如今，Kay 和杭磊都已经离开了俱乐部，剩下的队员们尽管担心，却没有一个人敢上前阻止苏驰娅近乎自虐的骑行，只能担忧地守在原地，唯恐女孩出什么危险。

　　祁元夕右腿绑着绷带，靠在石头的肩膀上眼睛红得跟只兔子似的："都是我的错，要不是我精神不集中就不会摔倒，我不摔倒驰娅姐就不会心情不好。迟野哥你也想想办法吧，驰娅姐原本身体就不舒服，万一再晕倒了……"

迟野脸色肃然，拉紧外衫拉链，视线锁住远处移动的墨点："你们先回去吧，我来照顾她。"

说完，迟野熟练地跨上机车，手腕轻扭，白色的喷气在黑夜里绽放出一朵雾气玫瑰。

迟野整个身子趴在机车上，用力往外呼出一口气，舌尖抵了抵腮，嗤笑了自己一声："迟野，你真是疯了。"

语毕，这辆机车横穿赛道，朝着苏驰娅直挺挺冲去，在距离女孩不足百米的地方横车站定。

苏驰娅发现迟野之后拉紧刹车，高速旋转的轮胎在地面发出恐怖的摩擦声，车身在惯性的带动下仍旧不断往前，最后在距离迟野不到半米的地方堪堪停下。在场的人无不惊呼出声，祁元夕更是吓到捂住嘴巴。

坐在车上缓了缓神，苏驰娅随即跳下车，一把将摩托踹倒，整个人就像团即将燃烧的火焰："迟野，你知不知道自己到底在做什么！"

迟野也跟着下车，与情绪极其不稳定的女孩相比，他显得冷静异常。

"同样的话我也想问你，你知不知道自己在做什么？发烧晕倒，拒绝治疗，现在又在没有任何防护措施的情况下飙车。你心情不好可以，但不要拿自己的性命开玩笑，知道我们在看见你飙车时的心情吗，就和方才你在拉刹车时的紧张是一样的。"

苏驰娅短俏的发丝被风吹乱，鼻尖被风吹得通红，只有眼里带着倔强："我怎么样跟你没关系，我现在不想讲话，你走吧。"

"让我走然后你继续？"迟野轻叹了声，"驰娅，难过就流泪，开心就大笑，生气就呐喊，这是人类的本能，为什么你就学不会呢？"

漫天的星星散落，像钻石一样散发着耀眼的光。迟野的话像跌落池水的那颗石子，抛掷在了苏驰娅的心底，泛起略带酸涩的涟漪。

摩托竞技是一条不为家人理解的单行道，这条路上遇到的所有苦难都是她一意孤行的下场，从成为职业赛手开始，她就在强迫自己成长。

远处的星星渐渐变得模糊，一滴眼泪顺着眼角往下滑落，苏驰娅右手揩掉那抹湿润，整个人愣住，似是不敢相信这滴晶莹是自己的泪水。只是连串滑下的水滴真切地提醒着她，自己正在哭泣。

难过就流泪，开心就大笑，生气就呐喊。

这么简单的道理，她却今天才懂得。

眼泪的闸门一经打开便再也停不下来，苏驰娅仿佛受伤的小兽，流着眼泪，蜷成一团舔舐自己的伤口。迟野脱下外套披在女孩的肩头，小心翼翼地为她遮住吹过的寒风。

不知过了多久，女孩终于停住了啜泣。发烧、飙车加上哭泣之后带来的所有不适在情绪稳定后逐渐占据上风，鼻腔被塞住，苏驰娅紧紧抓着男人的外套："弄脏了，衣服我洗干净再还你。"

说完，她刚想要起身，一阵抽麻从脚底板涌上来，跌落的瞬间，迟野伸手将她揽入自己怀里。迟野身上的温热传递到苏驰娅身上，昨日梦境再次浮现。

"脚麻了？"

迟野扶正女孩，苏驰娅才发觉自己方才竟一直屏息闭气。

她"唔"了一声算是回应，但实际上她思绪乱糟糟的。

她心不在焉的样子让迟野摇了摇头，索性直接拦腰抱起小姑娘。

猛然腾空的苏驰娅吓了一跳，还未反应过来，迟野就已将她安放在了机车后座。

"我猜你不想让队员看见你哭过的样子吧。"

苏驰娅这才发现，这帮孩子居然还站在赛道的另一端等待着她，她赶忙低头抹去狼狈："为什么不早告诉我他们也在？"

"放心吧，我会保护好你，不会让他们看见的。"迟野低笑了两声，"坐好，准备出发了。"

机车缓缓发动，完全没了来时的气势汹汹，而是恢复到了迟野喜欢的安全速度，20迈。难得的是身后的苏驰娅没有开口催促，额头轻轻抵住男人坚实的臂膀，挡住发烫的脸颊和哭红的双眼。

这辆比蜗牛还慢的车，让苏驰娅第一次感受到了与速度无关的心跳。

"我睡一觉就好，不需要入院治疗。"苏驰娅说完一句话就狂咳不止，折腾了整晚，小姑娘体力已经全数耗尽，病恹恹地靠在车后座，"季小姐，还麻烦把我送回家。"

"别听她的，现在立刻去医院。"

迟野不放心苏驰娅开车，特意打电话把季妃娜喊过来，只是两人再次出现了分歧，一个要求直接去医院继续挂水，而另一个则要求回家。

季妃娜打了个哈欠，手指不耐烦地在方向盘上敲了敲："老板大人，下次能不能统一意见之后，再把别人从被窝里叫出来。"

迟野追个人，把她这个经纪人折腾得够呛。

迟野瞥了眼季妃娜，轻声对着身边的小姑娘说道："距离 CSBK 大赛还有一个月的时间，现在你是队里的主心骨，也是主要负责训练的教练，你晚一天康复那么 MFC 就会少一丝胜算。"

苏驰娅咬了咬嘴唇："我明天就可以……"

"明天就可以什么？可以带病去队里传播病毒，然后影响大家的训练进度？"

这人……苏驰娅怀疑迟野的真实身份根本不是什么作家，而是辩论大师。

"我已经提前约好了医生，请问现在我们可以出发了吗？"

"我还可以选择吗，那我说不可以。"苏驰娅故意唱反调表达愤怒，样子像极了吃不到糖闹脾气的小孩子。

这样幼稚的苏驰娅还是第一次见到，男人忍不住上扬了嘴角。

季妃娜透过后视镜看到两人的样子，简直像极了打情骂俏的小情侣。再看自家老板那副宠溺的表情，季妃娜使劲儿抖了抖身上的鸡皮疙瘩，完全不敢相信坐在后面的这位就是平时对着他们冷冰冰，遇见人眼皮都不抬一下的大魔王。

怕是鬼上身了吧。

季妃娜不满地发动汽车，忍不住问了句："迟老师，您准备什么时候考驾照？"

刚问完，后面立刻飘来冷冰冰的五个字："关你什么事。"

季妃娜冷笑了声，呵，男人。

为了避免勾起苏驰娅伤心的回忆，迟野特意换了家医院，托朋友请到了熟识的医生加班。结果等到了医院门口，苏驰娅却眉头锁住："为什么换了这家医院？"

迟野只当是小丫头还在抗拒："别怕，我会全程陪着你。"

"我不是怕。"苏驰娅神情有些许复杂，烦躁地撸了一把头发，低喃了句，"算了，应该也没那么巧的。"

毕竟现在都已是深夜，而那个人最讨厌熬夜。

凌晨的医院总是透露着几分恐怖，空荡荡的楼道只有一盏盏发白的灯在头顶照亮，气氛诡谲一如鬼片中常出现的经典场景。

苏驰娅越往前心里的异样就越明显，终于，迟野带着她在一间办公室门口停下。苏驰娅仰头看了眼上面挂着的医生名字，顿时头疼得更加厉害，甚至连早晨的耳鸣都被召唤了出来。

"太晚了，不然还是明天来吧？"

苏驰娅做着最后的挣扎，可迟野回答她的只有一声"听话"。

门被推开，坐在办公桌前戴着金丝眼镜、风度翩翩的男人清晰地出现在苏驰娅面前，也碾碎了女孩心里最后的侥幸。

"林医生，这位就是……"

迟野话还没说完，原本坐着的男人猛地站起："苏驰娅？"

一向天不怕地不怕的苏驰娅被点名后怂怂地伸出三根手指，傻笑了两声："林驰远，真是好久不见啊。"

狭小的办公室内，两个外貌同样出色的男人相向而坐。办公桌上摆着的两杯茶水徐徐冒着热气，房间内只有休息室传来的女孩均匀的呼吸声。

几分钟前，原本在门外还抿唇不满的苏驰娅在脱口而出医生姓名后，陡然变成了安静的小绵羊，不但乖巧地配合对方进行了检查，甚至还顺从地去对方休息室吊起了水。

苏驰娅何曾这么听话过，这样的转变引起了迟野的警觉。

迟野坐在沙发上，不动声色地扫视了一番对面的医生。男人肤色偏白，眼角狭长，这副儒雅温柔的样子像极了女生喜欢的斯文败类。

直觉告诉他，小姑娘与对面这男人之间一定存在着某种关系，从互动来看甚至是超越普通友谊的关系。

难道，他们是曾经的恋人？

这样的猜测让迟野不爽，极度不爽。

在迟野打量对方的同时，林驰远也在观察着迟野。

都说看人先看眼，迟野的双眼深邃又明亮，里面充斥着正气和坦荡，五官漂亮却不显阴柔，肤质白皙身材却高大挺拔。林驰远眼底闪过几分赞赏，倒是没想到赛车界如今整体颜值提升了这么多。

他客气地起身："谢谢你送驰娅过来，天色也不早了，不如你先回去休息吧。"

对方的话完美地将三个人的关系区分成了两个阵营，甚至还有点反客为主的意思。迟野心中不禁冷笑，这人果然段位不是一般的高。

"哪里的话，应该是我感谢你这么晚还接受托付加班才对。"迟野皮笑肉不笑，"驰娅我会陪着，不然医生先回去休息吧。"

这话让林驰远挑了挑眉："不知你和驰娅的关系是……"

"队友。"回答完，对方脸上那副了然的表情让迟野感到自己被轻视了，于是又补了句，"兼男朋友。"

没错，谁说假的男朋友不是男朋友的！

第五章

◆表白超时速◆

秋风瑟起，天气逐渐转凉。原本的烈阳开始变得温和，身上的皮衣也不再那么灼人烫手。

　　春秋是摩托车手训练的最佳季节，沥青赛道的温度与轮胎的磨合在这个时候会达到最佳的平衡，身穿机车服的车手体感也最为舒适。

　　集训接近尾声，大家的状态也逐渐得到提升。

　　祁元夕的右脚踝已经康复，但苏驰娅吸取前段时间的教训，开始严格控制选手们的训练时长，利用迟野送她的手绘赛道一遍遍带领选手们熟悉赛道结构和最佳路线。

　　每个人都有针对性地进行强化训练，只有一个人是例外，就是迟野。

　　那日从医院回来，苏驰娅仿佛变了个人般，不再凌厉苛刻，对待迟野的训练更多的是采用温和甚至放纵的态度，这让差生迟野心里出现自己被抛弃了的错觉。

　　"大家这圈的成绩不错，跑完直接回休息室吃点水果。"

　　苏驰娅仰头盯着实时监测的荧幕，上头的成绩和之前相比有了明显提高，这也间接证明了转变训练策略的正确性。而最后那辆迟野驾驶的黑色摩托引起了苏驰娅的注意，尽管他目前的时速仍旧不能与其他选手相比，但记录上显示的直线平均时速居然已经突破了200，这已经超越了许多新人车手的成绩。

　　接连有三辆车跑回了休息室，只有迟野的那辆黑色战车仍旧不知疲倦地奔驰着。能看得出来，压弯时那辆摩托小心翼翼，迟野似乎在不断试探车身能够压在过弯的最大限度。

苏驰娅皱眉站在门口，最近的迟野勤奋得不正常，就连矫情的抱怨都少了很多。明明是应该为他这样的转变而欣喜的，可是历数这人此前的种种骚操作，苏驰娅总觉得迟野上进的背后暗藏汹涌。

CSBK即将开赛，MFC实际报上去的是四位车手，可苏驰娅没有公开这个消息。一方面，她根本不知该如何开口，另一方面，她也的确觉得以迟野现在的技术参加这种全国性的赛事过于勉强。

祁元夕的摔倒更是让她清醒，与队员的健康和热爱相比，大赛的排名、舆论的质疑是那么微不足道。

在苏驰娅的催促下，迟野将车缓缓停下，摘下手套摇了摇头："压弯的角度还是无法达到最佳，你帮我看看是不是我的技巧操作有问题。"

迟野的膝包满是摩擦地面产生的刮痕，他原本白皙透亮的肌肤也微微泛光，短短的时间内，迟野的变化是巨大的。如果说最初那个靠着树干呕的男人是书中走出的翩翩君子，那么现在的他则是提枪的战士，身上多了坚毅与血性。

"先休息再继续吧。"

自从那个梦之后，苏驰娅总是不自觉在意迟野的一举一动，就连两人这般正常的交谈都让她倍感尴尬。有些什么正在呼之欲出，可她偏偏抓不到头绪。

苏驰娅说完慌忙转身进去。

迟野瞧着小姑娘的背影目光往下沉了沉。

她在躲他。

休息室的桌面上摆满了切好的盒装水果，然而除了训练的几个队员之外，还有位陌生身影。那人和祁元夕相向而坐，似乎正在低头查看男孩的脚踝恢复情况。祁元夕刚好挡住对方，迟野看不清那人的面容。

"迟野哥，就等你了。"石头嘴里叼着筷子，"远哥带了好多水果，快来吃。"

语闭，被祁元夕挡住的男人站起身子，朝着迟野微微颔首："迟野，又见面了。"

林驰远？

他来这里做什么？

迟野下意识看了眼低头正在整理水果袋子的苏驰娅，一时间心里五味杂陈。

他和林驰远的初次见面谈不上愉快，就在当天他说完自己是苏驰娅的男朋友后，原本在里面输液的女孩却突然开口催促他离开。孰亲孰远在女孩的话中立刻有了决断，迟野一遍遍告诉自己，苏驰娅认识自己的时间并不长，让她一夕间对自己产生好感是不可能的。

可那天女孩流露出来的和林驰远的亲近到底还是刺痛了他。

他以为自己不在意的，可事实是他在意得快要疯掉。

林驰远和车队成员的熟稔让他感到分外刺眼，他随意点点头算是打招呼，重新戴上手套，对着一旁的小姑娘说道："你们吃吧，我再去跑两圈。"

这人到底吃错了什么药，现在对训练变得这么积极？

苏驰娅刚想开口，林驰远却不紧不慢地问道："屏幕上最后一个是你的成绩？"

"啧，我以为驰娅带的都是参赛选手，没想到还有这样水平的。"说完，林驰远戏谑地挑了挑眉，"这算什么，男友优待？"

"林驰远，你有没有礼貌！"苏驰娅太阳穴使劲儿跳了跳，她就知道林驰远这个人素来对她的工作漠不关心，今天一反常态地跑到车队，还殷勤地带了一堆水果，铁定有问题。

只是她千猜万猜，怎么都没猜到林驰远是冲着迟野来的。

迟野闻言，往上扯了扯嘴角："怎么，听起来林医生想指教一二？"

"指教谈不上，但切磋倒是可以。"

"呵。"迟野冷笑，往右边迈了半步，"请。"

惠风和畅，整片天空是被浸泡过的蔚蓝。起跑线处并排停着两辆车，在青空之下蓄势待发。

"你都多少年没摸过车了，突然间比什么赛？"苏驰娅站在两辆车中间，被林驰远气到跳脚，"再说迟野刚接触摩托车两个月，能取得现在的成绩已经很好了，你干吗故意找碴儿？"

"驰娅，你什么时候变得这么絮叨了？"林驰远透过头盔看了眼怒气冲冲的小姑娘，"你到底是不相信我，还是不相信他？"

现在是相不相信的问题吗？

"迟野没和人实战比赛过，他的压弯技术还不熟练，到时候内侧超车……"

"原来是心疼了——"林驰远声音拉长，"既然对方实力不足那就算了，免得到时候说我欺负人。"

林驰远什么时候变得这么讨人厌了！

充当挥旗手的石头在远方挥舞着黑白格旗帜，头顶的指示灯闪烁提示，迟野伸手拍了拍苏驰娅的头："不用担心，不会给你丢人的。快开始了，去观战吧。"

五盏灯全数熄灭，两辆车几乎同一时间呼啸离去。一群队员围观在赛道旁挥臂呐喊，只有苏驰娅神情异常紧张。

林驰远虽然是医生，但自幼接触摩托竞技这项运动，无论是技术还是水平都远远高于迟野。

只是出乎苏驰娅的意料，在训练中成绩平平的迟野非但没有被甩开，在赛程中甚至紧紧咬住林驰远，两人的距离仅仅只有半个车身之隔。

超长的直线距离之后，他们将迎来第一个弯道。

迟野在漫长的训练里始终没能完全克服压弯的恐惧，因此弯道一直是弱项。

苏驰娅双手合十，视线紧盯着那辆黑色的赛车。迟野侧身下压，右膝轻轻触地，车胎边缘摩擦着地面飞速掠过，而后这辆车再次恢复直行状态。

"漂亮！"苏驰娅忍不住为迟野这次堪称完美的压弯欢呼，只是林驰远丝毫不逊色，迟野没有能实现弯道超车。

比赛还在继续进行着，明明是两个人的切磋，现场气氛却热烈得犹如世界大赛一般。一群大男孩尖叫的尖叫，鼓掌的鼓掌，十几个人还自发分成了两个阵营，一边支持着林驰远，而另一边为迟野拼命加油。

最后的弯道是整个赛道弧度最小、难度最高的区域，然而相应的，也是车手逆袭的最佳位置。所有人屏息凝视，都在等待着最后的结果。两辆车几乎同步压车，然而就在此时，迟野实战经验不足的缺陷显露出来，由于在最后的弯道过于急切，他手不受控制地微微一抖，整个身子未能完全下压，车速和位置均达不到缝隙超车的条件，短短几秒胜负已定。

比赛结束，林驰远率先下车伸出手："开得不错，两个月能达到这个水平已经很棒了。"

如果不是对方胜利者的笑容过于明显，迟野的心情可能会更好些。

迟野皮笑肉不笑地回握，说了句："谢谢。"

原本大家都以为林驰远只是医生，没想到居然还会赛车。刚才还在观战的队员们跑过来拉着林驰远好奇地问东问西，反而忽略了身后的迟野。

没有刻意寻找小姑娘，迟野径直离开了赛道。他这副样子，却被苏驰娅纳入眼底。

"林驰远，你跟我过来。"苏驰娅喊道。

终于到了安静的地方，苏驰娅双眼带着薄怒："我和你说过了，迟野才刚接触这一行。你明知他实力不如你，还硬拉着他比赛，你知不知道对于新晋车手来说，最开始的自信有多重要？你平时不是最讨厌赛车的吗，不是最不喜欢自己满身汗味吗，突然跑过来车队做什么？"

"你有男朋友这件事全世界的人都知道了，我这个当哥的却是最后一个知道，难道不该过来吗？"林驰远站直身子，语气恢复了平日里一贯的温和，"之前你生病，我没机会和他有过多的交谈，这次我特意帮爸妈鉴定鉴定他够不够资格当我妹妹的男朋友。"

"我都跟你解释过了，我们是当时不得已假扮的情侣，迟野上次会那么说也是因为他不知道你是我哥哥。"

"假扮？"林驰远的平光镜闪过一丝金光，"你扪心自问，方才我和

095

他在比赛时，你目光看向的是谁，心里惦念的人又是谁？

"驰娅，你确定是假扮的吗？"

队员们结束训练的时候，迟野正坐在室内的模拟器上，一个人练习过弯技巧。

苏驰娅敲了敲门："今天差不多结束了，等会儿送你回家？"

"你先回去吧，我还需要些时间练习，结束后我会喊季妃娜过来。"

苏驰娅盘腿坐在垫子上："那我等你好了，反正我也没什么其他的事。"

迟野手上的动作微滞："林驰远走了？"

"嗯，和你比赛结束就离开了。"

同样是男人，他不难猜出林驰远的心思，只是苏驰娅呢？她对林驰远又是什么态度？

迟野舌尖抵了抵腮，没有应声，继续手里的动作。

时间分秒而过，苏驰娅也一直安静地坐在垫子上仰头看着迟野，期间不知想些什么。最后到底是迟野沉不住气，按下模拟器的停止键，用脖子上的毛巾擦了擦汗水："可以回去了。"

"结束了？"苏驰娅眨了眨眼，忙站起身往前迈了半步，"迟野，我们聊聊吧。"

秋天天色沉得早，才堪堪过了七点，外面就已是大片的黑。空旷的训练室此时灯火通明，只有一对男女相向而坐。

"我其实……是想和你道歉的。"

闻言，迟野神色更加寡淡："如果是因为今天的比赛，那就大可不必，原本就是我技不如人。"

"不是的，今天你的表现已经非常出色了，无论是从平均时速还是从整个赛道技巧来看，都比之前有了质的飞跃。林驰远他从出生起就混迹在车队，最后却只和你差了半个车身，丢人的是他才对。"

苏驰娅抠了抠垫子上的塑料薄膜，坦言道："况且这场比赛原本就因我而起，林驰远他……是我哥哥。"

迟野整个人骇住，咀摸了一瞬两个人的名字——林驰远、苏驰娅。他原本早该想到的，只是被嫉妒冲昏了理智，让他完全忽略了所有的细节。

突然间，迟野觉得除了那些网站上能查到的资料，他对面前的姑娘一无所知。她的难过与伤心，她的家庭与经历，他统统不曾参与也不曾真正了解。苏驰娅的心似乎包裹着厚重的茧，她为自己划定了安全的区域。

迟野的心情没有因为女孩的解释而松了口气，反而变得更加复杂。他承认最初注资 MFC 的根本原因是苏驰娅，他想要帮助女孩渡过困境，可越和女孩接触，他想要的就越多，他开始不再满足。

两人一时无言。

苏驰娅舔了舔干涩的唇："迟野，你对这次 CSBK 大赛有没有什么想法？"

憋了这么久，苏驰娅终于慢慢切入正题。

"这次的大赛其实将你也列入了车队的新人组，决定是峰哥做的，他想要给你也提供一次参赛的机会。但我觉得时机还不成熟，于是私自压下了信息没有公布，本意是想直接在当天做弃权处理的。"苏驰娅双手交握，望着迟野的目光坦诚清澈。

名单的事迟野其实早就知晓，在听到苏驰娅开口之后，他并没有什么特别的表情，只是淡淡地问："那为什么现在又选择告诉我？"

"因为今天我看见了不一样的你，我认为现在的你，或许可以试一试。"苏驰娅直视着迟野的双眼，"迟野，你愿意参赛吗？"

雾色渐浓，孤蝉飞上枝头对夏日进行最后的礼赞，叫声唤醒了藏匿在草丛的蟋蟀，双方在夜色中奏响了月色赞歌。外面的喧嚣与室内的寂静形成鲜明对比，面前的人神情晦涩难辨，墙上钟表的指针每划过一秒，苏驰娅的心就往下坠一分。

仿佛过了一个世纪那么久，迟野终于开口："你呢，你想让我参赛吗？"

问题再次被抛回到苏驰娅的手中，然而这个问题的分量明显比此前苏驰娅遇到的所有都厚重得多。

窗外的月色为迟野打上了天然光影，侧面轮廓立体而深邃。

这段时间两人接触的片段不断闪过，梦境和现实不断交叠，突然，奇怪又大胆的念头涌上来，苏驰娅头脑一热直接问道："迟野，你该不会是喜欢我吧？"

问完，苏驰娅自己也蒙住了，后知后觉这个问题实在自恋得过分，急忙补救："你别误会，我说的喜欢不是那种喜欢，是朋友之间的……"

"我没误会。"迟野眉宇间带着从未有过的认真，"我喜欢你，从始至终就是男性对女性的喜欢。"

时间在这一秒停滞，训练室头顶的灯泛着白色的光，相向而坐的两人被投射在墙上，映出清晰而分明的剪影。

现在并非是表白的好时机，是迟野心急了。只不过令他意外的是，苏驰娅没有表现出惊讶或特别的表情，只是若有所思地点了点头，说了句"我知道了"。

迟野："？"

这个回答似乎跟他想的不一样。

"我没办法替你做是否参赛的决定，如果你确定参加，那么我会再根据你的状况重新调整强化训练模式，尽管你在赛车上很有天赋，但涉及一些技巧还是要继续练习。"苏驰娅恢复了正经脸，"如果你还没准备好也没关系，比赛当天我会给你申报弃权。"

迟野抬起疑问的眉毛，忍不住提醒："我刚才是在和你表白。"

"对，所以我说知道了。"苏驰娅满脸不耐烦，"还有什么问题吗？"

难道按照正常流程，不应该回应一下吗？

迟野被对方理直气壮的反问噎住，默默摇了摇头："没有。"

"很好。"苏驰娅起身，"你回去考虑一下要不要参加大赛，明天告诉我结果。走吧，先送你回家。"

说完，苏驰娅率先走出训练室，留下迟野一个人坐在原地思考人生。

而门外，方才还气定神闲的小姑娘摊开自己被握到泛白的手心，紧张的汗渍立刻暴露了她内心的慌乱。

迟野，说喜欢她。

联想林驰远今天问自己的几个问题，苏驰娅的眼里闪过疑惑。

那她呢？

她对迟野究竟是……什么心情。

筹备许久的 CSBK 大赛终于正式进入倒计时。去往湖市的大巴车上，几个半大的小伙子上蹿下跳争抢零食，吵得韩峰站起身子对着后头怒吼了一声，这才安静了下来。

本届 CSBK 选在湖市远郊的赛场进行，距离北城大概三个小时的车程。沉甸甸的稻谷在高速两旁连成片，形成独特的秋景。

苏驰娅戴着耳机坐在靠窗的位置，头靠在椅背上，看着两旁飞驰而过的风景，任由思绪在音乐声中放空。

左侧的耳机突然被人摘下："纯音乐？"

苏驰娅回头，只见一张放大的美男脸出现在距离自己不到两厘米的地方，这人耳朵里还塞着自己的耳机。而原本坐在她身侧的韩峰跑到了迟野的位置上，对着季妃娜不知讲些什么，嘴角都要咧到耳根。

"你坐过来干什么？"苏驰娅伸手扯过耳机，指了指季妃娜的方向，"你的座位在那边。"

"季妃娜可不是我邀请的，是韩峰听说我在湖市有签售会，非要让她跟车一道来的，与我无关。"

谁问他这个了。

苏驰娅懒得搭理迟野，重新戴上被拽下来的耳机。

"再不理我，我就当你真吃醋啦。"

手僵在半空，苏驰娅一双眼眸瞪得浑圆："你脸皮怎么这么厚的，什么我吃醋……"

"我就知道你还是信任我的。"

苏驰娅："……"

抬头撞上迟野戏谑的目光，苏驰娅就知道自己又被套路了。这人自从表白后，就像封印解除，彻底放飞自我，偏偏每次分寸拿捏得极好，准在她要发火之前收住。

苏驰娅心中默念了几遍"他是参赛选手，把他打残会影响比赛成绩"

之后，从包里拿出了一本随身携带的书准备打发时间。结果被眼疾手快的迟野半路劫走："又是这本？"

"我喜欢，不行啊？"

苏驰娅红着脸把书抢回来，摸了摸《如若我们不曾努力》的书封，听到迟野问道："为什么喜欢这本书？"

《如果不曾努力》是作家李予的作品，也是一本激奋人心的鸡汤文，一经出版就卖到脱销，李予也因此名声大噪。之后，李予沉寂了两年后转型，凭借科幻小说《时与空》重出江湖并一本封神，慢慢地，提起李予大家便鲜会提及最初的那本鸡汤文。苏驰娅对八年前的那本书这么执着，倒是让迟野十分好奇。

"大概是习惯了吧。"迟野的问题牵动了女孩的过往，苏驰娅将手里的书合上，"这本书出版的时候我和作者李予一样大，正在面临是遵从父母的期待放弃机车专心学习，还是参加比赛为梦想一搏的选择。"

"所以这本书改变了你原本的决定？"

"与其说这本书改变了我，不如说是这本书的作者带给了我勇气，向我传递了只要我再往前走一步，或许就能看到光的信念。"苏驰娅回忆当年，嘴角挂了抹笑意，"于是我瞒着父母报名了比赛，最后走上了职业车手这条路。"

当年十六岁的苏驰娅参加全国青少年摩托大赛一举夺魁，在争议声中一路坚持到现在，迟野是有所耳闻的。他一直以为至少苏驰娅的家人都以她为傲，拥护支持她走到现在，却不知原来他们开始也是持反对态度的。

苏驰娅觉得自己说得有些多了，转而问道："我在网上搜过你的名字，不过没有找到对应的作品。你呢，你的笔名是什么？"

有钱投资俱乐部，能够开签售会，还有成群的粉丝，苏驰娅猜迟野应该也是一位知名作家。

闻言，迟野眼眸逐渐变得深邃，嘴角往上翘起："终于开始对我感兴趣了？"

苏驰娅："……"

她当初就不该搭理他！

到达主办方安排的宾馆时，天色已然不早了。一群人坐车都有些疲惫，穿着宽松的队服拎着行李，懒懒散散地站在大厅里。

突然，门口传来一阵喧嚣。苏驰娅听到站在不远处的石头不咸不淡地冷哼了一声，说了句"真倒霉"，转过头便发现身穿极速队服的男生们出现在门口，许久未见的杭磊赫然站在队伍里。

"好久不见。"杭磊率先走过来打招呼，朝着曾经的队友问道，"你们练习得怎么样？"

原本站在杭磊对面的石头却像没见到来人般，搂住祁元夕的肩头大声说道："这宾馆大厅怎么乌烟瘴气的，小元夕跟我去看看峰哥的入住办理好了没，咱们赶紧进房间清静清静。"说完从杭磊身旁擦肩而过。

"石大头，人家跟你说话呢，能不能有点礼貌！"苏驰娅就像收拾不懂事的孩子，一把揪住石头的耳朵，疼得石头龇牙咧嘴。

"驰娅，下手轻点。"

杭磊拦住苏驰娅，被石头甩开："我跟驰娅姐属于内部矛盾，用不着你这个外人假惺惺参与。"

语闭，石头夹着祁元夕的脖子走开了。

苏驰娅摇了摇头，解释道："他们还没适应你离开，在闹小孩子脾气，你别放在心上。"

"没关系，石头不是这样的反应我才觉得奇怪呢。"杭磊右手插兜，"看你们这次也报了四个人，迟野也作为新人上场比赛，会不会有风险？"

"迟野还是蛮有天分的，但具体上场怎么样就看运气吧。车队目前的情况你也知道，只要是能够尝试的总得要试试。"

杭磊还没回话，就听见旁边传来一道粗哑的声音："哟，这么巧。"

一位身穿极速队服，长相略有些粗犷的男生带着满身匪气走过来，手搭在杭磊肩头："两位叙旧呢？"

吴佑凯，目前极速车队头号选手，和苏驰娅一向不和。

苏驰娅对不喜欢的人从不虚伪应酬，垮下脸朝着杭磊微微点头："那我就先过去了，明天赛场上见。"

"听说 MFC 现在是你当教练了？真是寒酸。"吴佑凯站在原地嗤笑了一声，冲着苏驰娅的背影挑衅，"请不起车手就算了，怎么连个专业教练都请不起。让个女人执教，韩峰到底是怎么想的？"

吴佑凯这个人头大无脑，典型的直男癌晚期。

苏驰娅头都没回："别忘了，你可是屡屡输给女人。"

"但在车道上我可没害'死'队友。"

"佑凯，别太过分。"

杭磊出声提醒，吴佑凯双臂上举："得，你们之前是好队友，我不说了。明天比赛，希望 MFC 输得别太惨，不然某些小女生可是要哭鼻子喽。"

苏驰娅双拳紧握，双唇被咬得泛白。

突然，一道闲散的声音从一旁凉凉地传过来："刚石头说大厅乌烟瘴气，现在总算是体会到了。"

迟野看都没看站在一旁的两人，似是在对着苏驰娅提问："现在的车队难道没什么入门资格审查？比如智商和语言表达能力需达到小学水平之类的。对长相没要求我倒是知道了，只要稍微和人类长相类似的大概都能参赛。"

迟野这番明嘲暗讽让苏驰娅没忍住笑出来，吴佑凯闻言立刻横眉怒目："你再说一遍！"

迟野仿佛没听到般，只是催促苏驰娅："饿死了，房间都登记好了，快放东西去吃饭。"

"给我站住！"

吴佑凯梗着脖子，话音刚落就被极速车队的教练邢震喝住："吴佑凯，全宾馆就听见你嗷嗷叫！赶紧把你身份证给我，全队就差你的了！"

吴佑凯不忿地用食指点了点迟野："明天赛道给我等着。"

迟野仿佛听到了笑话般"啧"了一声，扭过头跟苏驰娅告状："他居然还想在比赛的时候给我好看。"

笑意还没完全消失，苏驰娅弯着嘴角斜睨了眼迟野："是啊，你要小心喽，吴佑凯目前的成绩在全国排名很靠前的。"

"那又怎么样？"迟野挑了挑眉，"我在新人组，又跟他碰不上面。"

苏驰娅："……"

语气中怎么还有一丝得意？

秋风萧瑟，白天还艳阳高照的湖市夜晚突然淅沥沥下起了小雨，道路两旁的树叶被雨水打落，吹散地面的一池宁静。

雨天对参加摩托赛事的选手而言将会是一项极大的挑战，湿滑的地面会减少轮胎的摩擦力，为赛道增添太多无形的风险。但同样的，对那些技术比较成熟的选手而言，更是一展车技的最佳时机，地面与轮胎的润滑度会提升机车在过弯时漂移的速度，拉大与其余选手的距离。

而苏驰娅看着窗外被路灯照亮的雨丝，几乎一夜未眠。

隔天，天才蒙蒙亮，她便起身走到隔壁迟野的房间，毫不留情地在门上拍了两下。

等了好久，门从里面开了一道小缝，迟野探出一颗小脑袋，眼睛还没完全睁开，刘海乖巧地盖在脑门上，完全没有白天那般张扬凌厉，反而像极了乖巧的邻家弟弟。

"怎么来得这么早，是不是想我啦？"迟野眼睛揉成了单眼皮，打着哈欠还不忘讲骚话。

苏驰娅对迟野的话已经产生了免疫力，像个严苛的教官绷着脸看了眼手机："给你五分钟时间整理自己，门外等你。"

"等等！"迟野这才清醒了些，着急把人叫住，"今天的比赛不是十点才开始吗，现在天都还没亮呢？"

"昨晚下雨了，你还没跑过这样潮湿的赛道，必须抽出时间练习一下。"

湖市赛场全程 3 公里，其中直道 820 米，并配有长距离的高速环形弯道和高速小 S 弯道设计。纵然前期已经无数次模拟过整个赛道的路线，但实际来到现场仍旧与练习的有所差距，更何况今天天公不作美。

下过雨的天还有些阴凉，比赛场地空荡荡的，只有几个工作人员在做着准备工作。

"怎么就我自己来了，石头他们呢？"迟野往上拉了拉外套拉链，四周张望着。

"他们之前跑过雨天，现在你的问题最大。"

"啧，真是不可爱。"迟野耸了耸肩，"为什么你就不能坦率点，说是担心我所以偷偷带我出来开小灶？"

正常的关心一旦经由迟野的嘴说出来，准变得暧昧。

七点整个赛场要进行清理，迟野只有一个小时的时间可以练习。赛场不是车队的训练基地，没办法做到实时监控，为了能够快速找出迟野的操作错误，苏驰娅也驾驶了一辆摩托全程跟在迟野的外侧。

赛道的积水程度比想象的还要严重，弯道几乎难以把控前进的方向和行驶速度，对车手而言不仅是技术的考验，更是心理素质的挑战。

苏驰娅在一旁高声催促："加速加速，你的速度太慢了！"

迟野此时的速度连此前练习的均速都达不到，后轮溅起的一簇簇浪花此时变成了催命的猛兽，他曾经对速度的恐惧再次浮上来。

即将经过难度最高的弯道，训练时他们曾对照弯道的弧度模拟过无数次压弯位置和车速，可在潮湿的地面下整个方位和速度都需要车手根据车感自行调整。苏驰娅跟在迟野后面观察着对方的操作："迟野，集中注意力！视线盯紧弯道，降低档位，身子侧身下压，继续下压过弯。"

后轮压过水潭，整辆车开始朝着转弯的方向漂移。非本人意愿的超高速让迟野仿佛受惊的马，随着滑动方向的变化车把也开始倾斜。

眼见着车即将偏离正常轨道，苏驰娅变了脸色疾声提醒："别慌，立刻抓紧车把，不要踩刹车，继续保持正常车速。"

待到车身稳住，迟野才缓缓降低车速停靠在赛道边缘，摘下头盔露出一张发白的脸，整个人带着心有余悸的恐惧。

在湿滑地面漂移的车速已经超过此前他压弯时的最高点，而此时由于比赛尚未开始，还没配备完善的医护措施，方才一旦侧翻后果不堪设想。

苏驰娅停在迟野身侧，摘下头盔甩了甩已经过肩的发丝："受伤了吗？"

"没有，就是膝包和鞋有磨损。"迟野躬身擦了擦身上溅到的水滴，"这个赛场难度确实变大了。"

苏驰娅双唇抿紧："时间差不多了，车还要进行最后的检查维护，先开回去。"

后半程两人都没有讲话，一直维持着安全的低速行驶。

苏驰娅和迟野到达宾馆的餐厅时，车队的其他成员已经坐在一起吃早餐了。瞧见两人一同进门，不会看人脸色的祁元夕叫唤着："早晨去迟哥房间敲门没人理我，老实交代，迟哥你昨晚是不是睡在我师姐的房间了？"

语闭，整张桌子的人陷入疯狂，石头用筷子敲着碗带气氛起哄："结婚！结婚！"

"吃饭还堵不住你们的嘴。"当事人苏驰娅寒着脸，冲着石头坐的凳子一脚踹了过去，"精力都这么旺盛，是都准备给我跑个冠军回来吧。"

突然的爆发让大家手里的动作瞬间静止，苏驰娅瞪了眼在场的队员："赶紧吃，吃完全部去赛场准备。"

语闭，她甩头离开，留下大家面面相觑。

无辜的祁元夕叼着筷子弱弱地对着空气说了句："驰娅姐还没吃

饭……"

"是不是女人谈恋爱之后都比较暴躁？原本驰娅姐就很恐怖了，现在简直战斗力升级。"石头捂着脆弱的心脏，跑过去捅了捅迟野的胳膊，"迟哥，你们吵架啦？"

"没有。"

从迟野因后轮打滑险些出意外开始，苏驰娅的状态就有点不对。迟野不禁想驰娅大概是嫌自己是扶不起的阿斗，练了这么久，如今实战又依稀回到了从前的状态。

迟野拍了拍石头的肩膀："你们继续吃，我去看看。"

远方的乌云遮住东升的旭日，整座城都笼罩着阴沉的灰。

迟野手里拎着苏驰娅的外套，走到大厅时，看见女孩只穿了一件单薄的衬衣坐在休息区打电话，两道黛眉紧紧蹙起，似与电话那端的人有些什么不愉快。

苏驰娅见到迟野出来，对着电话说了句"即便是只剩下三个人，我也相信我的队友能够撑起这次比赛"便挂断电话，她朝着迟野挥了挥手："你来得正好，有件事想和你商量。"

"刚才和峰哥报备过了，我打算跟组委会申请放弃你的这次比赛资格。"

风裹挟着枯叶在空中飘荡，翻滚的乌云将蓝天遮挡严实。时间的秒针往后推移，宾馆的大厅逐渐恢复了喧嚣，过往的车手大多满腹抱怨，突如其来的细雨为即将到来的比赛增加了成倍的风险与未知。

迟野和苏驰娅相向而立，男人的发丝遮住眼眸，脸上的表情晦涩不明。

苏驰娅方才的提议无疑就像一记重重的耳光扇在迟野的脸上，仿佛在告诉他，无论他如何努力，他的水平和能力都不足以被苏驰娅认可。

迟野无论是长相抑或是成就，在过去的二十余年里都在重复被称赞与崇拜，他的骄傲与优越是跟随生命轨迹一同被镌刻在血液里的，在这一刻却被他喜欢的女人亲手碾碎。

"不信任我啊。"

迟野抬眸，语气挂着玩世不恭的调侃，想到女孩挂电话前的那句"相信三个人也能撑起比赛"，平静如水的目光充斥的却是掩饰不住的受伤。

这个眼神让苏驰娅脑子空白了一瞬，她原以为迟野对这次比赛毫不在乎。

"我不是不信任你，而是今天的场地对你而言难度过大，刚才练习的时候你也看到了，若不是提醒及时，很有可能我们现在就已经身在医院。"苏驰娅顿了片刻，"迟野，你很优秀，后面还有太多的比赛能够参加，没必要拘泥于这一次。"

所以说来说去，还是不相信他能够完成这次比赛。

闻言，迟野笑了出来，舌尖抵了抵腮，嘴角染上了丝邪气："当时未经我同意私自帮我报名参赛的是你，中途认为我有实力参加比赛的是你，现在觉得我实力不够让我放弃比赛的还是你。苏驰娅，仗着我喜欢你，你到底想要替我决定多少事？"

"我没有替你决定，我是在征求你的意见。当时瞒着你直接报名是我们的不对，但最终选择参加比赛是你自己决定的。"迟野的话让苏驰娅瞬间脸色苍白，很多的事根本经不住细想，只能无力地辩解，"况且你对我是什么态度与这些事根本没关系，你不要混为一谈。"

"没关系吗？那你想不想知道如果换成其他人对我做这些事，我会怎么做？"

苏驰娅抿紧嘴唇。

"早在两个月前，背着我提交CSBK参赛选手申请表、想拿参赛资格算计我的时候，我就会有所行动了。投个明知会赔钱的队，还要被当冤大头耍，真当我人傻钱多？"

迟野一双眼锁住苏驰娅，用缓慢而低沉的声音问道："现在你还觉得我参赛，和喜欢你这件事没关系吗？"

连串的反问让苏驰娅几乎站立不住，原来迟野早就知道他们将他列为参赛选手的真正原因，可他只字未提。仅存的那点自尊心让她回击了句"随便你"，扭头就想要逃离。只是她才挪动身子，手腕就被迟野一把拽住，男人怒极反笑："随便，这就是你的态度？"

"那你到底想怎么样？"苏驰娅瞪圆了双眼，感觉体内的烦躁、压抑、内疚与恼怒达到顶峰，混杂在一起形成了某种分外陌生却无处消解的情绪。

"我想怎么样你不知道吗？"迟野手上力道不减，"态度，我要你对我真正的态度。"

苏驰娅在圈内是名人，两人的争论引发其他车手的侧目。女孩用力甩开迟野的手："你非要在比赛前说这个？"

"你不是也准备在比赛前劝我放弃？"

这两者能一样吗？

老实讲她也很不喜欢现在这种趋近于暧昧的状态，可每次想和面前之人撇清关系时，心底都会出现一道声音阻止她。迟野说得没错，她就是利用了他对她的喜欢，她想要拒绝却不知何时开始深陷其中。

苏驰娅挺直的脊梁垮下，整个人躁动却又无力："我怕了，是我害怕了行不行？"

　　迟野一愣，看着苏驰娅像是被戳破的气球般满脸挫败："我父亲是国内首批摩托赛车手，二十三年前就是因为赛道意外右腿被重机压伤被迫退役，到现在阴天下雨伤口还会疼痛；我最好的朋友 Kay 如今躺在病床上，可能一辈子都与赛车无缘。在这片赛道上，我见过太多的事故，所以看见你今天险些摔下来我害怕了，我不想你的梦想还未开始就结束。

　　"我们才认识不过几个月，你就说你喜欢我。这样莽撞又迅速的喜欢究竟能维持多久，你又指望突然接到这样讯号的我给你什么回复？所以迟野，我不知道自己对你到底什么态度，但我想让你平安，想让你有一天登上更高的赛场，不仅代表 MFC，更是代表中国，代表亚洲。你明白吗？"

　　迟野右手插进兜里："你呢，如果今天换作你是我，你会参加这次比赛吗？"

　　"我们不一样，我是职业选手……"

　　"不，我们是一样的。"迟野说话沉稳而有力度，"应该说我想证明，我们是一样的。"

第六章

◆ 甜美的秘密 ◆

天空的云绵延至尽头，与远方的山脉连成一片。积水被清理干净，沥青色的赛道被尚未完全干燥的湿润染成深色，巨大的电子实时转播屏竖立在赛场上，观众台上零星能见几个旗帜挥舞，是车粉特意赶来为喜爱的车手加油。

祁元夕和迟野同样被分在600cc的新人组，而石头和方显则将在更高水平的组别进行比赛。

休息室里，检修组正对赛手的机车进行最后的安全检查。

"迟野哥，你的车没喷名字？"

等待期间，祁元夕发现迟野的那辆哑光黑色机车除了参赛码之外没有其余的装饰，与停在旁边的自己的那辆被喷得花花绿绿的机车相比显得过于干净。

机车名无异于车手信仰的某种体现，迟野想到很早之前苏驰娅曾让他想一个名字，他随便说了几个之后便完全将这件事抛在脑后，毕竟那时的他不曾想过自己有朝一日会真的上赛场。

同样也是首次参加大赛，祁元夕一紧张就容易话多："迟哥，这种比赛参赛选手特别多，发车就跟打仗似的，场面极其凶残。不过你别担心，到时候跟在我后面，我为你杀出一条血路。"

"不劳你费心，照顾好自己吧。"

迟野拍了拍祁元夕的肩膀，抱着头盔走到苏驰娅身边蹲着："车有问题吗？"

苏驰娅往旁边挪了挪，掖在耳后的发丝滑下来，原本就很少笑的脸紧绷着，看样子小丫头还在因为自己坚持参赛气闷。

"还有五分钟就要上场了，没什么嘱咐我的？"

迟野不屈不挠地跟了过去，用手肘碰了碰小姑娘的胳膊，被她嫌弃地躲开："没有。"

语闭，外面刚好传来新人组准备的通知，祁元夕率先推出战车出去，迟野拎着头盔跟在后头，回眸冲着女孩说了句："我真走了。"

迟野的身高比元夕要高一些,黑色的机车服勾勒出他高大英挺的身姿，雄姿英发、气宇轩昂，就像骁勇善战的战士奔赴可以让他一展雄才的战场。

苏驰娅咬紧了唇，还是追过去："平安回来。"

冰雪消融般，迟野的眼底绽放出闪闪光芒，嘴角是掩饰不住的笑意，他沉声应道："终点等我。"

数十辆机车聚集在起点处呼啸，排气筒发出的尾气卷起层层尘埃，迟野排在车队的尾端，目光锁住前方的指示灯，耳边听到的是热血在燃烧的声音。

红灯灭，轰鸣声响彻云霄，一辆辆机车冲出烟雾，场面犹如万马奔腾，磅礴壮观。

原本在起点拥挤的车辆短短几秒钟便拉开了距离，按照顺序依次在赛道上排列开来。苏驰娅双手紧握，看着迟野驾驶的机车毫无顾忌地在这片土地上疾驰，带着劈开风雾的桀骜与不羁，从开赛时的末尾不断往前攀爬。

"迟野起发不错，他之前真的没接触过赛车？"迟野在赛道的表现让韩峰眼底闪过惊赞。队员的训练情况他大多都是透过苏驰娅的转述了解，这还是第一次亲眼看见迟野的表现。

"很有天分，但训练时间太短，现在弯道是短板。"苏驰娅双手冰凉，一眨不眨地盯着远处的黑色身影，整个人比自己首次比赛还要紧张。

伴随着澎湃的引擎声，一道高亢的声音突然从右方传来："老韩！"

过于浑厚的声音让原本在观战的韩峰耸了耸眉头，朝着苏驰娅低声说了句"还是没躲过去"，转头挂上精致的假笑："邢老板，真是好久不见！"

邢震，极速俱乐部的教练兼经理。

后头还跟着一向和苏驰娅不对付的吴佑凯。

相较于最近韩峰的灰头土脸，邢震如今可谓是春风得意。GP 赛上的事故让 MFC 一夕间从神坛被拽下，千年第二顺势上位，重金挖走杭磊更是在 CSBK 大赛前夕炒足了热度。

"之前媒体疯传 MFC 找不到赞助无缘 CSBK，我还担心了好一阵子，今天在赛场上看见你可算是松了口气。"说得倒是情真意切，真如久别重逢的知己般，也不知 MFC 出事后第一时间落井下石的是谁。

说着，邢震叹了口气："你看看场上都是一群秃小子，没了驰娅赛道暗淡了不少。说来也有些可惜，Kay 和驰娅都是国内数一数二的车手，一次损失了两名大将，不可谓是整个摩托竞技的损失。"

"要我说，原本赛车这么野蛮的运动就该让我们男人来，女生还是做些舒缓的工作好。"吴佑凯说着指了指一旁穿着超短裙的小姑娘，"你看那些赛车宝贝，漂漂亮亮地站在旁边加加油多好。"

邢震和吴佑凯两人一唱一和，说来说去无非就是拿苏驰娅的性别做文章，这么多年了，对方什么德行苏驰娅太过了解。

没开口回击，苏驰娅冲着赛道昂了昂下巴："5号车手是方星？没记错的话，他是个老车手了，还报在新人组参赛不太合适吧？"

苏驰娅的话将焦点再次拉回到赛场，邢震眯着眼睛："方星虽然之前取得过一些小成绩，实际上入行才不到两年，只是有几分天分罢了。"

苏驰娅嘴角露出一分嘲讽，极速车队的这副吃相跟吴佑凯的脸一样难看。

邢震盯着大屏幕上的直播："跟在方星后面的是祁元夕吧？这个小不点进步倒是蛮快的。你们队在新人组派了两名选手，还有一个是几号？"

此时的迟野正经过早晨险些摔倒的急弯，他车速放缓，身形微微侧压，正在以与其他车手迥然不同的速度缓慢压弯。

苏驰娅还没来得及回答，倒是吴佑凯先大笑了起来："是最后一名吧。这个就是昨天跟我叫板的小白脸？噗，听说话的语气我还以为多厉害，原来是个绣花枕头。看来杭磊走之后MFC是真没人了，这种水平的都能上场。"

苏驰娅没理会嘲讽，她神情严肃地锁紧赛道上的身影，仔细观察着迟野的每一个细微的动作。直到迟野以同样的方式连续驶过三个弯道时，苏驰娅陡然发现其中的区别，整张脸就像被光束射中般立刻明亮了起来。

他在测量！

他在测量最佳压弯的角度和距离！

湿滑的赛道对于迟野而言过于陌生，但他对赛道的敏感和直觉是天生的。先是放慢速度让身体感觉赛道与车胎的磨合，寻得最优后再依靠身体的本能不断重复。

苏驰娅压抑着心中的激动拍了拍韩峰的肩膀："峰哥，你看迟野。"

几圈下来，迟野已经完全适应略显湿滑的土地，恢复车速的他犹如一条敏捷的蛟龙腾起追赶，行驶的线路犹如教程般精准流畅。

吴佑凯吞下未说完的话，直勾勾地盯着觉醒的猛兽："这……这怎么可能？"

苏驰娅弯着嘴角，用邢震的话回敬："也只是有几分天分罢了。"

接下来的十几圈，迟野就像纵情驰骋的雄鹰，不单是吴佑凯，所有人的目光都聚焦在了那辆一路超车追赶的黑色机车上。仅仅几圈，迟野已经从末尾跻身第三位，几乎与祁元夕并驾齐驱。这样的惊天逆转放眼历届赛事都实属少数，原本聚焦首位的航拍器此时也对准这匹黑马，现场的解说慌忙找着与迟野有关的资料。

"目前排在第三位的第 13 号车手是 MFC 俱乐部的新人迟野，本届 CSBK 是他赛道生涯首秀。我们能看到大屏幕上记录着迟野的最高车速已经达到了 307 码，这个数字还在不断往上递增，现在距离结束还有三圈，我相信所有观众和我一样紧张，期待着他能带给大家更多的奇迹。"

大屏幕上的数字不断变化，苏驰娅嘴唇被咬得泛白，耳边是无数观众的欢呼加油声，她的世界却一片安静，静到只有迟野的身影。

她想到第一次爬下机车干呕的迟野，想到第一次坐上机车哀号的迟野，想到安装五彩转向灯的迟野……那么多的迟野与今日场上疾驰的男人重合，她鼻尖泛酸。

"现在车手们来到了最后一个弯道，这也将是迟野最后的机会。"解说声音急促高亢，"迟野似乎在弯道选择了内侧超车，被同是 MFC 的小

驰野

将祁元夕完美挡住。等等，迟野突然甩尾转变方向，他选择的是外道！是外道超车！"

连连精彩的操作引发了更大的骚动，解说喊得声嘶力竭："他做到了，做到了弯道超车，亚军！恭喜 13 号车手迟野获得本次 CSBK 新人组亚军，也感谢他为我们带来了这场精彩的比赛。"

解说高声呐喊，氛围热烈得就仿佛迟野获得的不是亚军而是冠军。

苏驰娅的大脑有短暂的空白，她看见韩峰扬眉吐气般的笑脸，看见吴佑凯黑着脸离开，看见终点的方向一辆黑色机车逆向缓缓驶来。

"没给你丢人吧！"

闷热的头盔摘下，一张干净帅气的脸完全暴露在空气中。追逐的目光在看见男人的面容后爆发惊呼，闪光灯对准迟野。还未完全恢复体力的迟野大口喘着气，眼底带着闪耀的光："傻了？"

悬置了太久的心适才落地，松弛的瞬间苏驰娅浑身泄了力。她不想让人看出她的失态，以手捂唇轻咳一声："你可以去领奖了。"

女孩的反应如同一盆冷水从上兜下，笑意淡去，迟野站在原地盯着苏驰娅看了片刻，适才离开。

天空灰蒙蒙的，太阳躲在连绵的云层里看不见脸。新一轮的选手已经在起始点就位，这场更高级别的赛事 MFC 将出场方显和石头两名车手，由于刚才迟野的精彩表现，大家对本不看好的 MFC 再次充满期待。

祁元夕抱着季军奖牌乖巧地坐在迟野和苏驰娅中间，卸下压力的他兴奋得像只小鸟，缠着迟野一直在讲话："哥，刚才的比赛真的太帅了。尤其是最后，那一招神龙摆尾赢得我心服口服！我敢打包票，要是再跑两圈，方星根本不是你的对手！"

"你都没看见下场时方星那个脸，拉得老长。不过也不奇怪，好不容易跑个冠军结果没人在意，真是笑死我了。"祁元夕笑得花枝乱颤，还不忘拉上苏驰娅一起进入群聊，"驰娅姐，你刚看见了吗，看见方星的表情了吗？"

"祁元夕，你能不能安静点？"苏驰娅被祁元夕挤来挤去，耳朵也被吵得生疼。

被吼之后，祁元夕委屈巴巴地鼓了鼓嘴："今天的驰娅姐一点儿都不温柔。"然后气鼓鼓地站起身子，"哼，我懂了，驰娅姐就是想独占我迟哥，我走好了！"

说完，他"哒哒"跑到韩峰身边，手舞足蹈地夸张比画着什么，说话间，眼睛还不停地往苏驰娅这边瞥，一看就是在和韩峰告状。

"这家伙！"苏驰娅磨了磨牙，这是自觉成绩不错得意了。

祁元夕离开，迟野和苏驰娅之间出现了空隙。

迟野顺势往中间挪了挪，男人屈起的手臂碰到女孩的衣袖，苏驰娅立刻挺直身子，一双眼紧盯赛道，也不知在紧张什么。

"送给你。"

苏驰娅感觉有个凉凉的东西贴在自己手背上，低头一看是迟野的奖牌。她有些莫名其妙："给我干吗？"

苏驰娅就像一块焐不热的冰，似乎不管他做多少，对方都看不见也没回应。

迟野舌尖抵了抵腮："想给就给了，你嫌弃颜色不对丢掉便是。"

这人⋯⋯好像她不要就是嫌弃他拿了银牌一样。

在手里掂了掂沉沉的奖杯，苏驰娅露出今天第一个笑脸："今天跑得不错。"

清风吹动女孩的发丝，上扬的嘴角在迟野看来是天下绝美的风景。

阴郁的情绪因着这句话散开，迟野眼睛弯成两道弧线："有时间请人帮我的车喷个车名吧。"

"嗯？"苏驰娅一愣，"你终于想好名字了。"

"对，"男人笑了笑，"驰野。"

迟野？

苏驰娅抽了抽嘴角："是你的名字？"

"不，"迟野垂眸，轻声回道，"是我们的名字。"

台下机车轰鸣四起，车尾的烟雾将赛道渲染成充满硝烟的战场。明明云雾低沉，苏驰娅的脸却像被太阳晒得滚烫。

苏驰娅不知如何回应，捏着奖牌的指尖泛白，粗声粗气地说道："已经开始了，快看比赛。"

这场比赛选手的平均水平明显高于新人组，指令一发，所有的机车犹如利箭离弦而去。吴佑凯尽管人品有待商榷，可车技确实是其中翘楚，没了 Kay 和苏驰娅的牵制，他率先占据最佳车道排在首位，杭磊和方显则紧随其后。

苏驰娅很快投入到这场比赛中，嘴唇被咬出一排清浅的牙印。

"你知道你紧张的时候会咬唇吗？"

"什么？"苏驰娅转头，整个人就撞进迟野专注的目光里。

迟野睫毛很长，垂眸时会在眼底出现一小片阴影，一颗几不可见的痣藏在眼尾，在苏驰娅眼里居然看出了几分魅惑。

"刚刚看我比赛的时候，你也这么紧张吗？"

苏驰娅好像突然间得了和迟野一对视就心悸的病，她慌忙移开视线，手捏着发烫的耳垂，故作冷淡地说："知道你跑不到冠军，我才不会紧张。"

"你说谎的时候会不自觉捏自己的耳垂。"

手僵在耳垂上，苏驰娅恼羞成怒："你每天研究我做什么！"

再逼就急了。

迟野掩唇遮住笑意，眨了眨眼提醒道："还剩下最后两圈。"

居然这么快比赛就要结束了！

苏驰娅恶狠狠地瞪了眼迟野："别再干扰我！"

此时的赛道几乎是极速车队内部的冠亚军角逐，吴佑凯和杭磊并驾齐驱，位居第三的方显距离两人百余米，而石头被甩在小半圈之外。

"你猜他们谁会是冠军？"

"杭磊。"

苏驰娅的回答不假思索，语气笃定到让迟野以为自己被敷衍了。

只是苏驰娅话音刚落，原本还落于人后的杭磊陡然发力，在弯道压车的同时从内侧斜超吴佑凯，场下气氛立刻沸腾起来。

此时大局已定，杭磊不负重金使命夺冠，而傲到不可一世的吴佑凯以微弱差距获得第二名，方显和石头则分别排在第三位、第五位。

"驰娅姐。"比赛结束，石头就像斗败的公鸡从场上退下，"对不起，还是没能拿到奖牌。"

"稳定将自己的实力发挥出来已经很优秀了，这场的车手实力确实强劲，能跑进前五实属不易。"苏驰娅不吝啬鼓励，听得迟野连连撇嘴，他赢了个银牌都没听到小丫头这么多句话的夸赞。

"驰娅说得对，大家发挥得都不错，这段时间辛苦了。"韩峰腰板挺得倍儿直，背着手从看台走下来，看着迟野的眼神涌现粉色的泡泡。

虽说这次 MFC 成绩不如之前，但也不算丢人，从目前的成绩看，小组积分赛拿到第二名应该没有问题。特别是迟野，可以算是今天全场的 MVP，如今的迟野在韩峰眼里俨然已经不仅是 MFC 的投资商，还是锦鲤！

颁奖典礼已经开始，杭磊高举奖杯的画面进入石头的视线。

"驰娅姐，我不甘心。"石头把头盔丢在座位上，眼底冒火，"背信弃义的家伙帮别人赢了冠军。"

他气的是杭磊不相信他们就离开，连试一试的机会都不曾留给 MFC。

"想要冠军就自己拿，以后我不想再听见你说这种幼稚的话。"

CSBK 赛暂时告一段落，几个大男孩筹划着隔天去周围景点转转放松一下。迟野在湖市还有其他工作，自然是无法同行，只是连一贯不缺席集体活动的苏驰娅都有事不能参加，这让一群人颇感失落。

"在湖市能有什么事？驰娅姐，你该不会是因为迟哥不来所以不想参加吧？"

祁元夕噘着嘴，原本人就不多，他们现在连一桌麻将都凑不齐。

韩峰笑呵呵的，眼尾的皱纹挤在一起："驰娅不去没关系，我陪你们去。"

比赛结束，韩峰已经接连遇见两个投资商表达投资意向，现在心情大好。

"那还不如就我们仨去呢。"祁元夕嘟囔了句，身子往后头缩了缩。

苏驰娅是真的有事，一个月前她就在网上了解到作家李予即将在湖市召开签售会的新闻。喜欢了李予这么久，终于遇到时间地点完全合适的机会，她自然不想错过。

没和队员多作解释，她随便扯了个理由，隔天一早，她就只身奔赴城区的签售会现场。

李予不愧是当代文坛的顶流，距离活动开始还有一个小时，门外就已经排起了长龙。苏驰娅站在会场外的最尾端，前面少说排了四五百人。曾经的少年如今也闯出了自己的一片天，苏驰娅心里半是感慨半是骄傲，胸腔竟涌现说不出的沧海桑田。

"李予来了！"

尖叫声突然冲破耳膜，循着骚动的人群望去，只见一群人簇拥着青年作家李予走进会场，那人身材消瘦挺拔，半边脸被黑色口罩遮挡。距离太远，苏驰娅只能看出大概轮廓，可是对方走路的姿势让她有种说不出的熟悉感。

乌泱泱的书迷将会场里的李予遮挡得密不透风，他们又蹦又跳的。看了半天看到的都是无数人头，苏驰娅索性放弃挣扎，低着头像夹心饼干一样站在队伍里。

等待的时间总是无聊的，书粉们三五成群站在一起聊着天：

"喜欢李老师这么多年了，作为资深老粉，我居然到今天都不知道李老师长什么样子，真是挫败。"

"我倒是觉得大大这样挺好的，戴口罩显得禁欲又神秘，完全是我的理想型。"

与流量作家不同，李予对三次元隐私异常看重，他从不接受任何采访，没有微博或其他宣传平台的账号，每年一次的签售会也总会戴着黑色口罩最大限度遮住自己的脸。早年专门有人开帖扒过李予的外貌，却遭到了书粉的强烈抵制，毕竟不是当红明星，慢慢也就不了了之。

始于才华，终于人品。苏驰娅觉得自己对李予的喜欢便是这样，她因《如若我们不曾努力》而喜欢李予，又因对方低调内敛的处事原则深陷。对于苏驰娅而言，李予的外貌只是锦上添花的附赠品罢了。

队伍像挤牙膏般缓缓往前挪动，不知过了多久，苏驰娅终于迈入签售会的主场。

"前面的是不是李予的经纪人？"才进会场，原本站在苏驰娅前面的两个妹子激动地四处张望，"长得也太漂亮了吧，网上传她和大大是情侣，是不是真的啊？"

"无风不起浪，我觉得十有八九。"一旁的姑娘煞有介事地点了点头，"不过人家季妃娜不但漂亮，能力还强，勉强能配得上大大。"

谁？

季妃娜？

意料之外的名字让苏驰娅一惊，丢弃的熟悉感像是一道霹雳击中大脑。她飞速脱离队伍绕到一侧往前走，李予的身影逐渐清晰，翘起的碎发、如剑的眉骨、低垂的眼眸……

李予，迟野。

迟野，李予。

两个名字在大脑不停转啊转，像是要吞没了她所有的理智。

"哎，你这人怎么插队啊？"直到旁边的书粉拉住苏驰娅，女孩才如梦初醒，像撞破惊天秘密般掉头跑开。

小小的骚动引起了前面的注意，迟野签字的笔一顿，蹙眉抬眸，前方只有看不见尾的书迷。

啧，手真酸。

外头皎月当空，连日阴沉的天气到了晚上却清朗了起来，几颗不知名的星星分外耀眼。搁在桌子上的电话在漫长的响铃后终于不堪重负耗尽了最后一丝电量，彻底黑屏。

苏驰娅对着手机叹了口气，不肖看她就知道来电人是谁，只是她脑袋里乱糟糟的，还没做好面对迟野的勇气。

在知道迟野和李予就是一个人时，她心中的慌乱是大于惊喜的，整个人还带着惶惶然的不真实。这些日子迟野的表现甚至都让她忘记了这人投资时的那一纸合约，忘记了他的本职并非是个车手。

自己居然曾经还在那人面前表白李予，他怕是早就在心里笑开了花吧。

思及此，苏驰娅更多的是愤懑，想着迟野的心切开了里面定是黑的，居然瞒她到现在。

房间没了刺耳的铃声，才安静了一会儿，便又是一阵敲门声。苏驰娅心情不佳，用被子蒙住脑袋不想理会。

一天没能和苏驰娅取得联系，迟野心里放心不下，签售会结束便匆匆赶回了宾馆。此时已经十一点，外头夜色正浓，门内是一片寂静，迟野不禁眉头紧蹙。

"迟哥，刚回来？"

祁元夕和石头几个人出去玩，才回宾馆，迎面便碰上站在苏驰娅房间门口的迟野。

"你们今天联系过苏驰娅吗？"

"没有啊。"意识到事情仿佛有些不对劲，石头正色，"还没回来？我打个电话。"

"关机了。"

迟野心头添上了一抹躁意。

苏驰娅除了 MFC 几乎没其他的交友圈子，今天自己出去办事便已有些蹊跷，如今更是联系不上。自从得知 Kay 再也无法上赛场后，除了那次大哭，苏驰娅再也没提过此事，但迟野知道这就像一根刺扎在苏驰娅的心里。如今因她而衰的 MFC 再次走上正轨，她该不会……

显然不止迟野一个人这么想，石头闻言也变了脸色："元夕你去和峰哥汇报，我跟迟哥去外面找找，必要的话就报警。"

门内的苏驰娅越听越无语，冷着脸一把拉开门："聚在我门口开会呢？"

见到女孩站在面前，脸色不知是因暖气还是怒气微微涨红，迟野松气之余还带着恼怒："你在宾馆，怎么一天都不接电话？"

"没电了。"单是现在跟迟野对话，苏驰娅都觉得有些不自在，"没事都回房间，不要妨碍别人休息。"

苏驰娅说完就转身把门关上，被眼疾手快的迟野先一步用脚抵住："我

126

有话要对你讲。"

"我累了。"苏驰娅眼神飘忽，竟无法对上对方的眸子。

"五分钟就好。"

石头咳了咳："驰娅姐，那我跟元夕就先回房了，那个……晚安。"

说完，他拽着祁元夕就往尽头的房间狂奔。

进了房间，祁元夕忧心忡忡："石头，你说驰娅姐是不是还没能从GP赛恢复过来，我觉得她最近的举动比刚出事儿那段时间还要奇怪。"

"你见过几个恋爱的女人是智商正常的。"

"恋爱？"祁元夕盘腿坐在床上，随手拿起枕头抱在怀里，"你是说跟迟哥？不是说是假扮的吗……"

虽说他们平时老开玩笑，但大家都没把迟野和苏驰娅的关系当真。

"你还真信他们是假的？真真假假真真，究竟新闻是假、假扮是真，还是新闻是真、假扮是假，我看啊，还真说不好。"石头跷起二郎腿，"跟你这个小屁孩说了你也不懂。"

"故作玄虚。"祁元夕鼓鼓嘴，"驰娅姐那么好，我希望她能找到幸福。"

这倒是。

宾馆走廊里，苏驰娅和迟野还僵持在原地。

闹腾的人走了，空气都紧张起来。苏驰娅低着头，刚洗过澡，发梢还带着潮意，水珠顺着脖颈没入灰色的衣领继而消失。

"有什么话就在门口说吧，时间晚了不方便让你进。"

淡漠的态度让迟野感受到了几分不寻常，想问什么又无从问起，他直接把手里拎着的袋子递到女孩前面："送你的。"

苏驰娅把东西从里头拿出来，竟然是李予出版的合集，每一本都写了签名。

捏紧袋子，女孩昂了昂眉："不是说不认识李予？"

"找人要个签名都是小事情。"迟野挺起胸膛，收敛的嘚瑟又浮现出来。

他还在撒谎。

苏驰娅嘴角抿紧，把袋子直接甩进迟野怀里："不用了谢谢，我脱粉了。"

"脱粉？"迟野就像面部神经失调了一样，表情逐渐扭曲。

"嗯，突然间觉得他挺一般的。"

"一般？哪儿一般了？"迟野完全没了刚刚的那副淡然劲儿，像被踩了尾巴的猫。苏驰娅心里的那点复杂突然消失了，不知道今天上午那群书粉看见他们一贯冷若冰霜的大大私下是这副样子该是什么心情。

苏驰娅耸了耸肩，也没回答这人的问题，只说："没别的事我睡觉了。"

这次迟野没来得及阻止，门"砰"的一声在他面前关上。

迟野："……"

怎么说不喜欢就不喜欢了，女人这么善变的吗？

第七章

◆暗恋请直行◆

CSBK 一战，迟野红了。

　　CSBK 属于国内赛事，关注度并不高，所以最初迟野只是在圈内红了一把。随后，不知是谁将迟野赛道逆袭的片段单独剪辑出来发在微博上，被某位同样爱好摩托竞技的明星随手转发，没想到引爆全网。

　　视频中，迟野戴着黑色头盔，身穿同色系机车服，趴在重机上如一匹扑食的猎豹，在天地间游走。

　　"燃炸了，看得我热血沸腾。"

　　"一分钟之内，我要这个小哥哥的全部个人信息！"

　　"这届网友太差，五分钟过去了怎么还没有微博指路。"

　　明星带来的热度不断攀升，大家纷纷开始找视频里的选手。

　　有工作人员发了当天迟野领奖的照片，他垂眸看向胸口处的奖牌，短碎的头发遮住双眉，嘴角微翘，生而具有的傲气混杂着眉宇间的温柔，定格成了一幅绝美的图画。

　　如同一颗地雷，迟野过于优秀的长相立即炸醒了沉睡的颜粉们，找不到正主微博，大家便纷纷在 MFC 官博上留言。

　　就在网上如火如荼扒这位赛车新秀时，一辆黑色的轿跑正在高速上疾驰。后座的男子眉头高高蹙起，周围似有黑色的雾气笼罩，空气都快要被这股无形的气压抽干。

　　坐在副驾的季妃娜终于在呼吸困难之际忍不住开口："迟老师，这件事怎么处理？"

她知道迟野最讨厌曝光，这也是"李予"尽管在文圈活跃这么多年，却从未接受过任何采访的原因。

迟野冷着脸，用手机敲了敲膝盖："去查发这张照片的工作人员是谁。"

"好的，我现在立刻联系对方删掉照片。"季妃娜抿唇，低头飞速寻找通讯录准备联系应急部门。

迟野眼底写着不耐烦："找到之后，问对方有没有我跟苏驰娅两人同框的照片，让她补发一组。"

"补发？"季妃娜怀疑自己听错了，手部动作猛地停住。

后面的迟野把手机丢在一边，没好气地冷哼："呵，这届网友确实太差，都过了这么久，还没发现我是苏驰娅的男朋友。"

季妃娜默默地将手机锁屏，更正道："是假男友。"

"你的话太多了。"迟野冷脸，冲着窗外沉思了片刻，"你现在给苏驰娅打电话，问她人在哪儿。"

"我来打？"

自从比赛结束，苏驰娅已经很久都不接他的电话了。偏偏他的工作行程还没结束，只能在心里干着急。

"不然呢？"这些情况迟野不打算告诉季妃娜，"若不是你，我原本可以跟 MFC 一起返程。"

"老板，恕我直言，我觉得人家苏驰娅对你真没那意思，砸钱撩妹也得有个限度。"季妃娜苦口婆心，"CSBK 赛已经结束，你也上了赛场还取得了名次，人家已经完成合约内容了。再说，现在已经有新的投资商联系了韩峰，MFC 也步入了正轨，不管你是追妹子还是'做慈善'，都可以告一段落了。今天影视公司那边又给我打电话催剧本，您看是不是也该专心码字了。"

迟野充耳不闻，伸手屈了屈手指："手机给我，我自己打。"

又开启屏蔽模式了。

季妃娜内心吐槽，这么了不起倒是拿你自己手机打啊。

秋高日暖，微风袭人。来往医院的路人都仿佛被这难得的好天气感染，脚步减了几分躁意。

许是连绵的雨季结束，又或是今日日子正好，苏驰娅难得脱下黑色机车服，换上了墨绿色的卫衣，身下穿着浅色牛仔裤，短碎的头发别至耳后，像极了还未毕业的大学生，整个人沾上了秋日的飒爽。

圆滚滚的立柱遮住苏驰娅大半身影，一双眸子紧盯电梯的位置，眼中是焦躁却又难掩期待。

今天是 Kay 出院的日子，从昨天得到消息起，苏驰娅便彻夜未眠，一早就来到医院楼下守候，就是为了能够亲眼确认 Kay 的情况。只是电梯开关数次都不见期待之人，这不禁让苏驰娅怀疑韩峰给她提供了个假情报。

苏驰娅耐性一贯不足，特别是在等人这种事上。几个小时的站立让她渐渐有些不耐烦，想着再等几分钟，若是还不见人，她便给韩峰打电话，期间已经脑补了无数骂人大戏。

正捏着手机，电梯的门又一次打开，丧失期待的苏驰娅靠在立柱旁懒散地瞥过去，整个人如同定住般再也移不开视线。

Kay 比想象的还要虚弱，整个人略显疲惫地坐在轮椅上，眉头紧锁，眼中带着看什么都很不爽的厌世感，这个气质倒是一点儿没变。曾经被阳光洗过的肌肤恢复了原本的颜色，苏驰娅现在才知道原来 Kay 并不黑，之前两人吵架，她攻击 Kay 是"黑子"的确是冤枉他了。

经过了长达半年的沉沦，Kay 终于活生生出现在了她的面前，指尖抠紧手心，身后墙壁传来的冰凉让她勉强维持大脑清明，不至于冲过去。

这次 Kay 出院没有通知任何人，连韩峰都是接到医院熟识医生的电话才得到的消息。电梯里的人顷数走出，只剩下沈琪站在 Kay 的身后。沈琪低头不知和男孩说了什么，Kay 敷衍地扯了扯嘴角，只是笑容很快便消散在了空气中。

轮椅轻转，沈琪推着 Kay 走出电梯。

苏驰娅担心自己被两人看见，飞速收回视线，将纤细的身子藏匿于立柱之后，直愣愣地等待了几秒，适才重新探过头去，只是回首却连身影都没能再寻得。

走这么快的吗？

苏驰娅眉头蹙起，大着胆子往前迈了两步，四处张望了一圈还是没能找到人。

正巧韩峰打电话过来询问，苏驰娅终于放弃搜寻，敛下复杂的情绪，半靠在圆柱上："嗯，见到了，没过去……状态？轮椅都没能影响他的速度，应该状态还不错吧。"

话刚说完，就听见一声低笑传来。

苏驰娅神色一顿，偏过头，手机险些摔在地上，语言功能完全丧失，一动不动地盯着面前之人，生怕是自己的幻觉。

"才过来就听到某人在说我坏话，小师妹不厚道啊。"轮椅之上，少年嘴角轻扬，声音不复清亮，像是久酿的陈酒带着经年尘封的厚重。

"怎么，亲眼见到老子还活着，这是开心得说不出话来了？"

这个人的嘴还真是一如既往的欠扁。

"哥，司机还在外面等着，可以走了吧？"沈琪不耐烦地催促，心里对苏驰娅的出现颇有微词。

Kay没理会自家妹子，朝着苏驰娅问道："你开车来的吧？"

摸不清Kay的想法，苏驰娅愣愣地点了点头。

Kay伸出食指点了点自己身后："罪魁祸首还不赶紧伺候着，送小爷我回家。"

沈琪了解Kay的脾气，纵然心里有所不满也只能接受，瞪了眼苏驰娅说了句"你迟早会被她害死"。

迟野将手机贴在耳畔，心里默默计数，在第16次等待音结束后，电话终于被接通，他清了清嗓子将声音切换成性感的低音炮："是我。"

苏驰娅挑了挑眉，迟野变聪明了嘛，居然还会换号码给她打电话了。

苏驰娅哼了一声，往旁边走了两步傲娇地问："找我干吗？"

迟野抬眸看了眼站在自己身侧满脸写着八卦的经纪人，挺了挺腰杆儿："我活动结束了，现在马上到公司，你过来接我一趟。"

等了几秒，电话那头传来忙线的声音。

迟野："……"

她还没原谅这人故意隐瞒自己就是作家李予的事，现在还敢对她直接下达命令，真当她是司机了！

苏驰娅磨了磨牙，气呼呼地挂断电话，紧接着就看见微信上冒出了一条微信提示，是迟野发来的一句"你会后悔的"。

呵，还会威胁人。

苏驰娅冷哼了一声把手机放进口袋，转头就撞入一池春水中，顿时有些尴尬，她都忘了 Kay 还在自己身旁。

说来有些讽刺，曾经无话不谈的挚友如今却多了不自在，亏欠和内疚挥之不去。

苏驰娅别扭地将垂下的发丝掩至耳后，绕到后面站在原本沈琪的位置上，手扶在轮椅的推手上："去哪里？"

"先随便逛逛，憋了太久没呼吸新鲜空气了。"

外头的清风卷着枯黄的叶翩跹落下，气温不低，风却有些寒凉，苏驰娅担心 Kay 刚出院身体虚弱，将车内的蓝色绒毯盖在男人腿上。

Kay 有些嫌弃，瞧见苏驰娅担忧的眼神，又把拒绝的话咽了回去。

"时间过得真快，上次和你这样在外面散步还是春天，当时我们还约着去看樱花，没想到眨眼就入秋了。"Kay 目视着前方，"等我恢复好可以去赏枫，不对，估计那时候得赏雪了。"

虽然已经出院，但要想恢复正常行走，还是要经过漫长的复健过程。

听到这话，苏驰娅心里更加难过。

"对不起。"有些伤害不是简单道歉能弥补的，但她始终欠 Kay 一句道歉，"早就该和你当面道歉，却拖到现在。"

"对不起？"Kay 睫毛闪了闪，将轮椅转过去面朝苏驰娅，故作了然，"因为住院期间没去看我？"

"我……"

Kay 知道沈琪拦着苏驰娅的事，也不再开玩笑："别说那些没用的，你已经做得很好了。"

意外事故、挚友受伤、车队衰败、名誉受损，满身疮痍却咬牙把 MFC 撑住，换任何一个人大概都放弃了吧。以前他们私下常说选择了赛车，就是选择了和死神同行。

Kay 没有怪过苏驰娅，哪怕是被告知以后再也无法上赛场也不曾怪过她，只是苏驰娅却被名为道德的枷锁捆绑。

这句"很好"让苏驰娅积攒的委屈、不甘像是气泡往上翻腾。苏驰娅一向习惯隐藏情绪，敛了敛眼帘，问道："之后有什么打算？"

"休息休息吧，往前跑了这么久是时候停下来了。"

Kay 仰头眯着眼朝向太阳，阳光将他的面容镀上了一层金光，一向性格坚硬的他此时居然还多了点遗世独立的孤寂。

苏驰娅对 Kay 说的那句"休息休息"没有发表评论，毕竟她比谁都知道 Kay 多热爱那片赛场，这句"休息"背后的分量究竟有多重，她想任何一个赛车手都能了解。

推着轮椅往前走了几步，苏驰娅说道："车队新来了一位选手很有潜力，托了他的福，这次 CSBK 大赛，MFC 赢得了小组赛亚军。目前已经有几家投资商联系了韩峰，下阶段的比赛应该不愁资金运转了。"

该做的，她都已经做到。

"你说得没错，我们都往前跑了太久，是时候休息了。"苏驰娅声音平稳，没有任何起伏，像是所说的话事不关己，"最近我打算离开 MFC，宣布退役了。"

退役并非一时兴起，是很早之前就已经做好的决定。

Kay 神色微怔，仰头看着女孩的神色闪过复杂，下意识地摸了摸衣兜却想到自己才刚出院，不允许抽烟。有些什么冲到嘴边急欲说出却又强行压下，短时间内心思百转千回，他终于还是忍不住说道："驰娅，你有没有想过，或许我们可以试……"

话未说完，苏驰娅的电话就响了起来。

苏驰娅说了句"抱歉"按下接通键，刚刚被自己挂断的男人的声音顺着听筒冷冷地传来："向后看。"

苏驰娅侧过身，靠在树下的男人身上的白衬衫还未换下，袖口往上挽起，一小截手腕露在外面，剪裁有型的西装裤包裹着他本就修长的双腿，让苏驰娅想到了经常在电视上看到的精英，身上无一不透露着高贵。

隔着一道公路，两人遥望，迟野晃了晃手机，嘴角带着初见时的痞气。

苏驰娅抽了抽嘴角，迟野究竟对奴役她是有多深的执念，居然一路"杀"到了医院。

大抵是猜到了苏驰娅心中所想，迟野右手插兜不疾不徐地道："先别急着挂电话，你爸说他现在要见我。"

说完，他补充了句："就约在了半个小时后。"

挂断电话，苏驰娅默默消化了一瞬听到的消息，对着 Kay 露出抹歉意："Kay 对不起，我现在……"

"没事，你先去忙。"

苏驰娅像个大逆不道的罪人，连忙说道："我先送你回去。"

"不用。"苏驰娅想折返回到车上被 Kay 伸手拦住脚步，"你以为沈琪那丫头真的会听话？她没走的。"

待 Kay 打电话给沈琪确认后，苏驰娅这才稍稍放心地问："你刚才的话还没说完，试什么？"

Kay 摇了摇头表示没什么，下巴冲着迟野的方向抬了抬，问道："他就是你说的那位有潜力的选手？"

"对，也是我们现在的投资商，这次车队能够有机会参加 CSBK 多亏了他。"

话音刚落，苏驰娅的手机上就有一条微信提示，上头是迟野发过来的时间倒计时："距离见我未来岳父还有 23 分钟。"

这是在变相地催她快点走。

苏驰娅看着屏幕上明晃晃的"岳父"两个字，心里吐槽：还真是幼稚。

欧式建筑的郊外洋房，苏驰娅的父亲林轩戴着平光镜坐在沙发上看报纸，年过五旬身材依然健硕，五官还能看出年轻时的帅气。苏驰娅坐在距离他很远的沙发上低头摆弄手机，客厅静得针落可闻。

苏缓端着切好的水果从厨房走出来，招呼着女儿："看你这段时间都瘦成什么样了，快吃点水果。晚上就在家吃，妈给你做点好吃的补补。"

"哼，多长时间都不知道回家，这次回来还有功了。"闻言，林轩从鼻孔里冷哼一声，"有能耐就永远都别回来。"

林轩一向反对女儿从事机车竞技，GP 赛事故后更是铁了心让苏驰娅彻底与这一行切断联系，当苏驰娅决定继续留在 MFC 时父女俩就陷入了冷战，此时更是谁都不愿低头。

"你少说两句吧。要不是因为你，娅娅能在外头吃这么多苦吗？"

"我让她吃苦？是我让她玩那破机车的，还是我让她扒着破车队硬往上贴的，她这是自讨苦吃。"林轩听到这话提高音量，"一个女孩子家家干什么不好非要弄这个，乖乖上班找个正经人嫁了有什么不好，非要出去玩命。"

林轩越说越激动，把手里的报纸摔在茶几上："你看看现在你的宝贝女儿都变成什么样子了，又是机车事故，又是恋情曝光的，一桩桩新闻弄得满城风雨，跟娱乐圈的那些个明星有什么两样！"

苏驰娅咬紧牙："没记错的话，您也是机车手。"

"我是男人。"

呵，又是这句话。

苏驰娅低着头，顿时觉得无话可说，她的父亲还是和以前一样无法交流。

"我回来就是告诉你们我跟迟野没关系，以后你们不要打扰他，没事的话我先走了。"

"哎呀，这是干什么。"苏缓过去拉住女儿的胳膊，这父女俩一个比一个犟，见面三句话就要吵起来，"你爸也是为了你好，这不是看见你的新闻担心你嘛。电话是你哥打的，他说他跟迟野熟。"

她就知道这件事绝对绕不开林驰远。

苏驰娅在心里默默给林驰远记上了一笔。

"那孩子不来就算了，你们到底是怎么回事啊，谈恋爱是好事，怎么还遮掩着？"苏缓忍不住唠叨，"什么时候在一起的，听你哥说之前他还陪你去了医院？妈看长得好像还不错，有没有照片？"

"不要说那些没用的，我叫他来也就是要表明一个态度，我绝不会让我的女儿嫁给摩托车手。"林轩截断苏缓的话，"你把话原封不动地带过去，不管是你们车队那个Kay，还是现在这个叫迟野的，在我这儿都不行。"

这又关Kay什么事？

苏驰娅浑身颤抖，胸口因为林轩的话剧烈起伏，心就像被人用一块巨大的石头砸烂，破掉的地方鼓鼓吹着冷风。

"妈，我先走了。"说完，她也不等苏缓回答，扭头走出了别墅。

还是不该回来的。

外头，迟野蹲在出口旁的花坛上等待着。远远瞧见墨绿色的身影出现，他嘬起嘴吹了记响亮的口哨，流里流气地招呼道："妞儿，一个人？"

没心思跟他斗嘴，苏驰娅一天的好心情全部被父亲打碎，冷声冷气地说道："还不上车？"

方才来时苏驰娅便简单和迟野交代了自己和林轩的矛盾，她料想父亲瞒着她找到迟野，准不若母亲说的只是见见那么简单，果然父亲压根儿就是想直接警告迟野不准和她交往。

还好她拦着迟野没让他们碰面，不然……

苏驰娅抿了抿唇，她不想让迟野看见自己家庭如此偏激又可笑的一面。

纵然没问里面的情况，但见到苏驰娅此时的表情，加上前后进去的时间，迟野也不难猜出这次的见面并不怎么愉快。

迟野没起身，蹲在地上像村里游手好闲的小混混，说道："小哥哥带你去兜风啊。"

还没完没了了。

兜风，他有驾照吗就兜风。

苏驰娅索性直接把包里的钥匙丢在他身上，顺势说道："好啊，你来开车。"

迟野晃了晃手里的钥匙，笑道："汽车有什么意思。回车队提摩托，哥现在就带你笑傲江湖，纵横四海。"

苏驰娅难得没反对迟野的建议，她刚好也想找地方发泄自己复杂错乱的情绪。

迟野的机车已经按照他的要求喷上了名字，原本哑光黑的车身低调神秘，此时被喷上的"驰野"撕破沉寂的喧嚣，张扬而又狂傲。

迟野走上前，伸手一寸寸摸着被涂抹的字迹，嘴角轻扬，说道："它现在很合我心意。"

"驰野"二字如同纽带，将他和苏驰娅紧紧捆绑，从此这辆车被赋予了别样的意义。

男人的指尖在车身游走，明明是再普通不过的动作，却平白让苏驰娅面红耳赤，仿佛迟野此时摸的不是车，而是她。

苏驰娅甩去莫名旖旎的思绪，觉得自己一开始就不该纵容迟野给这辆车起这么暧昧的名字。见迟野还在流连，苏驰娅忍不住走上前，催促道："不是说要去压车，走吧。"

一侧是山间麦田，一侧是碧海蓝天，行驶的公路犹如通往天边的阶梯，望不见尾端尽头。参赛重机不能上路，他们特意在车队提了250cc的小排摩托，速度开得并不快，空中带着海浪的咸气，清风抚摸着从头盔溜出的发梢。

几个月前，她与迟野就是在这样一条略显空旷的公路相遇，他坐在她的身后，咬着牙让她开慢点，彼时她没想过自己会与他牵扯至深。

跟在后面的迟野在转弯时朝着女孩比了比手势，示意右拐停下。苏驰娅降速让迟野向前带路，不知漫无目的地跑了多久，两辆车终于停了下来。

迟野摘下头盔，甩了甩被压扁的短发，露出一排小白牙："这还是我第一次骑摩托出来兜风。"

"感觉怎么样？"不知是有迟野在身边陪伴，还是今日的风景确实太美，苏驰娅的负面情绪消散得很快，见迟野冲自己竖起了大拇指，眼底的笑意更是浓郁了几分。

苏驰娅一向不在乎别人对机车的看法，毕竟无论因为性别，还是因为职业选择，一路她都受到过太多的质疑与不理解。但是她希望迟野能够喜欢，那种心情就像自己一直追求的东西终于得到了认可。

只是为什么如此在意迟野的感受，她却没有细思过这个问题。

"坐下休息休息吧。"

迟野将车停在路边，翻身越过栏杆往海边走去。

地上都是颗粒碎石，脚踩在上面发出"咯吱咯吱"的声音，走了一段路，迟野回头，见苏驰娅还坐在机车上，又折返回去亲自招呼。

苏驰娅摇头道："浪费时间，直接回去吧。"

花心思把人喊出来，等的就是现在，迟野哪有让人走的道理。

迟野指了指天空，道："有些时间还是值得浪费的。"

作为本地人，这条沿海公路苏驰娅并不陌生。只不过这条路距离市区较远，又只连接了郊外的几个乡村，客流量并不大。

公路再美，充其量也只能被称作是漂亮的公路。苏驰娅是不折不扣的实用主义者，从没想过特意开车绕到这里欣赏风景。

拗不过迟野的坚持，苏驰娅跟男人并肩坐在海边，两人的背影竟也萌生出几分浪漫。

天边的太阳慢慢落下，云缝挤出的霞光将平静的海面照耀得波光粼粼，整个世界陷入温柔。生活艰难，可自然赋予人类的馈赠仍是潮起潮落，朝霞西陲，这本身就是活着最大的希望。

原本满脸写着"勉强"的女孩被眼前的景象震撼，夕阳洒落的余晖将女孩的侧颜勾勒得更深邃，她目光望向散发着最后一丝光热的太阳，眼底闪烁着希望的光。

女孩在看风景，而男孩偏头看着女孩。

其实苏驰娅的五官温柔，安静地坐在身边的她，就像漂亮的邻家妹妹。只是直率的性格和雷厉的作风掩盖了外表的柔和，目光透露的坚毅反而让人看见她，大多会最先联想到诸如"英气"之类的字眼。

可她，终归是温柔的啊。

迟野心头微动，是否只有他，看见了苏驰娅小心包裹的温柔。

尽管极力无视，但来自右侧犹如激光扫射般的视线让苏驰娅感到极度别扭，她皱眉问道："老盯着我做什么？"

"欣赏美。"

撩人的话现在迟野显然已经信手拈来，丝毫不知羞赧。只是苏驰娅可没这么厚的脸皮，才想起身就被迟野按住："别动，你脸上有东西。"

苏驰娅当了真，竟真的乖乖立在原地。

迟野不断朝着女孩贴近，伸出的拇指已经触到女孩的面颊，柔软的指腹蹭过嘴角，苏驰娅浑身汗毛竖起。

两人不过一拳之隔，苏驰娅像被施了魔咒般定在原地，睫毛不停地颤动着，半被迫般直视迟野星辰般的双眸。

驰野

终抵挡不住迟野刻意散发的魅力，她偏过头，打破一瞬间的暧昧，问道："是什么？"

迟野五指张开，手掌骨节分明，手指修长如葱。而后男人将自己干净的手翻转，颇为文艺地说道："尘埃。"

苏驰娅："……"

第一次遇见有人把占便宜，说得这么清新脱俗。

迟野大概也觉得这招太烂了，不自然地咳了两声："听说把愿望写下来，在日落之前埋进土里会实现。"

说着，他从兜里掏出纸和笔，问道："要不要试试？"

"我上幼儿园就不相信这个了。"苏驰娅没想到这人一把年纪了还充满童心童趣。

"试试又不吃亏。"迟野笑着把笔和纸塞给苏驰娅。

苏驰娅抿了抿唇，当真拿过笔在上面龙飞凤舞地写了几个字，折叠起来问道："然后呢？"

"埋起来。"迟野晃了晃自己刚写完的纸，"想不想知道我的愿望？"

苏驰娅冷漠脸："不想。"

肯定不是什么正经愿望。

海水将落日吞没，天边红霞也带走了最后一丝光亮，漂浮在海上的渔船发出点点光亮，就像混入夜幕的星星。

两个人像小孩一样在海边挖了洞，赶在太阳消失前将两张字条藏了进去。做完一系列的工作，苏驰娅心情前所未有的轻松，伸长了腿，仰望星空万里。

迟野说得没错，有些时间是值得被浪费的。

夜间寒凉，迟野将机车外套披在女孩肩头，苏驰娅想挣脱，迟野却道："我难得绅士一回的。"

苏驰娅闻言忍不住笑了出来，捏紧衣领，说了句："谢谢。"

夜幕拉下，可两人都没有说要离开，就如同海边无数情侣一般，他们谁都没说话，但奇异的是，这一刻心却从未有过的靠近。

"之后我就不教你了，我要彻底退役离开MFC了。"

苏驰娅尽量让自己的语气听起来轻松些。

"开始就和你说过了，我的情况比较特殊，等MFC挺过最艰难的时候我就会离开。如果你还愿意留在MFC，我会给你介绍更加专业的教练，如果你不愿意留在MFC，这么多年我在圈里还是有些朋友，可以……"

"你呢？"迟野打断苏驰娅的话，"把我都安排好了，那你呢？"

几乎放弃一切换得的梦想，却要这样轻易地结束。

苏驰娅捡起了一颗石子丢入大海，不言。

"不早了，回去吧。"良久，苏驰娅说出的也只有这句话。

迟野很想将这个表面坚强，却比任何人都脆弱的女孩揽入怀中。事实上，他就是这样做的。

苏驰娅转身的刹那右手便被人从后面拽住，略微施力，迟野便将小姑娘箍在怀，他声音暗哑："别动，就一分钟。"

苏驰娅的身体被对方突如其来的动作搞得像木桩般僵硬，耳边是如鼓的心跳，鼻尖是淡淡的清香，明明不是亲人，此时迟野却带给了她比亲人更加亲密的安定。终于，她顺从心意，将头轻轻地靠在了迟野的胸膛。

逐光者，终究还是将被黑暗吞没。

第八章

◆恋爱协奏曲◆

海边看落日就像是浮生偷得的闲，那晚之后生活再次往前推进。

　　如果苏驰娅离开，那就意味着曾经 MFC 的黄金时代结束了。尽管韩峰几番规劝苏驰娅慎重考虑，却仍旧没能改变她离开 MFC、退出赛车圈的决定。

　　现在对苏驰娅而言最大的问题，就是如何将自己退出的消息告诉队友。

　　几个人在跑步机上并排跑着，汗水顺着脸颊没入悬挂在脖子上的吸汗巾上，汗涔涔的样子像是水人。祁元夕发现苏驰娅看着他们的方向，咧着嘴露出一排小白牙，看起来傻乎乎的。

　　Kay 和杭磊的离开对他们而言已经是两次打击，如今苏驰娅某种程度上变成了他们全部的精神支撑，要是她再离开……

　　苏驰娅移开视线，换了个坐姿继续沉思着。

　　"发什么呆？"突然，一个冰凉凉的东西贴在了女孩的右脸，冻得苏驰娅一个激灵，一瓶罐装的旺仔牛奶从天而降。

　　"怎么拿个孩子喝的。"苏驰娅看着瓶身上的大头有点嫌弃，拉开后发现口味意外不错，便转而问道，"今天怎么过来了？"

　　没记错的话，今天迟野没安排训练。

　　"韩峰给我打电话，说你打算退出 MFC，让我过来劝劝。"迟野打趣道，"不过我猜他应该是想见季妃娜，又找不到理由。"

　　早就觉得韩峰对季妃娜的态度不一样，去湖市比赛的时候一路上更是嘘寒问暖，现在才知道原来这人根本就是对人家一见钟情，又没胆子告白。

两人外形相差太大，职业跟性格更是南辕北辙，苏驰娅怎么想怎么觉得不靠谱。但千年铁树开花，苏驰娅也不好泼韩峰冷水，或许他自己慢慢就会知难而退。

苏驰娅扬眉道："你由着韩峰，不怕经纪人被拐跑？"

"都说了是经纪人，跑不跑关我什么事。"迟野盯着苏驰娅，"我只要确保我未来老婆不被拐跑就行。"

苏驰娅："……"

那边石头已经训练完，瘫在地上看手机，也不知看见了什么，飞身跃起，像个屁股着火的箭冲过来，喊道："驰娅姐，你快看微博，吴佑凯那孙子又搞事情了。"

事情还要从 CSBK 赛后，迟野要求网络博主删掉原照，重新上传自己和苏驰娅合照开始说起。

在迟野的有意推动下，网友果然很快发现了苏驰娅和迟野的恋情，还有很多网友发现原来自己曾经在电玩城、在公路旁偶遇的高颜值情侣，就是这两人。

于是，越来越多的 CP 粉加入，苏驰娅和迟野的名气也与日俱增，在热度的催化下，相关新闻报道也越发频繁，这也是林轩发现女儿恋情的首要原因。

不过将事情推入高潮的，是有人拍到了迟野的机车，上头"驰野"两个字成为撒在粉丝心头的那把糖，大家纷纷表示再次相信爱情。这一波操作让女主角苏驰娅在大家心里好感度倍增，网上的骂声也渐渐少了，路人缘有所好转。

不过，苏驰娅原本就不怎么上网，也没费心关注网上的事。再说她和迟野组 CP 也并非一两天了，就连队员们都没当回事。

倒是吴佑凯发了条微博："某人真是走自己的路，让队友无路可走。要不说当女人真好，恋个爱就能轻松甩掉一身黑。我猜过段时间某人就会宣布退出，转而进军娱乐圈了。也好，终于能清净了。"

吴佑凯这条微博的指向性过于明显，稍对这个圈子有了解的都知道他说的是谁。

吴佑凯的言论立刻引起了一众直男癌回复：

"用恋爱洗白居然还有脑残粉买账，女人果然最容易煽动。"

"苏驰娅也算是凭借一己之力挤走 Kay 和杭磊，坐上了 MFC 第一把交椅。"

"楼上的评论简直细思极恐，这样想来苏的心机很深啊，宫心计那套都用在这上面了，当她的队友太惨了。"

MFC 的队友听见石头的话，停下训练拿出手机，纷纷皱眉道："吴佑凯怎么这么恶心啊，驰娅姐当时比赛成绩甩他好几条街好不好，现在跑出来吠个什么劲儿！"

祁元夕指尖在荧幕上飞舞："看我现在发微博骂死他。"

"你骂他，不就等于你的人品跟他一样。"苏驰娅就像个局外人，冷漠地按灭手机屏幕，"别管这些，继续训练。"

其实吴佑凯说的也不完全错，确实是她让两个队友"无路可走"的，而且她下一步的计划确实是退出圈子。既然决定要退出，争辩也没什么意义，这些言论总会随着她的离开而渐渐消失。

"驰娅姐！"祁元夕不肯动，就是因为苏驰娅老是这副与世无争的样子，才让这帮人得寸进尺。

见苏驰娅不理自己，祁元夕转而看向迟野，道："迟野哥，驰娅姐被人欺负了，你就由着他吗？"

迟野看出苏驰娅怀着什么心思，拇指蹭了蹭饮料瓶口，低声问道："你要现在公布吗？"

她以为迟野会劝自己不要退出的，没想到会鼓励自己趁这个机会索性公开。不过转念一想，迟野似乎什么时候都包容自己的一切决定。

心头的纠结仿佛被这人的温柔抹平，苏驰娅想了想说道："下个月我会彻底离开赛队，不再从事这一行了。所以大家不用担心，吴佑凯再发什么，也发不到我头上了。"

一句话，如平地惊雷炸得整个 MFC 一片静默。

最先反应过来的是祁元夕，小不点立刻红了眼眶："是不是因为吴佑凯，驰娅姐你别听他乱讲，我现在就去找他算账，揍他一顿给你出气！"

"跟他没关系，GP 赛后我就做好决定了。"苏驰娅还是那副清冷的样子，声音平稳，"虽然我离开，但还是会关注你们的比赛，都别想偷懒。"

"砰！"

话音刚落，石头一言不发地踹翻了叠放在身侧的垫子，甩头就走。

方显站在身边拉住男孩："去哪儿？"

"没听见吗，人家不要我们了，还赖在这儿做什么。"石头把外套摔在地上，"我也不干了，不就是退队吗，谁不会！"

"站住，你把话说清楚！"苏驰娅追上去。

石头情绪激动，短短的头发根根竖起，冲着苏驰娅不忿地喊道："既然早就决定了，那这段时间算什么，看我们可怜，所以施舍给我们的？"

石头喘着粗气，脖子憋得通红："不就是 Kay 受伤没办法继续比赛了，当时入行的时候我们上的第一课就是危险预知，要说真发生意外那也是命。再说 Kay 也没死，还活得好好的，你有什么过不去的。Kay 是朋友，我们就不是了，我们这么多人，还比不过他一个？"

苏驰娅指甲紧紧抠着掌心。

方显拽住石头让他少说几句，被石头甩开："你要是真觉得愧疚，真觉得过意不去，那就继续比赛，带着 Kay 的那份一起跑回来。你以为 Kay 真会感谢你退出吗？你无谓的牺牲只不过满足的是你自己的负罪感罢了，没有人会因此变得痛快。"

苏驰娅和石头的视线在空中交会，石头像赌气的孩子瞪圆了眼睛，生怕对方感受不到他的愤怒。

石头的每句话，都往苏驰娅心里最深的地方扎。

"石头说得没错。"训练室的门突然打开，就像电影慢动作般，一个精致的轮椅从外缓缓而入。

队友们倒吸了一口凉气，一时间谁都不敢贸然走上前去，就连苏驰娅都摸不准眼前的画面究竟是现实还是虚幻。

"都不认识我了？小兔崽子们的反应有点欠收拾啊。"Kay 眨了眨眼。

这群人这才如梦初醒，迟钝地尖叫着迎上去问东问西。已经见过 Kay 的苏驰娅反倒露了怯，下意识地看向身侧的迟野。

苏驰娅潜意识的信赖取悦了一直沉默的迟野，他拍了拍小姑娘的头："过去看看吧。"

Kay 的头发被那群过度热情的小伙子摸得横七竖八，彼此太过熟悉，Kay 也没客气地对着这群人口吐芬芳，虽然动不了手了，但嘴皮子依然很溜，气氛瞬间回到了曾经。

直到苏驰娅在迟野的鼓励下，一步步走到 Kay 身边，喧闹声才停了下来。想到方才苏驰娅说的退役，一伙人都不再吭声，眼巴巴地望着 Kay，希望他能说些什么。

Kay 特意来这一趟，身上肩负着任务，清了清嗓子说道："石头说得没错，你退役之后离开 MFC，我可不会感谢你，有能耐帮我跑个冠军回来，也算我没白在病床上躺半年。"

苏驰娅的眼眶开始变红，久违的湿润感袭来，鼻子酸涩得紧，她没想到 Kay 会跑过来，也没想到 Kay 会和自己说，他不希望自己离开。

原本坚定要离开的人，却因为 Kay 的话开始摇摆、犹豫。

"我回去想了想，玩了小半辈子赛车，自己好像也没啥别的技能，要是康复了闲在家，生活来源述真成问题。"Kay 扒了扒头发，"所以我答应韩峰继续留在 MFC 了，专门盯住这群崽子。你要是真觉得对不住我，就继续留下来受我摧残吧。"

MFC 俱乐部的最后一盏灯被熄灭，白天训练了一天精神极度亢奋的熊孩子已经离开，偌大的训练场只剩下零星几个值守的人。

接连的惊喜和转变太多，白天苏驰娅没时间和迟野单独聊聊，此时终于抽出了空闲，待迟野在副驾坐好，苏驰娅才问道："老实交代，Kay 突然出现，和你到底有没有关系？"

当时或许她还没发现，但事情过后稍稍用点心思便不难看出古怪。

先是迟野鼓励自己公开退役，然后是石头那一番激动却又不失逻辑的言论，最后在所有人情绪达到顶峰时 Kay 猛然出现，将剧情推入高潮。

怎么想，怎么奇怪。

迟野按开头顶的小橘灯，昏暗的车被照亮，苏驰娅脸上激动的余韵还未完全消散，整张脸明媚得晃眼。

迟野倒是没否认，"嗯"了一声，笑道："韩峰让我劝你，我劝不动自然得学会搬救兵。"

"我不知道你和 Kay 认识。"

"确实不熟。"迟野冷哼了一声，"不然我不会答应他当什么教练的。"

受了伤就乖乖养伤，老给自己加什么戏。根据迟野男人的直觉，这个 Kay 对苏驰娅的居心有待观察，他可不想自己给自己挖坑，找个情敌回来。

不懂迟野的小心思，苏驰娅咧开了嘴角，语气认真而轻松："迟野，谢谢你做的一切。我很开心，真的真的很开心。"

和迟野相识的这段时间，苏驰娅大多时候是沉默的、易怒的、敏感的。而今天的她仿佛终于将沉重的包袱卸下，快乐染上了眉梢。

这样的苏驰娅像片轻巧的羽毛，在迟野的心尖撩来撩去。

"我们的关系用不着感谢。"迟野重新把灯按灭，嘟起嘴，"亲我一口就好了。"

苏驰娅一巴掌糊过去，边发动车子边笑道："美得你，我还没答应跟你在一起好不好。"

"那你倒是快点答应啊。"迟野顺势接话。

苏驰娅懒得跟这人一般见识，又切回正题："我以为你不会劝我改变决定，继续留在 MFC 呢。"

"我开始确实没想劝你。"迟野尽管知道小丫头视赛车为生命，但也不曾想过干涉她的任何决定。

只是，迟野从兜里掏出一张皱皱巴巴的纸，小心翼翼地将其展开："有些心愿，我想只有你自己才能实现。"

字条上，是那日苏驰娅用笔草草写上的"MFC 重回巅峰"。

他不会干涉她的决定，是因为尊重。

他想要帮她实现梦想，是因为爱慕。

"迟野。"

苏驰娅在心里轻念了遍男人的名字，觉得自己完了。

Kay 答应继续担任 MFC 的技术指导，除了苏驰娅之外，最高兴的无疑是韩峰。最近几天他充分演绎了什么叫作人逢喜事精神爽，所经之处充满了他走了调的歌声。

苏驰娅掏了掏被噪音污染的耳朵，弯下身对着才从医院过来的 Kay 关心道："现在身体感觉怎么样？复健对体力消耗大，你累的话就不要特意跑到车队来，反正最近这段时间也没什么重要赛事。"

"别一副我要死了的表情，我现在好得很。"

苏驰娅瞪了一眼 Kay，迟野从模拟器上走下来，靠在器械旁语气冷淡地说了句："苏驰娅，过来。"

天气变凉，苏驰娅担心 Kay 的腿受不得寒，忙着找毯子，头也没回地说道："做什么，我这边忙着呢。"

舌尖抵了抵腮，瞧着 Kay 越发不爽，迟野食指敲了敲器械："我有话问你。"

"问我什么，你说我听得见。"苏驰娅有些不耐烦，短短时间内迟野都喊了自己十几次了，每次都没什么正经事。

两个男人的视线隔空相对，Kay对着在一旁给自己倒水的苏驰娅说道："你先过去看看吧。"

苏驰娅叹了口气，把水杯放下，这才走过去。

迟野见状垂眸，碎发遮住他的额头，他说了句："算了，我没事了。"

Kay的回归让整个俱乐部都沉浸在一片欢悦之中，就连石头跟祁元夕都化身成Kay的小跟屁虫，在后头嘘寒问暖，生怕Kay有哪里不舒服。可以说现在Kay在车队，享受的是超VIP待遇。

韩峰没注意队里的变化，靠在门边低头刷着微博，手里捏着未点燃的烟："Kay，你最近有没有什么打算啊？"

"我打算近期召开记者发布会，一来是向媒体说明自己的身体情况，二来是公开自己继续留在MFC的消息。"

Kay的建议正好是韩峰想要说的话，网上的言论甚嚣尘上，MFC于情于理都必须要采取措施，而任何的公关、解释都抵不过当事人一句话。

不过苏驰娅对此倒是有顾虑："我觉得现在不是好时机，你才刚刚出院，现在选择公开，我担心会对你正常的康复和生活造成影响。"

苏驰娅满心想的都是Kay的利益，却唯独没有想过自己的处境。

闻言，迟野浑身似乎都被名为"不悦"的情绪堵塞，连贴在额间的发梢似乎都带着恼怒。他知道这股莫名而来的火气名为"嫉妒"，可面对苏驰娅，他偏偏什么都不能做。

唯一被允许的，就是坐在角落，像个局外人，旁观他们的世界。

Kay 回来了，所以他变得不再重要。

"媒体对我还构不成什么威胁。"Kay 像对待妹妹般，撸了一把苏驰娅的短发，"这段时间你受委屈了，吴佑凯那边让我来解决。"

瞳孔微缩，迟野从器械上走下来，转身走出训练室。

"我听峰哥讲这段时间为了转移网友注意，迟野一直在和驰娅组 CP？"

Kay 的话让迟野脚步顿住。

"至少吴佑凯的一个观点我很赞成，机车手要有机车手的样子，驰娅为了在圈子博出一席之地付出了太多，不应该最后被谈恋爱组 CP 这些事掩盖。等我的新闻发布会结束之后，这个 CP 是不是该停止了？"

迟野眼眸一直盯着苏驰娅。女孩在听完 Kay 的话后没什么表情，微微垂着头仍旧是事不关己的态度。

"呵。"迟野笑了声，也不知是在笑自己，还是在笑女孩的冷漠。

他冷了冷眼神，说了句"随便"后走了出去。

更衣室。

迟野脱掉湿透了的灰色上衣，一排排精致的腹肌猛地暴露在空气中，肌肤竖起来一层细密的汗毛。

门被人轻叩了两声，随即是轮子滚动的声音。

迟野从柜子里拿出衬衣，抬眸看过去，Kay 已经进了更衣室。

迟野皱了皱眉，未讲话。

倒是 Kay 转过轮椅，率先问道："你在追求驰娅？"

没急着回答，迟野慢条斯理地穿上衬衣，每一颗纽扣都系好，声音慵懒得勾人："怎么，需要事先和你请示？"

"那倒是不必，我对你的事不太感兴趣。"好似永远都睡不醒的丹凤眼，没有特意修剪的碎发，坦白地讲，Kay 的长相不算出众，但轻颓的气质和坚毅的性格，让他浑身充斥着男性荷尔蒙，和长相俊逸的迟野完全是两种风格。

迟野当着 Kay 的面也不避讳，旁若无人般弯腰脱下运动裤，挺翘的臀部连接着坚实的大腿，两条腿长而肌理强健。

Kay 没正行地吹了个口哨："没想到你看起来油头粉面，身形倒是出乎意料的漂亮。跟腱有力、四肢强健，怪不得短时间内就可以取得不俗的成绩。"

油头粉面？

身形漂亮？

迟野回眸睨了眼这人，正对上 Kay 毫不遮掩的欣赏视线。他转过身飞速套上长裤，眼神仿佛在看个神经病。

"你放心，我口味没这么重。"Kay 扬唇笑了笑，右手撑着头调整了个舒适的坐姿，"其实我挺感激你的，无论是 MFC 陷入危机你挺身而出，还是说服我重新归队。"

迟野一阵嫌恶："别把你回来这件事跟我扯上关系。"

他是找了 Kay 不假，那是因为他知道苏驰娅的心病就来自 Kay。解铃还须系铃人，想要让小姑娘放下心结，还得 Kay 出面。谁能想到如今 Kay 不仅要解开心结，还有想顺势走进小丫头心里的趋势。

迟野有点不耐烦："你进来盯着我换衣服，就是要说这个？"

"我想和你公平竞争。"

竞争？

有意思。

迟野穿戴整齐，手指捻了捻袖口，从上而下睨着男人，做洗耳恭听状。

"我说了，我很感激你，也同样承认你在机车竞技上很有天赋，我喜欢与有才华且努力的人打交道。"Kay 摸了摸下巴，语气倒是认真，"我想追求苏驰娅，但不希望这件事影响和你之间的关系。"

玩机车的人似乎都习惯了直来直往，不怎么会兜圈子。

迟野嘴角露出一丝嘲讽的笑："你跟苏驰娅当了十几年队友，现在我来了你又说要追她，你不觉得有点晚了吗？"

迟野又怎么知道他没试过。

Kay 嘴边露出一丝苦笑，只是苏驰娅心思从未在男女之情上放过一分。在她心中，他永远都是好朋友、好队友，这又让他如何开口。

他只能一直牢牢固守界限，陪着女孩一路蜕变。

都是不擅长跟别人说心事的人，Kay 很快便收了心思，随意耸了耸肩："我只是过来跟你打个招呼。"

"没必要。"迟野关上柜门，"没什么事先走了，驰娅还在等着我。"

绕过 Kay，门才刚打开迟野就瞧见了苏驰娅，女孩往里头探了探头，奇怪道："你们在里面聊天？"

"没有。"迟野见到苏驰娅神色柔和下来，迈开长腿，"等急了吧，现在可以走了。"

闻言，苏驰娅脸上露出抱歉的神色，舔了舔干涩的唇："今天让石头送你好不好，沈琪有事过不来，我开车送 Kay 回家。"

迟野看了眼身后的 Kay，又看了眼对面满脸歉意的苏驰娅。

呵，很好。

今年的冬天仿佛来得特别快，秋风吹过，树上的叶子便落了精光，只剩下光秃秃的树干，张牙舞爪地等待着酷寒的考验。

走进训练室，苏驰娅四周环视了一圈训练人员，皱眉问道："迟野今天还没来？"

祁元夕探出个脑袋："刚刚季妃娜给峰哥打电话，说迟哥今天也不过来了。"

这都连续三天请假了。

苏驰娅皱眉，问道："没说理由？"

祁元夕头摇成了拨浪鼓。

苏驰娅想了想，拉上外套拉链："我今天不过来了。方显，你下午送Kay 去医院复健。"

道路两旁树木萧瑟，苏驰娅开着窗，风顺着缝隙吹进来。车内蓝牙连着手机，通话的等待音一遍遍传来，一直无人接听。

这样的情况在迟野身上很少见。

种种不好的猜测在脑海里闪现，苏驰娅不自觉地往下踩了踩油门。

门铃魔音入耳，睡了还不到两个小时的迟野从被窝里爬出来，带着满身怒气边开门边骂道："季妃娜，你最好是有什么要紧的事找我。"

门外站着的人让迟野愣住，一根呆毛翘起，模样看起来有些好笑，语气还带着几分不确定："苏驰娅？"

"我给你打电话了，你没接。"苏驰娅举起手机，怕对方因为自己突然到访而觉得唐突。

"抱歉，没听到。"迟野侧过身子，神智不是太清醒，挠了挠乱蓬蓬的头发，"进来坐坐？"

苏驰娅没拒绝，没等迟野说"不用脱鞋"，就直接豪迈地踢下鞋子赤脚往里面走。

迟野忙不迭把自己脚下的黑色拖鞋脱下来，递到一半又觉得不合适，转而拿起女孩刚换下来的鞋子："没人来过这里，家里也没准备多余的拖鞋。听说女生赤脚对身体不好，你把鞋穿上吧。"

"不用。"苏驰娅低头看了眼放在地上的黑色拖鞋，大刺刺地踩进去笑道，"那就委屈你一下吧。"

大大的鞋子包裹住女孩小巧的脚，几颗圆润的指甲露在外面，迟野心思微动。

"你的衣服，挺可爱的。"

苏驰娅轻咳，迟野低头这才看见自己睡觉的 T 恤上印着的那个硕大的海绵宝宝。

迟野："……"

迟野心里飘了句脏话，解释道："这个 T 恤是我粉丝寄过来的，我也是第一次穿……"

迟野这两天写稿写得昏天黑地，昨晚不知挨到了几点，洗过澡困极了，随手从衣帽间翻出了一件 T 恤，没想到错拿了粉丝送的礼品。

苏驰娅点了点头，道："我都懂的。"

去电玩城想要抓娃娃，装梨汤用粉色保温杯，递给她旺仔牛奶，晚上穿海绵宝宝睡衣。没想到迟野还有一颗少女心，这跟他冷峻的外表还有些许反差萌。

迟野抽了抽嘴角，苏驰娅这副表情可不像是真的懂了。

苏驰娅还是第一次到迟野家来，男人去换衣服的空当，她四处看了看。房子空间很大，装潢走的简约风，置物柜上放了一些汽车模型，桌子上还零散着未拼完的乐高，东西很少规整，却意外的干净。

这又一次刷新了苏驰娅对男生的印象，她以为独居男性家里都是袜子横飞、外卖盒子横堆的恐怖模样。

再出来时，迟野已经洗漱完毕，换了平日的居家长衣长裤，发丝软软地趴在额间，他倒了杯温开水放在女孩面前，说道："我今天请假了。"

"对，连续请假三天，过来看看你的情况。"

"来家访？"

"所以为什么连续请假？"

"赶稿，毕竟我的本职不是车手，只是个写小说的，跟你们到底还是不一样。"

迟野靠在沙发上，神色慵懒道："我总得要赚钱才能被人看得上啊。"

苏驰娅不喜欢迟野这样的语气，也不喜欢他说出来的话。

两人无言。

苏驰娅揪了揪头发，尴尬地起身道："既然你没什么事，我就不打扰你休息了。"

迟野没动身子也没应声，仍旧抱着米色抱枕随意地坐在沙发上，一副"悉听尊便"的模样。

苏驰娅觉得有点委屈，这种情绪陌生又莫名其妙。

"那我走了。"苏驰娅到了门口，弯下身子换鞋。这种冷遇让她眼睛干涩，甚至后悔冲动之下跑过来。

门把扭动，原本窝在沙发上的迟野却突然出声："我不舒服。"语气似乎还带着几分楚楚可怜。

果然，苏驰娅停下动作，踢踏着拖鞋跑回来，皱眉："你怎么了？"

"不知道。"

迟野长长的睫毛覆下，张了张嘴又闭上，委委屈屈地说了句："算了，今天应该是 Kay 复健的日子，你还是回去吧。"

怎么会提到 Kay 复健，苏驰娅开始还没能领悟这句话背后的意思，以为男人发烧了，将手贴上他的额头，手感温度正常，看见对方眼底的青痕，她问："昨天几点睡的？"

"凌晨五点？记不住了。"

苏驰娅看了眼时间，忍了又忍还是没忍住，道："你这样舒服才怪呢！你知不知道熬夜对身体的危害有多大，特别是机车手，最忌讳的就是熬夜。白天只要有一个失神就会发生不可挽回的事故，你难道不记得元夕之前是怎么受伤的了吗？最近才几天没盯着你，居然生活又回到以前的状态了。"

还记得最开始，迟野就天天这副睡眠不足的样子。

苏驰娅往外吐了口气："快去睡觉，明天恢复训练。"

"不去。"迟野不动，盯着小姑娘，也不知道在想些什么。

两个大人就跟赌气的孩子似的坐在沙发上，大眼瞪小眼，仿佛谁先开口谁就输了。

最后还是憋不住话的苏驰娅先开了口："你到底怎么了？"

刚问完，一个想法猛地闯入苏驰娅的脑海，尽管觉得有些不可能，但种种迹象表明仿佛是事实。

苏驰娅直接问道："你不去训练，是不是跟 Kay 有关系？"

现在才猜到。

迟野哼唧了一声，算是应了。

竟然真的是因为这个，苏驰娅哭笑不得："为什么，我记得你们关系还不错。"

哪个家伙造的谣！

见迟野板着脸不说话，苏驰娅用手戳了戳迟野的袖口，开玩笑道："喂，你该不会是吃醋了吧？"

"对，我吃醋了，家里的陈年老醋都被我踢翻了。"迟野破罐子破摔，"不想见到你对他很好的样子，所以我选择眼不见为净，还有什么要问的吗？"

没想到随口的问题居然得到了肯定，苏驰娅一时不知该回些什么，愣住。

良久，苏驰娅说道："我们只是朋友。Kay 是因为我而受伤，我对他有责任。"

无论是出于朋友之心，还是弥补之心。

"我知道。"

迟野相信现在的苏驰娅并不喜欢 Kay，但他们有太多的回忆，都是他不曾参与的，就连两人的兴趣和坚持，他都无法感同身受。如果 Kay 表白，苏驰娅会不会混淆对 Kay 的感情，又会不会因为愧疚而答应和 Kay 在一起？

在 Kay 面前，迟野可以装得毫不在意，但那可是他喜欢了十几年的女孩子啊，他又怎么可能真的不慌张，不害怕，不嫉妒。

在爱情面前，再冷清无畏的人都会变成患得患失的傻子。

迟野开口，声音就像一触即碎的玻璃："苏驰娅，你对我的好感有比之前多了一点吗？"

告诉我，在这场爱情战争中，我的胜算，到底有多少。

风吹动窗边的纱帘，放在阳台上的绿色植物被吹得沙沙作响，楼下几个孩子在花园里大笑，声音在寂静的小区回荡。苏驰娅看着这样卑微的迟野，心猛地抽痛了一下。

微博新闻最近被两件MFC车队发生的大事刷屏，其一就是前任主力Kay出院后强势加入教练阵容，其二是车手苏驰娅重回赛道并预计参加FIM大赛（亚洲公路摩托车锦标赛）。

果然随着Kay公开现身召开新闻发布会澄清事实，吴佑凯等人在网上发表的言论不攻自破，而苏驰娅再次引发热议，先前比较激愤的车迷们也因Kay的公开力挺，对苏驰娅的态度友好了许多。

与国内赛事不同，这次MFC赛事车队共报了苏驰娅、方显和石头三名选手，但因名额限制，在正式比赛前还要经历残酷的淘汰赛，也有一名都无法被选中的风险。

FIM大赛定在回春的三月，而淘汰赛年后就要进行，天气逐渐转寒，中间又横插春节，可以说无论是从天气状况还是从训练时间来看，情形都相当严峻。

半年没有上赛场，又是事故后的首秀，苏驰娅这一战的压力可想而知。

这段时间，苏驰娅一心扑在训练上，完全把自己当成机器在运转。以前只知道苏驰娅要求严格，但没想到对自己的标准更是几近苛刻，无数次观摩顶级车手的比赛，了解重心下压的角度，以及直线操作的流畅度，以寻求完美。

而兼职教练 Kay 在训练时更是魔鬼一般的存在，原本脾气就不怎么和善，对待赛车更是像随时都会被点燃的炮仗，一言不合就飙脏话。尽管不想承认，但从某种程度上讲，这两人确实很配——都属于脾气不好，工作起来还不要命的那种。

迟野和苏驰娅现在的关系很微妙，微妙到连一向心思深沉的迟野都摸不清套路。前些天苏驰娅亲自去他家逮人，他不过问了一个问题，没想到小丫头居然逃跑了！

迟野怎么想都想不到，苏驰娅居然会携答案潜逃。

那日之后，两人的生活似乎慢慢回到了曾经的轨道，苏驰娅全身心投入 FIM 大赛训练之中，而迟野则闷头码字，对生活越发冷漠。

一切都变了，一切又好像都没有变。

MFC 惯例的大赛前内部速度测试就在明天，苏驰娅经过一周的训练，状态已经基本恢复。她也难得空出了半天闲暇，在将一直指导训练的 Kay 送去医院复健后，终于拨通了那个许久没有联系的电话。

两人直接约在电玩城见面。

迟野接到电话后随意穿了件衣服便出了门，日夜颠倒让他看起来精神有些憔悴，黑色口罩遮住大半面容，露在外面的眼睛有些冷淡。

"怎么到得这么快，等很久了吧？"苏驰娅从车库跑过来，裹了裹身上的外套，"外面太冷，先进去。"

一周没见，苏驰娅还是精力充沛的模样，看起来状况好得出奇，似乎沉浸在不甘与堕落中的人只有他。迟野抓了抓凌乱的头发："今天怎么空了？"

"明天有速测，休息半天。"

苏驰娅兑换了一小筐游戏币，晃了晃篮子，心情颇为不错："走吧，我请客。"

迟野想到之前苏驰娅带他来这里玩赛车游戏进行模拟，所以现在是特意把他叫出来当"陪练"的吗？

迟野垂眸看了眼游戏币的数量，预估能玩五十局左右，眉头蹙紧："虽然我很高兴你能约我出来，但是赛车游戏也耗体力，玩两局就回去吧。"

"谁说我们是来赛车的。"苏驰娅挑眉，指了指娃娃机，"你上次不是没玩到，这次补给你。"

迟野："……"

迟野面无表情地抱着一堆娃娃，像个工具人一样站在苏驰娅后面，完全没有之前期望的快乐。

十几个娃娃，全部都是苏驰娅的战利品，而他只负责往里面投币，居然一个都没能夹到。四周围满了小女生，三五成群站在一起为苏驰娅加油，一个娃娃从出口被甩出来，便有一阵刺耳的尖叫从后面发出。

迟野内心复杂，莫名觉得自己的自尊在苏驰娅这里受到了挑战。

"我不知道自己还是个夹娃娃小能手。"苏驰娅玩得脸红扑扑的，两只袖子上撸，露出一小截纤细的手腕，五指弯了弯，头也不回地说，"给我币，再来一局！"

"差不多了吧。"迟野木着脸，"再玩就拿不下了。"

苏驰娅转身，发现迟野的脸已经被一堆娃娃埋没，趴在最上面的悲伤蛙表情跟此时的迟野如出一辙，写满了"生无可恋"四个大字。

苏驰娅"噗"地笑出来，眼睛弯成两道月牙："那算了。"

她将悲伤蛙拿下来抱在怀里，说道："这个留下。"然后指了指其他的，"这些送给那些女孩子吧，她们在后面站了很久，应该也累了。"

听到苏驰娅的话，围观的姑娘们一阵尖叫。有个小姑娘拿着手机边录像边问："小姐姐，你是苏驰娅吧？"

被认出来了？

苏驰娅歪了歪头。

小姑娘立刻尖叫："我是'驰野'的CP粉，没想到今天见到活的了！我实在太高兴了！"

在女孩的提醒下，越来越多的人认出他们，场面瞬间热闹了起来。

苏驰娅这次没跑，反而大大方方地和迟野站在一起，给大家发了礼物。临走的时候，还有个小姑娘喊了句"你们真的很相配，真心希望你们能永远在一起"，苏驰娅回眸礼貌地说了句"谢谢"。

迟野从头到尾都没有搭话，一双眸子探究似的盯着苏驰娅。他感觉自己好像抓住了什么，但又不清楚到底是什么。

等到人群散尽，迟野试探性地问："我记得 Kay 之前提议，新闻发布会后公关那边会澄清我们的关系。"

"嗯。"苏驰娅答得心不在焉，低头数着篮子里剩下的币，"还能再玩一局赛车。"

迟野猜不透女孩心里的想法，觉得自己现在被苏驰娅吃得死死的。

硬币投入，屏幕上亮起了"Game Start"的字样，两个人并排坐在机车模型上，身体跟着线路的变化不断移动。

迟野一向是摩托游戏高手，地图赛道进行了一半，迟野始终以微弱的优势领先。

苏驰娅一边扭动方向，一边说道："FIM预计三月举行，从明天测试结束一直到过年，我的精力都会放在训练上。"

这就意味着她跟Kay相处的时间也会增长，迟野心中郁结，抿唇没有回答。

苏驰娅没理会迟野的沉默，摩托过了弯道才又说道："过完年会有半个月的特训，不出意外应该会封闭管理，那时候我也不能出门。"

苏驰娅这次出来，怕是想要故意气他的。

迟野阴沉着脸，嘴唇抿成一道直线。

苏驰娅却仿佛没感受到一般，在旁边用不大的音量兀自说道："从你家回来之后，我仔细想了一周，觉得既然你喜欢我，我对你也挺有好感，确实可以试试……"

"砰！"

迟野的车撞上护栏。

苏驰娅看着屏幕上冒了烟的车，皱了皱眉："你游戏结束了。"

迟野哪有什么心情管游戏，眼里闪着光："你刚才说什么？"

苏驰娅的车顺利闯线，"Winner"的字样出现，她这才转过头："我说我对你也有好感，如果你不介意我接下来训练时间太长，没时间约会的话，我愿意跟你试试。"

这个女人，这个女人！

就像死刑犯突然被宣告无罪释放，还额外收到了误判的补贴一般，那种失而复得的狂喜让迟野一时间不知该作何表情，一把拉过苏驰娅紧紧将人抱紧："没有试试，答应了你就再也不能改了。

"苏驰娅，你跑不掉了。"

第九章

◆寒风吹不过◆

青山远黛，烟雾朦胧，心情太好，连这样的雾霾天，迟野都看出了几分诗意。

迟野大口吸食着雾霾："不知是不是因为和你在一起，我觉得今天的空气特别清新。"

这就是传说中的睁眼说瞎话。

从昨天开始，过度兴奋的迟野表现得就像是个无脑傻白甜，无论看什么都觉得很美好。

"当心吸食过量中毒。"苏驰娅毫不留情地把窗户摇起来，玻璃上升的速度快到险些磕到迟野的鼻子。

"还是我家女朋友疼我。"迟野笑嘻嘻，回眸对在车位停车的小姑娘抛了个媚眼。

今天是 MFC 车队速度测试的日子，上一次还是在车队刚出事恢复训练不久，队员们表现得都不理想，杭磊的离开也为那次活动增添了不怎么美好的回忆。

而这次苏驰娅的加入和 Kay 的指导观战，让 MFC 找回了些从前的味道。

"迟野哥，你终于来了，这么久不来我还以为你要抛弃我们了！"

瞧见迟野，原本和队友聊天的祁元夕冲过来，抱怨道："我们几天前就商量要去找你，都怪驰娅姐不肯，你是不是生病了？"

"迟哥，你之后还是别离开这么久了，驰娅姐跟 Kay 两人在的地方，简直是人间地狱。"石头也是满腹牢骚，"驰娅姐跟 Kay 两个人叠加起来，战斗力简直不是我们这些凡人能抵抗的。"

迟野以为自己在车队没有什么存在感，听到祁元夕的话才知道原来 Kay 回来之后自己嫉妒的，不仅仅是苏驰娅对他的照顾，还有队友们的差别待遇。这对一向习惯独来独往的迟野而言，是略显新奇的体验。

不知不觉间，大家都改变了。

苏驰娅、方显和石头三人一组率先进行首轮测试，迟野和 Kay 坐在监控室，两人中间隔了至少一米的距离。

雾气不见消散，三辆车并排停在始发线，像是隐藏在云中的战车，等待着冲锋的信号。

苏驰娅右腿撑住车身，身上的机车服紧紧将身体包裹，勾勒出姣好的身材。苏驰娅一向是美的，但她的美与时下流行的肤白、大眼、尖下颌不同，而是充满英气的美。

这种气质铸造了一个独一无二的她，让人无法移开视线的她。

迟野的视线被分屏上的苏驰娅锁住，又是骄傲又是得意，恨不得告诉全世界，这个女孩是他的女人。

房间内没有能分享的人，迟野敲了两下桌子，没忍住对着空气说道："我跟驰娅在一起了。"

Kay 最近戒烟，嘴里叼着一根牙签过过嘴瘾，听到迟野的话眼神都没分过去一个。

没能得到响应，迟野来了劲头，将对方闯入更衣室说的话原封不动地送回去："一直以来你都对驰娅很照顾，这次又能主动出面让小丫头继续坚持梦想，我很感激你，也同样承认你这个人虽然看上去不太正经，但行事还算磊落，在机车技术上也有两把刷子，我喜欢和单纯又直率的人打交道。"他伸直大长腿，"我虽然和驰娅在一起，但不希望这件事影响到和你之间的关系。"

"我发现你这人挺有意思。"Kay把牙签吐掉，听到这番话笑了出来，"哪儿都挺好，就是心眼儿不大。"

迟野："……"

Kay没多言："快开始了。"

指令一发，苏驰娅如一头敏捷的猎豹率先冲出。

以前都是在电视上观看小姑娘的比赛，同一赛场的几乎都是水平相当的选手，尽管知道女孩实力不俗却没有直观的感受。而如今苏驰娅与队员同台竞技，女孩的超高水平立刻视觉化显露，甚至还没有到达弯道，苏驰娅就与他们拉开了不小的车距。

迟野心脏跳动极快，再多的描述与赞叹都不如亲眼看见小姑娘比赛来得畅快。

她的身上仿佛流着摩托竞技的血，专为赛道而生。

苏驰娅遥遥领先，以一马当先之势率先压完弯道，迟野盯着上面不断跳跃的车速，忽然有些理解为何女孩当时对自己的速度不屑。

该有多努力，才能达到今天的成就。

Kay身子微微前倾，眼睛盯紧面前的屏幕，此时速测已经变成三位车手的个人赛场，实力稍有差异的三人间距逐步拉大，而苏驰娅更是迎来了和石头的第一个环套。

"不对劲。"

当苏驰娅的摩托再次超越后一圈的石头时，Kay 发出了一声疑问，重新在怀里拿出了一根新的牙签，默默叼在嘴里。

原本无脑崇拜苏驰娅的迟野闻言蹙眉，继续观察屏幕上的女孩，很快与 Kay 一样发现了微小的端倪。

女孩每超越一个人时，都会不自觉地选择最远路线，减缓机车速度。

最初迟野还以为是女孩的失误，可直到结束，苏驰娅均在同一个问题上出纰漏，且一次比一次严重。迟野双唇抿紧，两只手交叠在一起不知想些什么。

比赛结束，结果都在预料之内。

苏驰娅从赛道下来，摘下头盔，发丝黏在脸上潮乎乎的。

已是初冬的温度，迟野怕小姑娘运动后出汗受寒，走过去用过大的毛巾将女孩的头包住，两只手轻揉地在女孩发丝上揉搓。

"不用啦。"才刚在一起，苏驰娅还不习惯这般亲昵，红着脸想要闪躲。

"别动。"迟野加大手上力度，不让小姑娘逃脱，声音跟低音炮似的，"会感冒。"

"Kay 哥哥，人家也要擦擦啦。"后头跟着进来的石头，他捂着牙，嗲声嗲气地跟 Kay 作怪。

Kay 扫了眼那边腻歪的情侣，脸上没什么表情，手往下比画两下示意石头靠近一点。石头信了，头低下去被 Kay 一巴掌糊上去："舌头捋直了再跟我说话。"

石头："……"

苏驰娅的脸被隔着毛巾的大手揉搓，好看的面容被挤得扭曲逗趣。迟野上了瘾，借着没擦干的理由不肯撒手。

苏驰娅运动完心跳还没恢复正常，疾驰的余韵还在体内持续，一双眼睛被兴奋染得亮晶晶，问道："刚刚我表现得怎么样？"

苏驰娅显然没意识到自己的问题。

被梦想重新点燃的女孩充满活力，迟野弯了弯眼角，不吝啬赞美："天下无双。"

"骗人。"

但苏驰娅明显被取悦，笑得眼睛都眯了起来。

Kay 听情侣对话糟心，转着轮椅要出去，想到什么又回头："迟野，一会儿没事陪我去复健。"

"我欠你的？"

迟野可不吃他那套，自己刚谈恋爱跟女朋友还腻歪不够，陪个大男人做什么。

"那驰娅陪我？"

苏驰娅从毛巾里探出头："可以啊。"

迟野瞪了 Kay 一眼，算你狠。

会议室内，苏驰娅听到 Kay 在比赛后设计的训练计划，神色充满了不解。

"为什么迟野要当我的陪练？"虽然两人现在是情侣的身份不假，但也没必要连训练都捆绑在一起，况且两人的速度存在较大差异，这样的安排可以说毫无意义。

说完，苏驰娅扭头瞪了眼迟野："老实交代，这是不是又是你的要求？"

不得不说，苏驰娅确实敏锐。

陪练这件事的确是迟野的提议，不过理由不是苏驰娅心里的那一个。

不过这个时候要是承认，迟野铁定死得很惨。

男人一副惊讶的样子，表情堪比奥斯卡影帝："怎么可能，我也是刚刚才知道的。"

说完，迟野捻了捻拇指："不过这恰恰说明 Kay 对我潜力的认同，既然这样本车神就为了爱情，委屈一下自己答应当你的陪练吧。"

"千万别，"苏驰娅翻了个白眼，"你的速度又跟不上。"

就像刚上第一节体育课的小学生就吵着要去参加奥运会。

"嫌我慢啊。"迟野捏了捏苏驰娅的脸颊，"我可是连你都能追上。"

空气里充斥着爱情的酸臭味，Kay 掏了掏耳朵，这两位怎么就不知道尊重一下他这个表白未遂的残疾人呢？

"行了，就这样。"Kay 不耐烦地打断面前的两个人，"明天开始迟野跟着一同训练。"

一句话，就让苏驰娅偃旗息鼓。

天气转寒，连厚重的机车服都抵挡不住迎面吹来的凉意。

冬夏对选手而言是两种极端体验，一个酷暑难耐，一个严寒难挨。

"今天风好大。"迟野站在风口，尽可能为苏驰娅遮挡。

为防止头发被吹乱，苏驰娅把头发绑了一个小小的发髻，还在抱怨着："真不知道 Kay 怎么想的，还要弄个陪练出来，明明我自己练效率更高。"

"放心，Kay 自有考量。"

迟野第一次看见小丫头扎头发，伸手好奇地揪了揪，被苏驰娅一巴掌拍下来，没好气道："骑行的时候，风的阻力会更大。逆风时车身会被强大的气流吹得不平稳，顺风时风作为助力会让速度失控，你千万注意控制节奏。"

迟野不顾苏驰娅的不满，又揪了揪小丫头的小发髻，皮皮地说了句："遵命，女王。"

狂风肆虐，劲风吹拂。

当两辆机车站在同一起跑线发动时，迟野这才切身知晓女孩方才的话绝非危言耸听。速度越快，风的阻力越强，隔着厚重的头盔，他仿佛都能听到狂风呼啸的声音。

苏驰娅毕竟是多年的车手，很快适应了环境，指令发出就犹如劈开狂风的雄鹰，一路疾驰，迟野被远远甩在了身后。

真应了那句话，这样的陪练仿佛确实没什么作用。

迟野的心态一向很稳，他自己不紧不慢地找着节奏，经过两圈的磨合，终于重新找回车感，回眸找准苏驰娅的位置，预估了女孩再次经过他身边的时间，放缓速度伺机等待着。

苏驰娅不知迟野心中所想，她铆足了力气从笔直的赛道上飞驰而来，下意识地想要绕开迟野的轨迹，然而男人瞄准时机同步开始加速，两辆车几乎同时并入弯道。

苏驰娅心中一惊，下意识地减缓速度想要和迟野保持"安全距离"，可迟野仿佛猜准了她的心思，同步松油门，转动车把在外侧紧紧拦住想要逃跑的摩托。

这是阻拦弯道超车的入门级技巧，还是苏驰娅亲手教的迟野。

然而苏驰娅大脑却因为对方的动作空白了一瞬，摔出的车身、遍地的残骸、尖叫的人群如电影幻觉闪现，她如同置身冰窖，手脚冰凉。

狂风呼啸，吹得重机摇摇欲坠，迟野在测试前不曾想过，自己会用这么简单的方法，将苏驰娅逼停。

汗水将发丝浸湿，苏驰娅仿佛没有精神的破旧娃娃站在原地，摘下头盔大口呼吸着空气，胸口仿佛被人捂住，闷得无法呼吸。

迟野从机车上匆忙跑下来，握住小姑娘的手："怎么了，还好吗？"

"迟野，我……"抬起头的眼眶发红，苏驰娅张着嘴，"我……我感觉不对劲。"

创伤后应激障碍，简称PTSD，一般是指个体在经历重大事件后所出现的持续性精神障碍。

GP赛后，苏驰娅长时间失眠，反复经历梦魇，但她一直将其当作是内心亏欠导致的，从未想过自己会有什么心理障碍。

从心理咨询室出来，苏驰娅脸色苍白。

迟野将围巾给她轻轻地围上，握住女孩冰凉的手。

苏驰娅抿紧嘴唇："你早就发现了是不是？"

"不算早。"迟野叹了口气，老实交代道，"速度测试的那天，发现你经过方显和石头身边，相隔的距离太大了。"

所以才故意安排了陪练，其实他是想证实一下心中猜想。

只是没想到，会真的与心理原因有关。

苏驰娅颓然地将脸埋在手掌里："这大概就是报应吧。"

"乱讲。"迟野一只手揽住女孩的腰，将人纳入怀里，另一只手拍了拍女孩的头，"怕什么，你男朋友不是在吗？"

是啊，万幸的是，这次她不再是一个人。

年三十那天，城市迎来了入冬以来的第一场雪。雪花从天空缓缓飘散，从窗户往外看，整座城市就像密封在玻璃中的音乐盒子。

由于春节，车队的训练暂停，连跟父亲林轩冷战的苏驰娅都回家过年了，世界仿佛孤寂得只剩下自己。

早晨七点，迟野泡了碗方便面，坐在沙发上对着碗拍了张照片给女朋友发过去："早餐。"

吃了两口，桌子上的手机依然没有动静，食物立刻变得索然无味。

他将手机重新拿起来，确认信息发送成功，又等了一会儿对方依然没有反应。

难道是过年太开心，都忘了自己还有个男朋友？

迟野倒在沙发上，举着手机开始搜索：女朋友为什么不回消息？

紧接着，迟野找到了点赞最多的答案：因为不爱了。

什么玩意儿。

迟野扔掉手机，心气有些不顺。

突然，门铃响起。

谁会在这时候找他？

幸福的猜想让迟野一个鲤鱼打挺从沙发跳起，整理了下发型兴冲冲地去开门，见到门口的人时，嘴角的笑容立刻垮了下来。

"你过来干吗？"迟野兴致全无，转身躺回去继续盯手机。

驰野

这个表情变化，迟野怕不是个作家，而是个川剧表演者。

季妃娜两只手拎满了菜："我爸妈怕您自己在家饿着，让我给您送菜过来。"

季妃娜从毕业开始就跟着迟野工作，到今年已经是第六年，迟野家里的情况她多少了解一点。看见桌子上放的泡面，她叹了口气："您要不还是去我家吧？"

每年都一个人，连她这个外人都看不下去。

"不去。"

迟野直接拒绝，别人家过年，他去凑什么热闹。

迟野赤脚从房间拎出几箱东西，一看就是昂贵的补品："东西帮我给带回去。"

迟野没什么亲戚走动，唯一称得上熟络的长辈便是自己经纪人的父母，每年都会送点礼物，算是拜年。

自家老板钱多，季妃娜也没客气，拎上东西说了句："那我走了，晚上没事还是去吃个饺子。"

"等等。"迟野叫住季妃娜，"先给我打个电话。"

季妃娜不明所以，拨通了电话，迟野捏在手里的手机响了起来。迟野咕哝了句："也没坏啊。"然后心情不悦地催促，"你怎么还不走？"

季妃娜："……"

男人心，海底针。

房间再次陷入安静，迟野盯着那条被顶在榜首的答案越发糟心。

没过几分钟门铃再次响起，迟野皱着眉走下去："季妃娜，大过年的你不回家又要干吗？"

门口的小姑娘穿了件红色的羽绒服，脚下踩了一双黑色高筒靴，被牛仔裤包裹的腿纤细修长，只是眉头在听到迟野开门时说的话后，紧紧皱起："季妃娜？"

这是她第二次登门拜访迟野，也是第二次听到迟野在开门时喊出经纪人的名字。

苏驰娅想到那天在李予发布会上，几个书粉似乎提到了迟野和季妃娜之间的八卦，双唇抿成一道直线。

刚刚朝思暮想的人此时出现在面前，迟野瞬间有些不敢相信亲眼所见，语气有些惊讶："你不是回家了吗？"

昨天还是林驰远开车，亲自把小姑娘直接从车队接回去的。

苏驰娅误会了迟野不开心见到自己，脸上的表情也跟着冷淡了下来："看来我来得不是时候。"

说完，她转身欲走，却被迟野从后面一个熊抱抱住："你在胡说什么，什么不是时候，我巴不得你天天住这儿。"

苏驰娅心头的不悦，在进门瞧见茶几上的那碗泡面后消散。两人认识时间不算短，但大多数时间都是待在车队，聊天几乎也都与赛场有关，很少涉及彼此的私生活。就算两人交往，苏驰娅也没有想过主动询问迟野的家庭状况，直到今天她才知道，她对面前的男人了解究竟多么有限。

就在今天以前，她甚至还理所当然地认为所有人在年三十这天都会回家吃团圆饭，包括迟野。

见苏驰娅盯着泡面，迟野心下了然，扬唇问道："是不是看见我发的微信，放心不下特意过来找我？"

驰野

网络果然不靠谱,不回消息根本就是因为女朋友正在赶来见他的路上。

还说是因为不爱了,这哪是不爱了,这是太爱了。

杂七杂八的想法让迟野心情一直保持高度愉悦,一碗泡面换过来个女朋友,太值了。

"春节,你一个人过?"苏驰娅想了想,还是问,"我好像从没听过你说自己的家人。"

"没什么好说的。"提及家人,迟野神色恢复了慵懒疏离。

他的故事其实很简单,早年父母离异,一个嫁到了国外,一个去了邻市做生意,都把孩子视为负担。当时迟野已经上了初中,他们便直接送他去了住宿学校,假期雇个保姆照顾他餐食起居。开始他偶尔还会和他们通通电话,长大后便逐渐疏离,高中毕业后到现在已经完全没有联系了。

迟野说得轻描淡写,但苏驰娅一时间无法回神,她很难想象世界上怎么会有这么绝情的父母。

尽管父亲林轩一直反对她从事机车竞技,但骨子里比谁都爱她,还有母亲苏缓和哥哥林驰远,更是不曾骂她一句。

思及此,苏驰娅鼻子有些酸涩,因为迟野的遭遇,更因为他从小受到的委屈。

"干吗这副表情,你男人还活着呢。"迟野见小姑娘突然撇嘴,伸手撸了撸女孩的头发,"都过去了,我早就不在意了。"

以前期待过、怨恨过,甚至绝望过,但所有的情绪都被时光消磨,终究消散在红尘里。

"他们如果现在见了你,一定会后悔的。"苏驰娅蹭了蹭鼻子,"你这么好,他们怎么舍得不要你。"

一句话，抚平了迟野空了太久的心。

迟野这个人，对什么都没有执念，写作是为了发泄，是为了糊口，唯独苏驰娅是意外。

她对他而言，是最初的敬佩，是之后的倾慕，是现在的爱慕。

迟野家里还是和苏驰娅上次来时一样，丝毫没有任何变化。整洁、干净，却看起来有些冰冷。之前苏驰娅不知是哪里出了问题，如今想来大概是缺少一丝烟火气。

楼下的超市还在营业，苏驰娅拽着迟野下去买了春联。老板以为是小两口买年货，还特意免费送了窗花，为新年添了喜气。

外头已经是一片白茫茫，雪花飘舞着丝毫没有停下来的意思。路上的积雪聚成了薄薄一层，脚踩在上面发出"咯吱咯吱"的声响。

迟野突然起了坏心，放缓脚步弓下身子，喊了声："苏驰娅！"

女孩回头，一团雪冲着她砸了过来。

不疼，冰凉的雪花从红色的外套上落了下来。

苏驰娅哪里是省油的灯，被砸了之后立刻来了精神，团起雪就回击了过去，却被迟野灵巧地避开。

两个人来了劲头，你追我跑的，还当真在雪地里玩了起来。苏驰娅手里捏着雪团，追上迟野一个跳跃将雪团塞进男人的衣领，冰凉的雪溜进脖颈，冻得迟野一个激灵。

雪地里充满着小姑娘得逞的笑声，迟野报复似的也抓起了雪，几步一个快跑抓住苏驰娅，一个趔趄两人双双倒下，迟野压住苏驰娅，揪住女孩的衣领威胁："说，你错了没有？"

苏驰娅不肯认错，大笑着挣扎。

只是气氛不知怎么回事跑偏了，身下的姑娘一袭红衣，在雪地的映衬下分外娇艳。一双眸子亮得惊人，脸蛋光洁无瑕飘着粉。

迟野手里的雪松了，视线如燃了火，两个人心脏跳动的频率逐渐交会，苏驰娅颤动着睫毛缓缓闭上了双眼。

"妈妈，那边有人摔倒了！"

孩子的声音让苏驰娅犹如大力士附体，双手按在迟野的胸膛上直接把人推着翻了一个跟头。

蒙在地上的迟野："……"

等回到家的时候，两个人的衣服都湿漉漉的。

迟野冷着脸将烘干机打开，把湿漉漉的外套和鞋子放进里面烘烤，又不发一语地把新购置的女士拖鞋拆开，放在小姑娘面前。

苏驰娅见状忍不住笑了出来，不走心地道歉："对不起，真不是故意的，完全是手滑。"

屁股被摔得生疼，迟野磨了磨牙，恶狠狠地说："迟早办了你。"

前前后后折腾了一个上午，家里总算多了几分年味。苏驰娅原本在书房打扫，突然发现了什么东西，手里捏本书问道："迟野，你家怎么会有李予的书？"

迟野心一紧，他都忘了自己还没告诉小姑娘，他就是李予这件事。

迟野摸不准苏驰娅现在对李予的态度，上次在湖市他送给苏驰娅李予签名版合集，苏驰娅不仅没有收下，还和他冷战了几天。如今要是让她知道自己就是李予，他可禁不住再冷战一次。

迟野轻咳了两声，说道："知道你是他的书迷，所以买了一些书，打算了解一下。"

"哦。"苏驰娅装作相信的样子，故意问道，"我还不知道你的笔名是什么。"

之前苏驰娅问过一次，当时就被这人搪塞过去了。

"我也不是什么名家，不提也罢。"迟野不敢直视苏驰娅的双眼，尝试转移话题，"衣服应该烘干了，我去看看。"

"等等，麻烦你先告诉我这是什么？"

苏驰娅拿出一个本子，里面全部都是李予的手写稿。

显然，这可不是一般人能买到的。

迟野大脑蒙了，他完全忘了自己把本子放在桌子上了。

"那个、那个是……"

两人的视线交错，苏驰娅一副"我看你再编"的眼神。

迟野心里陡然有不好的预感。果然，下一秒他就听到苏驰娅放出狠料："湖市签售会，我也去了。"

迟野："……"

怪不得当时苏驰娅见到签名书会有那样的反应，怪不得后来还和自己冷战了这么久。

迟野僵在原地，将一首《凉凉》送给自己。

中午，林驰远的夺命连环 call 打来的时候，苏驰娅正舒舒服服地享受着迟野精心的伺候，完全忘了今天是春节。

隔着听筒，苏驰娅都能听到父亲林轩的怒吼声。

按照习俗，春节一般是晚上吃团圆饭。别人都是举家团圆，只有迟野孤身一人，苏驰娅想到那盒泡面就动了中午不回去的心思。

她犹犹豫豫地跟林驰远打着商量，被自家亲哥无情地嘲笑："不是之前还信誓旦旦地跟我说，你俩是假扮的吗？"

"反正我晚上回去，爸妈那边帮我应付应付。"苏驰娅张嘴，被迟野塞了颗草莓，"要是这次帮我掩过去，之前的那笔账我就不跟你计较了。"

她说的是上次林驰远跟父母告密，背着她要见迟野这件事。

"我恐怕帮不了你。"林驰远幸灾乐祸，"我开的外放。"

"小兔崽子，你想让你哥应付谁，现在赶紧给我滚回来！"

苏驰娅："……"

别墅的门大开着，庭院内停着一辆擦拭得锃光瓦亮的黑色汽车，迟野头发抹了发蜡，穿着矜持的黑色西装，正一趟趟往女朋友家里搬运年货。

"啊呀，小迟这是带了多少东西，都说了家里啥都不缺，人过来就好，怎么这么不听话，真是乱花钱。"苏缓瞧着在自家门口堆得跟小山似的各种营养品，嘴里虽然唠叨但脸上的笑意却止不住。

"一点心意，阿姨您别嫌弃就好。"

"你人来了我就高兴了。"

女人最容易心软，听到苏驰娅说了迟野的情况后，苏缓就对这孩子心疼不已，连忙让女儿把人叫到家里来过年。如今一见更是充满了好感，长得清秀帅气又懂礼貌，只觉得女儿的眼光真是好。

说着，她瞪了眼在旁边看热闹的儿子："林驰远，还不赶紧过来搭把手。"

"不行，我的手是做手术的，拎不了重物。"

话刚说完，苏驰娅就伸出食指用力往林驰远的腰窝戳了戳，林驰远立刻跳起来，不情不愿地帮着从后备厢扛出了都是外国字的营养品，嘴里还调侃着："真是女大不中留哦，亲哥没有男朋友重要喽。"

声音大到苏驰娅想骂人。

苏驰娅的长相和性格像极了父亲林轩，而林驰远则随了母亲苏缓。兄妹俩一个飒爽英姿披戎装，一个温和如玉提悬壶，倒是各有风采。

饭菜都已备好，林轩绷着脸坐在主位，迟野原本就没跟长辈相处的经验，这次又是突然拜访，完全没有做攻略，坐在椅子上后背挺直得像个小学生，完全没了平时在车队时的油腔滑调。

"别光傻坐着，快吃菜。"苏缓不停地往迟野碗里夹菜，眼角的细纹加深，越看越喜欢。

林轩看着迟野心气不顺，把白酒杯重重放在桌上，开口问道："听说你也是个赛车手？"

苏驰娅心"咯噔"了一下，果然父亲还是提了。

她将求助的目光转向林驰远。亲哥还是给力的，救场道："他还算不上，车技比我还烂。"

苏驰娅抽了抽嘴角，这不就等于承认迟野不但玩车，结果还没玩好。

这样的解释，还不如不解释。

迟野擦了擦嘴角："对，我还在努力成为和您、和驰娅一样优秀的车手。"

"啧。"

要不说语言是一门技术呢，这一句话夸了俩，直接让林轩无话可说。

沉默了一瞬，林轩还想找碴儿，刚张嘴就被苏缓在桌下重重踩了一脚。

苏缓笑眯眯地往林轩碗里夹了口菜："多吃菜，少说话。"

林轩皱眉，没想到老婆居然这么快就倒戈了。

苏驰娅知道林轩想说什么，她不想让男孩难堪，开口说道："其实迟野他是个很有名的……"

"作家"二字还未说出口，迟野从桌下捏了捏小姑娘的手，止住了女孩未说的话。

苏驰娅不解地扭头，眼神询问，迟野微不可见地摇了摇头。

他知道林轩对车手的态度，虽然自己的作家身份会让林轩心里舒坦些，但并不能消除对方的成见。

林轩等了半天也没听见女儿说出个所以然来，冷哼了一声，抿了口酒，转而冲林驰远骂道："你说你好端端的学什么医，现在大过年的连个酒都没人陪我喝，不孝顺！"

正在优雅地夹菜的林驰远："……"

他爸没事找事的本领还真是出类拔萃。

迟野心领神会，起身把酒杯拿过来："我陪您喝一点。"

"迟野，你哪里会喝酒！"苏驰娅生气不依。

"摩托玩不好，酒也喝不了，算什么男人。"林轩冷哼，"算了，我自己喝。"

苏驰娅觉得父亲简直不讲道理，张嘴就要反驳，被迟野拦下："少喝点没关系的。"

林轩有意灌醉迟野，基本上端起酒杯一喝就是一杯，迟野也只能硬着头皮陪着，几杯下去眼神便不复清明，脸颊飘出了绯红。

"来，再走一个。"酒精不愧是拉近人与人距离的利器，林轩舌头也大了，撸起袖子拍着桌子，"小迟，不是我跟你吹，当年放眼国内就没几个搞摩托的，我们在国际上都是叱咤风云，是这个。"说着竖起了大拇指。

林轩对摩托到底还是有情怀的，只要喝酒就喜欢忆当年。

迟野酒品很好，乖巧地坐在位置上，除了反应比平时慢之外与平常无异，非常配合地做出回应，跟着一起竖拇指。

苏驰娅见到这两人的互动，太阳穴疯狂跳动："妈，差不多扶爸上去睡会儿吧。"

"我没喝醉！"林轩听到苏驰娅的话起身，伸出右指，"你这个小丫头，从小就不听话。让你别走我的老路怎么就不听呢，你要是有什么意外，让我跟你妈咋活……"

林轩的话让苏驰娅僵在了座位上，这些话断不是父亲清醒时会讲出来的。

林轩说了心里话犹然不觉，和迟野碰着杯："不是叔叔不喜欢你，是你这个职业确实风险太大了。赛场无情，钢铁无眼，当年因为我受伤，你阿姨受了多少苦……"他想到过去，沉默了一下，"我不想那种悲痛，在我家娅娅身上重现。"

早期国内摩托车赛远没有如今这么正规，所有的训练和治疗几乎都是选手自费。当时林轩已经是知名车手，然而一场意外事故打破了这一切。高昂的治疗费、嗷嗷待哺的两个孩子、躺在床上一病不起的丈夫，所有的重担都压在没有工作收入的苏缓身上，她已经不记得自己是怎么咬牙撑过来的。

林轩恢复后便离开了赛车行业,但没有阻止林驰远继续学习摩托竞技,偏偏散养的儿子不感兴趣,娇养的女儿天天瞒着他们往外跑。

父女俩抗争了这么多年,苏驰娅真以为林轩如此反对自己的原因与性别有关,却没想到原来父亲是怀着这样的心思。

曾经父亲宽厚的肩膀已经不在,不知何时父亲的两鬓已经斑白,苏驰娅再也听不下去,起身唤了句:"爸!"

林驰远叹了口气,拍了拍妹妹的肩膀:"行了。我看他们也都喝得差不多了,我把爸扶回房间,你照顾好你家这位吧。"

林轩被搀回房间,饭桌上就剩下苏驰娅跟迟野两人。酒精麻痹了迟野的神经,此时这人傻乎乎地仰头看着苏驰娅傻笑。

苏驰娅伸手使劲儿拧了下迟野的鼻子:"酒鬼,不会喝还非要喝那么多!"

迟野还能认出面前的小姑娘是苏驰娅,两只胳膊揽住女孩的腰,将女孩圈进怀里,脸在苏驰娅肚子上蹭啊蹭的,嘴里呢喃着"喜欢你,最喜欢你了",仿佛智商已经退化到五岁。

苏驰娅怕迟野这副低龄的样子被家人撞到,连骗带哄地把人骗进了自己的卧室。好在迟野只是失去了平衡,还是能正常行走,不然苏驰娅保不齐会直接动手把他踹出门。

若是平常来到苏驰娅的闺房,迟野免不了稀罕地参观一番,但今日他就像个巨婴,只知道黏着苏驰娅,就连女孩想要出门给他倒杯水,床上的迟野都哼哼着说自己不舒服,头疼胃疼身子疼,一堆病就出来了。

苏驰娅不想跟个酒鬼生气,叹了口气被男人拉到床边坐下,瞧着迟野看着自己满脸傻气的样子。

迟野笑得眼都没了，苏驰娅见状没好气地问："笑什么？"

"我高兴。"

第一次不是一个人过年，第一次陪长辈喝酒，第一次踏足小姑娘家里，一切的一切，他都高兴。

醉意开始蔓延，小姑娘枕头上的香意一阵阵吸引着他，渐渐地，他睁不开眼，临睡前说了句："娅娅，谢谢你。"

第 十 章

◆ 春夜潜入梦 ◆

年初一苏驰娅就自发回到 MFC 开始练习，赛队其他人还在休假，整个 MFC 大楼只有她和迟野两个人。昨天酒喝得太多，迟野到现在头还昏沉沉的，算是知道了宿醉的痛。

　　换完运动服，迟野还打不起精神，坐在椅子上耷拉着脑袋。苏驰娅心疼道："都让你在家多睡会儿，非要跟我跑过来。"

　　迟野怎么可能让自家小女友自己来车队。

　　"没事，喝口热水就好了。"

　　苏驰娅笑："对，热水治百病。"

　　迟野不懂这个梗，不知道女孩在笑什么。

　　"坐好。"苏驰娅把迟野按在座位上，伸手开始捏迟野的太阳穴，手力刚刚好，男人舒服地"咕哝"了一声。

　　"昨天晚上我爸把你叫进书房，跟你说了什么？"

　　"就说你是他的心肝宝贝，让我对你好点。"

　　苏驰娅用足力度，疼得迟野险些叫出来。

　　"谋杀亲夫？"

　　"让你说谎。"

　　林轩怎么可能说出这么酸的话。

　　"真没说什么。"迟野重新闭上眼睛，拍了拍肩膀，"继续。"

　　还使唤起她来了！

苏驰娅冷哼一声，但手上的动作没停。

无声地按摩了一会儿，苏驰娅才问道："迟野，你说我真能参赛吗？"

苏驰娅现在的技术和速度均达到较好水平，若正常发挥的话理应没有任何问题。但摩托比赛不是个人秀，它更多考验的是车手的反应速度和应变技巧，她定期在做心理辅导，但 GP 赛后的阴影一直在，毕竟心理问题不是一朝一夕就能治愈的。

"当然可以。"迟野拍了拍小姑娘的头顶，"相信我。"

迟野伸了个懒腰，站在原地蹦了蹦："走吧，迟大师陪你训练。"

下了一夜的雪还没融化，白色的雪花将空旷的赛道装点，远远看去像铺上了一层洁白的毯子。外头不适合练车，两人只能在室内训练。

"今天不做体力训练了。"迟野身子靠在机械上，"带你练点新鲜的。"

迟野将苏驰娅带到了废弃的地下车库，很多年都没用过，苏驰娅几乎都忘了还有这样的空间。

车库被迟野重新改造过，四周墙壁上都悬挂了投屏幕布，空荡荡的车库地上画了几道线，勉强可以算是机车行驶的赛道。

"这是……你弄的？"苏驰娅瞠目结舌，几年了都没人想到把这块地方利用起来。

"怎么样，刚好适合这样下雪的天气。"

"不错是不错，但还是不适合练习机车。"苏驰娅环视四周，"比赛专用的摩托车马力你是知道的，在室内训练危险系数很高。"

"谁说用比赛专用的赛车。"

迟野看了眼小姑娘，从入口旁推出了一辆小排量的摩托："这辆足矣。"

苏驰娅不懂迟野葫芦里究竟卖的什么药，小排量摩托的驾驶感觉和重机差异极大，根本起不到比赛训练的效果。

迟野也没解释，跨上另外一辆小排摩托，和苏驰娅并排站在起始线，嘱咐道："我会跟在你后面，你按照平时的感觉往前开，如果承受不住就给我个提示。"

这个摩托有什么承受不住的。

苏驰娅跟着跨上摩托，原本黑着的屏幕突然同步变亮，音响的音乐随着荧幕的数字开始倒数，苏驰娅扭头看了眼迟野，心中的疑惑越发增加。

当"Start"在荧幕上闪烁时，苏驰娅拧紧油门，摩托径直往前开了出去。

几乎是同一时间，视频切换到了比赛画面，此起彼伏的欢呼加油声响彻空旷的停车场，解说在荧幕里慷慨激昂地进行着介绍，原本全神贯注往前开的苏驰娅突然听到"13号选手Kay"，车把一抖，猛然抬头便对上不远处的大屏幕。

这是、这是当时GP赛的视频重播。

苏驰娅这才理解迟野刚才的话，她下意识地想要移开视线，可四面的投屏犹如鬼魅，如影随形地跟着她。

视频中，她驾驶的深色机车正在急速进入弯道……

苏驰娅的喘息渐渐加重，镜头切换，她甚至看到了Kay的那辆车正在全力赶来，下一秒就会撞上她突然出了故障的车。

"停下，停下！"

苏驰娅发出无声的呐喊，双手颤抖几乎握不住车把，小排量的机车开始左右晃动，她四处张望想要找到逃离的出口。

"苏驰娅，压弯继续往前开！"迟野加速与苏驰娅并驾齐驱，"苏驰娅，忽略你看到的，Kay 他很好，现在状态很好！"

汗水从闷热的头盔里浸透下来，在零下五摄氏度的冬天，苏驰娅浑身冷汗。

Kay 很好，他现在很好。

这是一场存在风险的满灌疗法，是迟野反复和心理医生沟通后决定采用的治疗方式。所谓满灌疗法，即不给患者进行任何放松训练的时间，直接将其暴露在最恐怖、焦虑的情境中，以消减由这种刺激引发的恐惧。与温和的系统脱敏相比，它的时间短、见效快，但相应的是，它的风险系数也很高。

若非必要，迟野不想让苏驰娅这么痛苦。

苏驰娅咬紧牙关，逼迫自己忘记那场比赛带来的阴影。她重新提起速度压过弯道，自虐般逼迫自己一遍又一遍在视频回放中环绕。

苏驰娅此时的表现像极了那日从医院回来，疯狂开车的样子。

"娅娅，可以了。"

迟野做了一个手势。

荧幕上的视频终于停止，喧嚣的声音瞬间退去，整个空旷的车库只剩下不知停歇的引擎声。

迟野驱车靠近女孩，又一次说道："驰娅，停下来。"

迟野已经做好如果女孩不听，他强行逼停的打算。

好在这次的苏驰娅没有失去理智，听到迟野的话降缓车速，慢慢停了下来。

迟野走过去帮助女孩摘下头盔，用手将女孩脸上的冷汗擦掉："现在感觉怎么样，身体可有什么不适？"

苏驰娅的身体还在小幅度颤抖，这似乎是苏驰娅从业以来骑得最艰难、最辛苦的一次，用的却仅仅只是小排量的摩托。

几次喘息后，苏驰娅的呼吸平稳下来。她看着迟野，忍不住说道："迟野，你太绝了。"

任她如何想，她都绝不会想到可以用这种方法训练。

恐怖，又直接。

"刘医生在这里，要不要让他过来？"

刘医生是苏驰娅的心理咨询师，今天他特意将人请来，就是担心突然的满灌疗法会造成什么意外。

"不用。"苏驰娅在身上蹭了蹭手心上的冷汗，觉得自己还能顶得住。

整个春节，除了除夕在家之外，苏驰娅几乎都是和迟野在车队练习，对这次的比赛投入了很多心思。

苏驰娅的家人一向重视传统节日，特别是春节，若是往年，定不允许苏驰娅往外跑，没想到今年，林轩倒是对此睁一只眼闭一只眼，这也让苏驰娅越发好奇迟野和父亲那晚到底谈了什么，竟叫父亲发生这么大的改变。

不过迟野对此守口如瓶，任由苏驰娅如何询问就是不肯透露。

新年过后，时间仿佛插了翅膀，流逝得飞快，FIM 选拔赛即将在珠市拉开帷幕。

这次选拔赛共有 32 家俱乐部、百余名选手参加，国内最有希望代表中国决胜亚洲的当属 MFC 和极速两个俱乐部，而曾经的同门苏驰娅与杭磊的对决更是引人期待。

驰野

三月的珠市已经分外温暖，北方还在倒春寒，这里的樱花便已开放，整簇整簇挂在枝头，为冰冷的水泥建筑添了些暖意。

　　MFC 下榻的宾馆就在某个景点附近，道路上的樱花林也是各大网红打卡的圣地。

　　这一战，Kay 由于身体原因未能跟着赛队出征，不过在他看来，这场选拔赛对苏驰娅来说，或许根本不能称之为比赛，他们的重点全部放在如何在总决赛取得名次上。

　　但苏驰娅是紧张的，这种焦虑比十几年前自己第一次参加比赛时更甚。

　　尽管心理恐惧她已经在尽力克服，来之前和队友也进行过多次演练，但不知为何她总觉得心悸得厉害，躺在宾馆的床上靠看比赛视频缓解。

　　"这里的夜樱很有名，出去散散步？"

　　迟野的短信来得恰好，给了沉浸在紧张情绪里的苏驰娅出去喘息的理由。

　　夜里还是有些寒凉，路上一对对赏樱的小情侣或搂在一起，或十指紧握，整条街都是甜蜜的味道。迟野和苏驰娅一前一后地走着，就像两个关系稍微亲密些的同事相约出行，完全没有一丝浪漫可言。

　　远方月如钩，近处花似锦。夜樱在柔光的映衬下散发着淡淡的粉色，几分柔媚几分神秘。

　　迟野率先挤入人群，掏出手机想给女朋友拍照，扭头人群中却没了苏驰娅的身影。他立刻紧张起来，人来人往皆不是他的姑娘，直到往外走了一百米有余，适才瞧见苏驰娅双手插兜，低着头靠在道路另一侧的墙边，方才压根儿没跟他走过去。

这一路苏驰娅都心不在焉，迟野自是察觉得到。

"不舒服？"

迟野重新走过去。

"没有。"苏驰娅不想说出自己的压力，只能徒增迟野的担心，强撑起精神问，"你看完了，我们接下来还去哪里转转？"

心事都写在脸上，却还是一句话都不肯说。

迟野叹了口气，与其说是恼怒，不如说是挫败多一些。也只有在女孩发现自己出现应激反应的时候，和他袒露了脆弱，那之后她仿佛再次变成了无坚不摧的苏驰娅，什么烦恼都闷在心里。

"拍张照吧。"

迟野拿出手机，原本是想给苏驰娅单独照一张，却临时改了主意调到了自拍界面。

苏驰娅没有扫兴，配合地对着镜头弯了弯嘴角，只是细看眼底却带着浓浓心事。

迟野看了镜头两秒，突然转头趁其不备亲上了女孩的脸颊。苏驰娅脸上的阴郁退去，换上的是错愕与羞赧。迟野轻轻一按，画面定格。

"迟野！"苏驰娅又恼又羞，这是第一次"唇齿之亲"，尽管是迟野单方面的。

"很好看。"迟野咧着嘴，迅速把手机塞进口袋，忍不住牵住小姑娘的手，五根手指轻轻顺着指缝挤进去，紧紧握牢。

"这样，就不会走丢了。"

初恋的男女，心脏因着简单的动作，跳动极快。

和迟野散步缓解了苏驰娅的部分紧张，她原以为会失眠整晚，没想到回去便睡着了。

隔天一早，MFC 车队整装待发。

石头第一次参加这种大型赛事，以往参加的比赛甭说车迷了，连选手都没几个。如今这个仗势让他出现了自己是舒马赫第二的错觉，四处张望着期待能看见 MFC 的粉丝。

突然，石头"啊"了一声，蹿到前头去激动地拍了拍迟野："迟哥，那边是不是你的牌子？"

几个人循声瞧去，有几个女孩举着牌子，但写的不是"迟野"，而是"驰野"。

MFC 驻足，女孩们发现了迟野的视线，尖叫着从下面拿出横幅，上面写着"驰千里之巅，野蛮荒之上"。

"这是我们的 CP 粉？"

这种体验倒是新鲜。

迟野拉了拉苏驰娅的手："我们过去看看。"

手机却在这个时候响了起来，苏驰娅看了眼来电人，神色有些不自然。

"是沈琪。"苏驰娅捏紧手机，对着迟野说，"可能 Kay 有什么叮嘱，你先去吧，我接个电话。"

说着，她脱离队伍，按下接听键朝着一旁走去。

迟野对沈琪的印象绝对谈不上好，唯一的一次见面就是在医院的走廊上，那也是他第一次见到那样脆弱无力的苏驰娅。

沈琪不喜欢苏驰娅，Kay 来到车队后她也没出现过。而这个时间沈琪突然来电，这让迟野生出什么不好的预感。

他提步想要去找小姑娘，被石头拦住："给我们驰娅姐一点儿私人空间吧，天天黏在一起有什么意思。"

说着，他把人往粉丝那边拐，语气谄媚："迟哥，帮我问问他们中间有没有单身的。"

方显站在一边："人家单不单身关你什么事？"

"我关心迟哥的粉丝不行啊。"石头天天看苏驰娅跟迟野这么甜蜜，最近也有些青春的躁动，看见方显眼底的调侃，他老脸一红，"走走走，你这个木头，我跟迟哥讲话呢，谁让你偷听了。"

苏驰娅已经走远，迟野回头，希望是自己想多了。

沈琪打电话来确实是带着目的的，电话接通，她开门见山："你和迟野在一起了？"

女生说话的声音还带着些怒气，仿佛才知道这件事。

苏驰娅没想到沈琪竟是询问这个，"嗯"了一声。

沈琪动了怒，问道："你知不知道我哥喜欢你！"

一句话，叫苏驰娅哑了。

Kay喜欢她，她是知道的。

再不开窍的人，面对炽热的好感，也不可能一无所觉。只是他们两个人太熟了，苏驰娅更觉得Kay对她是类似亲人的好感，她一向不是冲动的人，相信只要自己不回应，这种好感终究会被他所遇到的真正的感情所覆盖。

她从不觉得自己和迟野在一起要跟谁解释，Kay找到他，也只是问了句："你喜欢他吗？"

她坦诚回答，Kay 便笑了笑没再讲话。

而如今沈琪直白地讲出这句话时，苏驰娅沉默了，她不知如何回应。

沈琪似乎哭过，声音沙哑而崩溃，她说："你以为我哥为什么有更好的前途不要，偏要留在 MFC，是因为你！你以为他为什么腿废了还要回那个破队执教，是因为你！你以为他为什么没能跟你表白，是因为你爸曾警告过他。GP 赛那天你的摩托出了事故，为什么我哥没能及时避开受到了牵连，原本按照他的技术根本不会撞上去的，是因为他担心你，他慌了。天知道，那天比赛结束他原想跟你表白的。"

沈琪最后几乎歇斯底里："苏驰娅，你没有心？我哥这辈子做得最错的事，就是遇见了你。"

电话已经挂断，苏驰娅手脚冰凉。

沈琪每字每句都异常清晰，拼凑在一起却变成了她听不懂的话。温润的阳光下，苏驰娅觉得自己仿佛置身冰窖。

苏驰娅迟迟没有归队，迟野不放心，走过来发现女孩脸色苍白。

"沈琪打电话来做什么？"

"让我加油。"苏驰娅避开迟野的视线，捏紧手里的头盔。

她会这么好心才怪。

迟野盯了苏驰娅一会儿，捏了捏女孩的手："真的没关系？"

苏驰娅敛眸，把垂下的发丝掖至耳后："真没事，不过一通电话，能有什么事。"

600cc 组的车手开始做准备，苏驰娅推着陪伴她多年的机车慢慢走向起点。在一群男人之中，苏驰娅的背影清瘦窈窕，贴身的机车服将女孩不盈一握的腰肢勾勒，看起来特别脆弱。此时的她看起来，就像被抛掷在岸上的鱼，带着最后的希望投身入海。

迟野拧了拧眉，快走几步叫住小姑娘："娅娅。"

苏驰娅没有回头，摆了摆手让他放心。

参赛人数太多，苏驰娅是在起跑线上才遇见的杭磊。名次靠前，两人起发位在第一排中间比邻。杭磊伸手敲了敲女孩的头盔，竖起拇指为她加油。隔着头盔上的透明玻璃，苏驰娅能看见杭磊眼角弯弯。

熟悉的指令灯在上方闪烁，苏驰娅转过头看向面前的灯光，这一刻似乎遥远又陌生，她突然心生胆怯，生涩得如同那年第一次站在赛道。

可如今的她，早就不是那个天不怕地不怕的小女孩。

五盏灯光熄灭，苏驰娅拧紧油门率先突出重围，如同孤傲的鹰游走在第一的位置。

"起发稳了！"韩峰穿着一件黑色Ｔ恤，胳膊上的块状肌肉爆出来，像一只黑熊。

他拍了拍迟野的肩膀："这场比赛，驰娅没什么悬念了。"

的确，以苏驰娅的实力，参加这样的选拔赛没什么必要，不过是第一还是第二的区别。

迟野没有回应韩峰，双臂环胸，一双眼如鹰隼般盯紧赛道上的姑娘，神情比任何一次观看女孩比赛都要慎重。

全程苏驰娅领跑，杭磊的机车紧随其后，两人将第三名甩开了远远一截。

女孩发挥稳定，迟野的心渐渐放回了原位。

起跑线上的方格旗挥舞，提示两人的圈数已经到了最后决胜阶段。原

本紧跟其后的杭磊逐渐提速，两辆机车越靠越近。

"苏驰娅，你没有心。"

突然，沈琪的话出现在了苏驰娅的耳畔。

继而是车迷的谩骂："苏驰娅，你这个贱人，把 Kay 还回来，你滚出 MFC！滚出 MFC！"

接着是 Kay 的询问："驰娅，你喜欢迟野吗？"

下一句是沈琪的声嘶力竭："你以为他为什么愿意留在 MFC 当什么破教练，是因为你！"

越来越多的声音开始汇聚，苏驰娅的精神开始越来越涣散，头盔内的呼吸开始变得稀薄。她握紧车把，逼迫自己集中注意力赢得这次比赛，嘴唇硬生生被咬出血痕。

突然，一道声音冲破所有的幻象："和所爱之人谈恋爱，现在又重回赛场，另一个人却正在因为你而饱受痛苦。苏驰娅，你凭什么拥有这样的幸福！"

沉浸在比赛中的杭磊不清楚苏驰娅的状态，他找到内圈间隙，一个提速在压弯的同时迅猛赶超，实现了弯道超越。苏驰娅回神便发现左侧正在经过的杭磊，GP 赛撞车的恐惧再次袭来，她下意识地将手把往外侧扭动想要避开杭磊，却忘记了自己的身体正朝着内侧倾斜过弯道，她瞬间被狠狠甩出赛道。

五脏六腑剧烈地痛，浑身像是被撞散了般。苏驰娅平躺在地上，如同被丢弃的破旧娃娃。耳边的引擎声，台上的尖叫声，救护车的鸣笛声，不绝于耳。

蓝天白云，清风绿水。

她的世界，从摔落的瞬间变清静了。

迟野最先反应过来，他右手撑着栏杆从看台翻越而下，三两步冲在苏驰娅面前。头盔已经被撞裂，迟野双手颤抖，小心翼翼地将其摘下，露出那张清丽的小脸。他不敢贸然搬动苏驰娅："哪里疼？"

"哪儿都不疼。"苏驰娅眉头都没有皱一下，如同即将消失的羽毛。

又在骗他。

她究竟要骗他多少次才甘心。

场上的救护队赶到，已经闯线结束比赛的杭磊掉头回来，医生将苏驰娅抬上担架。比赛还在继续，人员不能在赛场停留太久，苏驰娅被迅速抬离。

担架晃动，颠簸中苏驰娅已经分不清是哪里在痛，她似乎是累极了，对着迟野用尽所有力气说了句"别担心"后，闭上了眼。

迟野守在病床前，双目猩红，看着熟睡的小丫头，青色的胡须在下颌冒出了头。

女孩从车上摔下来的场景不断地在迟野脑海里重现，如同关不掉、醒不来的梦魇，一遍又一遍。仿佛有人将他的心揉搓、剪碎，那种痛到现在仍有余悸。

那时他才知道，苏驰娅对他不仅仅是女友，而是爱人。

十个小时过去了，女孩还没有醒。若不是医生检查保证小姑娘只是睡着了，身体没什么太大问题，他恐怕会更加崩溃。

迟野的手紧紧抓住女孩，轻轻揉捻："医生说你是脑震荡，本来人就不聪明，这么一摔估计更傻了。下次再这么吓我，我就该打你屁股了。"

迟野喃喃，睡梦中的苏驰娅仿佛听到有人在耳边讲话，眉头蹙在一起哼唧了一声，这是女孩晕倒后的第一个身体反应。

迟野提着的心蓦地松了下来，手轻轻地加重了力气："没良心的，睡觉还嫌弃我。"

苏驰娅紧紧闭着眼睛，睫毛在眼底形成了扇形的阴影，鼻子挺直、粉唇轻薄，迟野还能想象女孩坐在机车上，眼角轻弯是如何明艳动人。

迟野不再讲话，望着女孩出神。

他是从什么时候知道苏驰娅的呢？

记忆追溯到迟野父母离婚的第二年，当年他被判给了母亲。那时出于法律约束，母亲在春节还是要回家和他一起度过。完成《如若我们不曾努力》的手稿后，他拨通母亲的电话，希望母亲能够以监护人的身份签署合同。

结果换来的却是一场交易。

一场，母亲春节不再陪他的交易。

多么讽刺。

那天他才知道，不管他怎么努力，都换不来父母的宠爱。

被世界抛弃的人，也没有爱人的能力和生活的希望，直到他在网络上看见了苏驰娅。

那是一场网友拍摄的城市摩托赛，在一闪而过的镜头中，他看见了苏驰娅。

当时苏驰娅不过十四五岁的年纪，如一朵待放的玫瑰夹在一群骑着机车的男孩中间，凝视前方目光坚定。周边是窃窃私语声，投过去的目光中有鄙夷，也有不屑，就如这个世界对待迟野，充斥着恶意。

哨声响起，女孩驾驶着那辆比她还要大的机车一路前行，劈风逐日，将那些嘲笑她的人狠狠甩在身后。

迟野移不开视线，那一瞬他在女孩的身上，看到了生命的朝气与活力。那日之后，他便有意无意关注苏驰娅的比赛，一直到了 GP 赛出事，他决定出资赞助 MFC。

当年的那本《如若我们不曾努力》给了苏驰娅不放弃摩托的勇气，但苏驰娅这一路的坚定，又何尝不是给了他活下去的希望。

这个世界有很多人，还在为了梦想拼了命活着。

曾经视频里惊鸿一瞥的少女，如今长大变成了他的姑娘，迟野觉得此生值得。

晚上的时候，林驰远才风尘仆仆地赶到，推开门，从外面带进来了丝丝凉意。

"医生怎么说？"

"不太严重，主要是擦伤比较多，还有轻微脑震荡。"

情况跟林驰远预估的差不多。

来的路上，他看了摔倒的视频，以那个姿势摔下来应该不太严重。

白色衬衣袖口轻挽，林驰远拿起放在柜子上的矿泉水，仰头喝了两口才问道："你一直在？休息一下吧。"

林驰远护着妹妹却也不是无脑宠，对这个准妹夫总体来说是满意的。

"我等她醒来。"

两个男人各坐一侧，林驰远在看护床上养精蓄锐，迟野身体前倾，握着女孩未输液的手，无神地盯着输液管。

突然，迟野的手机振动了两声，是季妃娜发来的信息："迟老师，微博有麻烦了。"

预选赛苏驰娅摔倒被爆出新闻，甚至一些流言都在迟野的预料之内，他也没打算在这件事上面耗费心神。

他打开微博，一篇名为《亚洲第一女车手发生情变？是小三上位，还是惨遭劈腿？》的文章获得了万次转发。文章爆出苏驰娅的现男友迟野与作家李予是同一人，并详细比对了迟野与李予两人的发型与身形，还拍到了季妃娜出现在 MFC 的照片，算是实锤。

而后，有人偷拍到季妃娜在除夕清晨，手拎饭菜出入李予家，照片引发了情变猜测。

"李予 迟野"的词条被顶在热搜首位，后面的"爆"经久不消。紧随其后的，便是"苏驰娅事故""苏驰娅情变""李予和季妃娜"。

三个人，包揽了微博热搜的半壁江山。

迟野的马甲终于捂不住了。

浑身被车碾过般疼得厉害，大脑更是像有人拿着巨大的锤拼命地砸。苏驰娅睁开眼，入目是陌生的房间，头顶挂着巨大的吊瓶，空气中弥漫着她不喜欢的消毒水味道。

"醒了？"

身边的迟野察觉小姑娘手指在自己手中动了动，立刻起身过去询问。

晕倒前在赛场发生的事故依稀忆起，到底还是没能战胜恐惧。苏驰娅没在这个上面纠缠太久，毕竟此时身体的痛是真真切切存在的，女孩望着迟野："我睡了多久？"

"十六个小时。"

"你一直在这里？"

迟野不曾离开，也不曾闭眼。

不需多问，苏驰娅也知道答案，摇了摇头嫌弃道："怪不得这么丑了。"

一句话，让迟野哭笑不得。

原本躺在隔壁陪护床上的林驰远听到这话笑了出来，苏驰娅这才发现她哥居然特地跑到了珠市。

"你也在？"

"你说呢。"林驰远摘掉了金丝框眼镜，捏了捏干涩的双眼，"我看你是嫌我过得太清闲，三天两头生病给我找事。"

苏驰娅不买账，对林驰远之前的行为还在记仇："那你明天回去吧，刚好可以把陪护床让出来给迟野。"

这句话把林驰远气笑了，这还真是自家亲妹妹会说出来的话。

倒是迟野，这句明显对自己的偏袒让他内心欢愉，要是有尾巴，恐怕现在已经晃动起来了。

身体的痛感越发强烈，只说了几句话，苏驰娅额头就冒出了汗珠。迟野用湿棉签蘸了蘸小姑娘的嘴唇，担心干裂："别说话了，先休息休息。"

苏驰娅也没客气，重新闭上眼。

搁在病床桌板上的空气净化器"咕噜咕噜"冒着气，迟野注意到小姑娘不喜欢闻空气里的味道，特意在水里加了两滴精油，淡淡的茉莉香馥郁芬芳。

网上闹得如火如荼，病房内倒是一片岁月静好。

不提比赛事故，不提对队友的亏欠，此时就是他和她，只有她和他。

林驰远被苏驰娅赶回宾馆休息，迟野躺在陪护床上，侧身看着女孩："你说我们这样算不算提前同居？"

苏驰娅打了止痛针，身上的痛感减弱，但白天睡得太多现在精神得睡不着。

迟野没指望苏驰娅回话，叹了口气说："以后，别再这么吓我了。"

良久，苏驰娅才声音沙哑地问："迟野，你有没有想过和我在一起，或许每天都要经历这样的日子。"

迟野一愣，倒是不知小姑娘是在担心这个。

"你呢？我现在也在玩机车，也会经历无数次的伤痛，担心吗？"

"你不会。"苏驰娅想都没想，直接回道，"你这个人比较惜命。"

惜命到压弯都要一次次磨合试探底线，这种慎重恰恰是苏驰娅缺乏的。

女孩脱口而出的话让迟野顿时哭笑不得，他伸手使劲儿撸了撸女孩的碎发："倒还是伶牙俐齿。"

苏驰娅有点冤枉："我是认真的。"

迟野正色："你继续。"

面对这人的脸，苏驰娅原本想说的话再也说不出来，恼怒地闭上眼把被子往脸上一盖，说了句"算了"！

"怎么突然生气了？"

迟野没想到苏驰娅睁眼就跟自己闹别扭，探过身把被子往下拽了拽。苏驰娅立刻暴走："别搞我，我要睡觉了！"

迟野：生龙活虎，挺好。

苏驰娅伤不重，休整两天便办理了出院手续。

原本林驰远不放心病情，想让苏驰娅在自己工作的医院观察几天，却惨遭拒绝，她宁愿选择回家休养。

林驰远请了几天假，迟野抬手把女孩的发丝往耳后掖了掖："我准备考驾照了。"

"现在不怕死了？"

她记得之前迟野不考驾照的原因是担心出车祸，这样的人居然拥有摩托车驾照，也是不可思议。

迟野听出女孩的调侃，使劲儿捏了捏苏驰娅的脸颊："是想让你轻松点。"

祁元夕没去珠市比赛，知道苏驰娅受伤后前前后后不知道打了多少通电话。这会儿手机又振动，苏驰娅看见上面闪烁的名字翻了个白眼，接通后以为祁元夕要问她身体情况，便说道："都说了我现在好得很，你再打电话过来我要把你拉黑了。"

"苏驰娅，我才要把你拉黑了！"

祁元夕大着嗓门，居然胆敢直呼苏驰娅的姓名。

"你是不是早就知道我迟哥是作家李予，竟然藏这么深，就知道自己享受偶像的宠爱，把我们抛弃在一边，你不厚道！我要跟你绝交！"

受苏驰娅影响，祁元夕也变成了李予的小粉丝。只不过他对鸡汤文不感兴趣，更喜欢李予后期的小说。

祁元夕嗓门太大，隔着听筒，声音清晰地在狭小而密闭的空间回荡。苏驰娅挑眉瞧了迟野一眼，对着祁元夕问道："你怎么知道的？"

"全世界都知道了，还想骗我！"祁元夕气呼呼的，"哼，我要拉着石头一起孤立你。"

驰野

祁元夕到底是十八岁还是八岁？

苏驰娅不走心地安慰了两句，最后用迟野的亲笔签名哄住了祁元夕。

挂断电话，苏驰娅挑了挑眉："你是李予这件事，全世界都知道了？"

最近忙着照顾苏驰娅，迟野完全将网络上的腥风血雨忘在了脑后，经过祁元夕这么一提，才想起来还有好多事情没处理。

"微博身份被扒了。"迟野揉了揉太阳穴，"现在的人真是闲的，娱乐圈的事儿还不够他们烦心的，天天盯着我做什么。"

"早晚的事。"

迟野无论在哪个圈都是红人，被扒也不奇怪。

苏驰娅打开微博，刚输入"迟野"的关键字，下面便出现了九宫格照片。不过女主不是她，而是季妃娜。

那是除夕夜早晨季妃娜在迟野家门口，被偷拍到的一组照片。

想到自己两次去迟野家拜访，男人开门脱口而出的"季妃娜"，苏驰娅双唇抿成一道线，就像喝了一大瓶碳酸饮料只觉得胃里胀得厉害。

照片中的季妃娜两手拎着满满当当的食物，苏驰娅心里笑自己傻，亏她还天真地以为迟野真的在家吃泡面，原来人家早就有人送餐。

苏驰娅不知道自己是怎么了，短短时间里无数的思绪在脑海里乱转。她想到在李予签售会上，书迷提到季妃娜和迟野很相配的话，想到他们两个人已经认识了很多年，想到两人间无形的默契……

车内陡然安静了下来，连在前头开车的师傅都透过后视镜悄悄瞄了眼后面的乘客。

迟野丝毫没有意识到自己是罪魁祸首，还以为是网上尖锐的评论刺伤了苏驰娅："不用太在意这些新闻，我会帮你处理好。"

处理什么，处理情变还是她这个第三者？

苏驰娅冷笑了一声，将手机合上保持沉默。

FIM预选赛苏驰娅这一摔，舆论影响甚至超越了GP赛。无论是前半段苏驰娅的出色表现，还是后面不堪重负地摔出赛场，都成了网友讨论的焦点，甚至还有人怀疑这是苏驰娅转战娱乐圈前的一次蓄意炒作。

不管是有意还是无意，苏驰娅凭借一己之力不断提升大众对赛车的关注度，这样的热点自然也引发了一些娱乐公司对苏驰娅的关注，加上女孩本身外貌不俗，于是纷纷抛出橄榄枝想要签下她。

舆论声势浩大，连不关心娱乐圈的林轩都质问女儿，是不是要转行了。

"那依您看，我是进军娱乐圈好，还是待在赛车圈好？"

"我看你气死我最好。"林轩横眉立目，对着苏驰娅没个好脸色。

苏驰娅躺回沙发上："我哪儿都不去，您还是多活几年吧。"

没听懂似的，林轩重复了一遍苏驰娅的话："这是什么意思？"

"意思就是，我准备退出赛车圈了，当然也不会进军娱乐圈。"苏驰娅往嘴里塞了一颗草莓，随意咬了两口吞咽下去，含糊地说，"以后准备啃老活着。"

从十几岁开始就跟林轩唱反调的"叛逆少女"，突然说自己要退圈，这反倒让林轩开始不安起来。观察着苏驰娅这几天安安分分在家的行为，林轩越想越不对劲，私下里拨通了迟野的电话。

自从苏驰娅出事，迟野还没找到机会和苏驰娅谈这次的事故。他知道和苏驰娅的心理问题脱不开关系，想给女孩一点心理恢复时间，便也没主动谈起。

经林轩这么一提，迟野发现苏驰娅最近的行为确实反常，她似乎平静过了头。

这次 FIM 对苏驰娅的重要性迟野是最了解的，他一路陪伴女孩训练，看着她咬牙克服障碍，逼迫自己进步。现在一夕间全部清零，外部舆论加上内心压力可想而知。

可一直到现在，苏驰娅就仿佛把这件事刻意遗忘了一样，他倒宁愿苏驰娅大哭一场或痛骂一顿，而不是像现在这般把所有的情感封闭。

苏驰娅这次和林轩直接说"退圈"，恐怕也不是戏言，而是心里的痛挤压到了临界点，思来想去寻得的出口。

第十一章

◆青空黄昏后◆

略显空荡的郊外公路，一辆贴着"教练车"标语的汽车如蜗牛般爬行，最后缓缓停在了路中间。

　　见车又停了下来，教练气得吹胡子瞪眼："跟你说过多少遍，在路上行驶不要一直踩刹车，刚刚经过的那辆车跟你又不是一个车道，你有什么可怕的！"

　　最近迟野忙着考驾照，科目三来来回回考了三遍都没能过，教练气得都恨不得把迟野从车上薅下来，自己替他考。

　　"万一对方突然换车道了呢？我现在是新手，开得不熟练，如果对方横叉过来，我措手不及岂不是会出事故？"

　　迟野慢吞吞地挂挡重新启动，任由后面的车如何鸣笛，岿然不动。

　　教练脸黑如炭："你突然在公路中间停车，更容易让后面的车辆追尾。"

　　"没错，所以一定要遵守交通规则，保持安全距离。"

　　这个车速，还不如路边上骑自行车的快，偏偏嘴皮子溜，说起来一套一套的。

　　教练的脸青一阵紫一阵，最后憋出了句："小伙子，你要不还是别考驾照了，我觉得你走着可能更快。"

　　听到这儿，闲来无事陪着迟野练车的苏驰娅忍不住爆笑。教迟野开车的苦，她完全感同身受。

　　"教练，对他不用客气。"苏驰娅从后座探过半个身子，使劲儿戳了戳迟野右边的大腿，"给我踩油门，不上时速60公里以后别指望我再陪你来练车。"

没有任何缓冲，迟野一脚油门踩下去，瞬间无师自通。

教练拽了拽安全带，扭头看了眼苏驰娅，眼神中饱含感激与敬意。

从驾校出来，迟野拧了拧发酸的肩膀："飙了一下车，感觉还有点疲惫。"

苏驰娅双手按住迟野的脸颊，一双眼直勾勾地盯着男人："让我瞧瞧多大的脸能讲出这种话。"

时速60公里也好意思说自己飙车，那骑机车破时速300公里的时候叫什么？起飞吗？

"遇见胆子比绿豆还小的学生，我觉得还是教练比较疲惫。"

"我是谨慎。"迟野纠正，"再说车上坐着你，我时刻牵挂你的安危，这才影响了发挥。"

"那还真是谢谢你了。"苏驰娅也不拆台，启动车子，"舒马赫，请问接下来去哪里？"

"去我公司一趟，我有事交代给季妃娜。"

听到这个名字，苏驰娅瞳孔缩了缩，之前的那股酸涩情绪再次翻涌上来，快乐的心情戛然而止。她试探地问了句："你们认识很久了吗？"

"嗯，有段时间了。"大概和成长经历有关，迟野不喜欢频繁的人员变动，"我习惯她了。"

习惯她了。

这句话在苏驰娅听来是温柔又可怕的一句话，习惯是这个世界上最难被磨灭的一种情感，她忍不住猜想，或许迟野对季妃娜是有好感的，只不过他还没意识到而已。

车缓缓往前行驶，周边的风景不断倒退，浮光掠影一如人生。苏驰娅将窗开了一道小小的缝隙，却仍觉得喘不过气来。

等待红灯的空当，苏驰娅终究没忍住，对着旁边的男人问道："你为什么没考虑过和季妃娜在一起，你们已经是多年的搭档，而且……她很漂亮。"

他和季妃娜？

这个问题在迟野听来十分无厘头，思索片刻，才意识到苏驰娅的问题应该不是空穴来风。他声音添了些雀跃："你是不是看见网上他们发的微博了？"

所以这是什么值得开心的事吗？

绿灯亮起，后面的车鸣笛催促，苏驰娅重新启动，脸色因为男人明朗的表情而略显阴沉。

迟野盯着女孩，嘴角越翘越高，带着笃定说道："你看到网上的帖子，所以吃醋了。"

吃醋？

苏驰娅捏紧方向盘，原来这种酸酸胀胀的感觉，叫作吃醋。

迟野眼角上挑，脸上是忍不住的得意。待汽车停稳后，迟野抱住女孩："你知道吗，我很高兴。

"我一直以为你不够在意我，以为你的喜欢只是停留在有好感，以为这场恋爱从头到尾只有我一个人起劲。苏驰娅，你吃醋了，我很高兴。"

原来，这场爱情里不只是他会嫉妒。

原来，这场爱情里不只是他动了心。

苏驰娅一直以为迟野每天除了写小说之外，骑机车就是他最大的工作。没想到原来迟野名下居然有一家文化公司，不但经营一些网站文学推广业务，还进行影视作品的投资和制作，甚至规模比她想象的还要大。

"你到底还有多少事我不知道？"

若不是今日过来，苏驰娅当真对此一无所知，她真以为当时迟野一掷千金赞助 MFC 已然囊中羞涩，没想到竟然有这么大的产业支撑。

迟野眼神幽怨："你以前对我的事并不感兴趣。"

他从没刻意隐瞒过自己的情况，是苏驰娅根本没想要真正了解他。

在这段感情中，迟野似乎一直扮演着主动而又卑微的角色。无论是醉酒后的迟野抱着她不断地说着谢谢，还是得知她吃醋后他坦言自己的喜悦，仿佛只要她回馈一点点，他就能得到满足。

"叮"的一声，电梯门打开。

苏驰娅站在电梯内没有迈出去，一双眼盯着迟野，语气有迷惑有不解。她想到两人相识的经过，总觉得答案不似迟野最初和她讲的那般简单。

"迟野，你到底为什么当初会跨界赞助 MFC，还签订合同让我当你的指导教练？"

旧事重提，只是这次两人的关系已经完全不同，迟野未加隐瞒道："因为我想追你。"

迟野覆手而立，姿态优雅而坦然："我早就关注到你了，早就崇拜你了，那天在公路找你搭车，也是因为我知道那是你。

"苏驰娅，我对你不是一时兴起，不是日久生情，而是蓄谋已久。"

电梯的门开启又合上，迟野身姿挺拔地站在门内，如同一株青松。

他说，他对她蓄谋已久。

两道视线交错，一经碰撞便再也分不开。苏驰娅的手攥起又松开，仿佛被人点了哑穴，竟是一句话都说不出来，心里有团火在烧。

迟野喉头微动，嘴唇干涩得厉害，在这个狭小的空间，仿佛有什么即将发生。

苏驰娅往前半步："你……"

"等等！等等！"声音从外头传来，在电梯门合紧的刹那，一只手从外头挤进来，敏锐的电梯门立刻弹开。苏驰娅退回原位，低着头脸颊绯红。

迟野眼神如刀般横过去，挤进来的季妃娜完全没感受到局促的氛围，直愣愣地说："迟老师你来了，我还想下楼接你的。黎导演已经到了，现在在会议室等着跟你讨论新剧剧本。"

迟野整了整衣领，伸手拉住苏驰娅说了句"知道了"，不满地将白色板鞋在地板上踩得"哒哒"作响。

黎醒是迟野最新改编 IP 的导演，执导的作品曾先后斩获国际奖项，尽管苏驰娅不怎么关注电影，但对这个名字并不陌生。

没想到这样的人物会出现在迟野的办公室，这让苏驰娅不得不重新审视迟野的公司。

黎醒四十岁出头的样子，发型有些放荡不羁，坐在那里不用介绍就能知道是个艺术家。瞧见跟在后面的苏驰娅，他起身："苏驰娅？久仰久仰。"

苏驰娅干笑了两声，最近关于她的黑料太多，想也知道"久仰"的肯定不是什么好新闻。

迟野和黎醒谈着工作，苏驰娅插不进他们的话题，坐在一边静静地观察着迟野。

男人袖口轻挽，右手戴着一块看起来就很昂贵的机械表，侧颜如玉，鼻梁挺直，眼尾狭长上翘，一颗小巧的痣藏匿在右眼眼底。

进入工作状态的迟野与平时在车队时跟她插科打诨的样子不同，沉稳而专注，这样的迟野距离她好像很远，但又是那么真实。迟野说得没错，以前的她似乎从未真正了解过他。

"我托迟野联系过你，但不巧当时你受伤了。"不知过了多久，工作谈完，黎醒站起身对着苏驰娅说道，"我手里有个新剧，里面一个角色非常适合你，故事和剧本都很不错，如果你有时间我们可以聊聊。"

"没时间。"迟野听到黎醒的话蹙了蹙眉，起身直接轰人，"说完了就走吧。"

"现在是苏驰娅出道的最佳时间，我看人很准，她很适合……"

"恕不远送。"

迟野黑着脸赶苍蝇一样关上门。

还没反应过来黎导演的话，人就被推走了，苏驰娅忍俊不禁道："你也不希望我进娱乐圈？"

迟野当然是不乐意的，娱乐圈的水深且复杂，苏驰娅性格直率，他不想让苏驰娅蹚这浑水。

迟野没说话，但看表情也不难猜出答案。苏驰娅托腮，道："先说好，我现在是职业车手，退役之后就是无业游民了。"

"一个你我还是养得起的。"迟野想也不想地回答，"或者你嫌在家无聊，我把公司股份全部转给你玩。"

把公司转给她玩，这话要是让员工听见估计分分钟辞职。

门被有规律地从外面叩了两声，季妃娜身上仍旧是得体的套装，头发盘在脑后，踩着高跟鞋，干练却又女人味十足。苏驰娅低头看了眼自己的衣着，宽松的工装裤马丁靴，上面是随意的运动外套，完全没有一点女人该有的样子。

对衣着打扮从不关注的苏驰娅，此时在反思自己是不是应该要多注意一下形象了。

季妃娜将文件递给迟野："迟老师，已经按照你的要求将网上的绯闻澄清，并且联系了法务部门对恶意传播的两个博主发了律师函，准备起诉。"

直觉与自己有关，苏驰娅凑过头："什么绯闻？"

"就是我跟迟老师的。"季妃娜拧了拧鼻子，"也不知道谁传的，把我们家老韩都气死了。"

苏驰娅怀疑自己的耳朵："你们家，老韩？"

"嗯，你不知道吗？"季妃娜的脸上带着抹不自然，"我跟韩峰几天前在一起了。"

她不知道！谁能想到五大三粗的韩峰居然真的追到了季妃娜，这两人黏在一起的画风简直就像美女与野兽。

苏驰娅震惊地看了眼迟野，又看了眼季妃娜，最后居然不知道该说些什么，只能默默竖起了大拇指："祝福你们。"

不过，苏驰娅扭头问迟野："你早就知道韩峰跟季妃娜在一起了？"

"比你早了几天。"

所以在她吃飞醋的时候，迟野就已经知道季妃娜有男朋友了。

苏驰娅拿过手机开始刷微博，果然瞧见季妃娜的私人账号上发了一条最新消息："非单身。别猜了，男友是 MFC 车队经理韩峰，请勿跟风谣传。"

韩峰看见了季妃娜的微博，还很骚包地用 MFC 官方微博转发，说了句："没错，是我的人。"

一条官宣微博引发了网友们的转载和祝福，下面还有人在问："现在报名来 MFC 练机车来得及吗？是不是报名就送对象？"

还有驰野 CP 粉欢呼："黑子快出来打脸啦，人家有男朋友好不好！"

迟野看见那条转发，咂摸了一会儿"是我的人"，若有所思了片刻问道："娅娅，不然我们也开个微博吧。"

这种宣誓占有的方法，他很喜欢。

周末，苏驰娅跟韩峰约在 MFC 谈解约事宜。周末队员们都不训练，MFC 空荡荡的，苏驰娅特意选在没人的这天解约，也是怕看见队员们心里会更加不舍。

训练室的门开着，里面的仪器悉数被排放整齐。韩峰还没来，苏驰娅坐在垫子上发呆，仿佛还能看见大家在这里互相追逐拌嘴的场面。

她想过有一天自己会离开，但没想过是以这样悄无声息的方式。突然间，她懂了杭磊，当时大概也是害怕所以才没跟大家提前打招呼的吧，MFC 有太多回忆，如若一定要走，倒不如潇洒一点儿。

门口传来了脚步声，苏驰娅以为是韩峰姗姗来迟，回眸看见的那抹娇小的身影出乎苏驰娅的意料，竟是沈琪。对方显然也没想到训练室有人，开口便问："你怎么在这儿？"

苏驰娅坐在垫子上没有起身，两条笔直的长腿放平伸直，那副懒洋洋的样子跟迟野颇为相似。她没回答，挑眉的动作像是在问"不然呢"。

没解约，她还是 MFC 的选手，出现在训练室理所应当。

"我的意思是，你不是受伤了吗？"

问完，沈琪眼里闪过几分懊恼，眼神带着不情愿和尴尬，说道："我看了那天的比赛视频，如果是因为我的那通电话影响了你的状态害你受伤，我向你道歉，但我不后悔那天对你说的话。"

沈琪没想过让苏驰娅出事，她只是单纯地不喜欢苏驰娅而已。

"跟你没关系，是我自己的问题。"苏驰娅敛下眼眸，她不想跟沈琪见面的，说她逃避也好，怯懦也罢，她想要切断过去所有不快乐的回忆。

苏驰娅起身想出去，被沈琪拦住："苏驰娅，你还要留在 MFC 对不对，我真的求求你离 Kay 远一点儿吧。"

这是沈琪第二次讲出这句话，第一次还是在 Kay 的病房前。

"Kay 他真的很不快乐，要承受复健的痛苦，要承受无法赛车的打击，甚至要承受你和迟野的恩爱。他到底犯了什么错，要承受这样的痛，只不过是喜欢你罢了。苏驰娅，如果你还有一点良心，放过 Kay 吧。"

沈琪今天穿着连衣裙，外面披了件鹅黄色的开衫，站在门口就像是个无害的娃娃，可说出来的话句句刺耳。

"Kay 不快乐，是他跟你讲的吗？"苏驰娅顿住脚步，眼神变得凉薄没有温度，"因为 GP 赛我的操作失误，连累到 Kay 受伤，我一直心怀歉意并且也付出了应有的代价，无论是经济上还是心理上。沈琪，我对 Kay 有亏欠，但对你没有，道歉的话我不需要和你讲。"

住院期间，她入行以来经历的一切每日每夜都会在脑海中回荡，GP 赛后，她几乎是一个人承受着所有的指责甚至辱骂。可是仔细想来，她有什么错呢，她也是机车事故的受害者啊。一夜间，她对这样的生活倦了、累了，当曾经执着的梦想变成了负担，她到底还要不要继续。如果可以，她也想任性一回。

苏驰娅的话不知戳到了沈琪的哪个痛点，她跳起来如炸毛的猫："他是我哥，怎么会跟我没关系！苏驰娅，你真让我觉得恶心，我现在真庆幸你爸当年找 Kay 阻止了他的告白。我才不接受你这样的嫂子，你根本不配得到 Kay 的喜欢，你也不配得到幸福！"

苏驰娅听到这里笑了出来："你恨我我理解，甚至我和迟野在一起后也常想，我凭什么拥有这样的幸福，也因为觉得自己不配而动过和他分开的念头。但是再阴冷的花，也会期待阳光的照拂，我也想从那场事故阴影中获得救赎。"

苏驰娅这次没有停下脚步，经过沈琪旁边说道："你比我年纪要小，第一次见到你，你才十岁左右。说真的，我没想过有一天我们会变成这样。

"沈琪，天高水长，后会无期。"

推开门，苏驰娅愣住，迟野和 Kay 高大的身影就在门外，也不知站了多久。

沈琪红着眼回过头，瞳孔骤然紧缩，完全没了方才盛气凌人的样子："哥，你怎么来了，不是说今天复健，请我来这里帮你拿东西……"

说到这里，沈琪停了下来，意识到了什么："你是故意把我骗过来的，目的是想让我见她？"

经过长时间的复健，Kay 如今已经不再需要轮椅也可以正常行走。

Kay 扭头对着迟野说道："我想跟沈琪单独聊聊。"

苏驰娅蹙眉，不懂到底是怎么回事，向迟野抛去疑问的眼神，今天只有他跟韩峰知道自己过来，现在韩峰还没到，Kay 的出现八成又与迟野脱不了干系。

迟野不发一语地走过去，拽过蒙住的苏驰娅便转身离开，看都未看旁边的沈琪一眼。

走出门，苏驰娅一把甩开迟野，问道："是不是你通知的 Kay ？"

苏驰娅胸口因为愤怒而剧烈地起伏："口口声声说支持我的一切决定，可背地里三番五次地阻拦。这次跟韩峰解约也是你联合他骗我的对不对？我告诉你，这不会对我的决定有任何改变，这个约我解定了，钱我赔得起。"

苏驰娅气得有些口不择言："我没办法接受有人这样干预我的生活，或许你说得没错，我根本就不了解你，迟野，不如我们就此分手……"

话未说完，迟野一把将苏驰娅压在墙上，不由分说地低下头含住她粉嫩的唇。

这是一个粗鲁甚至没有任何技巧的吻，却炽热得如同最烈的酒，最爽口的薄荷。苏驰娅如同刀俎下的鱼，被动地承受着对方的侵略。两只手因为恼怒使劲儿敲打着迟野的胸膛，男人又如磐石纹丝不动。

渐渐地，苏驰娅放弃了挣扎，失去了力气般被迟野卷在怀里，视线直勾勾盯着迟野颤动的睫毛。似是察觉到了，迟野腾出一只手遮住女孩的眼，黑暗之中感官更加灵敏，世界安静到仿佛只剩下迟野，还有彼此的心跳，她再也想不起自己原本想讲些什么了。

一门之内，沈琪和 Kay 相向而立，Kay 一贯波澜不兴的眼底一片阴霾。

"如果今天我没有出现，你是不是永远都不会告诉我，你和驰娅联系过？"

沈琪没有回答，倔强地抬着头。

Kay抓了抓鸡窝头，几天未刮的胡须在下颌出现一小片阴影。

"虽然你不是我亲妹妹，但从你妈嫁过来的那天起我便拿你当自家人。出事以后，你照顾我，我感激你，对你阻止我队友探望的事也睁一只眼闭一只眼。"

原本戒烟的人从兜里掏出一盒烟，抽出一根叼在嘴里点燃，深吸一口吐出了白色烟雾："甭说我断腿跟苏驰娅没什么关系，就是我这条腿是苏驰娅故意打断的，我眼都不会眨一下。"

沈琪双手紧紧揪着裙摆，肩膀内缩，眼泪悬在眼眶里，一副惹人怜爱的模样。

"我只是关心你！"

"用不着。"Kay面不改色，"我这个人野惯了，之前纵着你是因为不在乎，你妈当年怎么嫁入的我家，别以为我不知道。收起你的小心思，拿道德作为武器绑架别人，你还不够资格。"

听到摔门的声音传来，被抵在训练室外墙壁上的苏驰娅猛然清醒，一把推开迟野，犹如博尔特一般拽着男人撒腿就跑，两人躲进楼梯间下面的角落。

迟野眼底还带着未退去的潮欲，有些不明就里："怎么了？"

"别出声，Kay出来了！"苏驰娅紧张得犹如接头的特务，紧紧捂住迟野的嘴屏息，一颗脑袋探出去观察外面的情况。

迟野眼睛眯成一道线，微微弓着身子配合女孩的身高。突然，苏驰娅手心一阵潮意，如烫着般飞速缩回手，压低声音带着恼怒："迟野，你是狗吗？"

"嗯。"迟野言笑晏晏，看着苏驰娅满怀爱意，"汪汪。"

毫无底线！

Kay 已经离开，沈琪迟迟没有出来，苏驰娅猜测两个人应该是发生了不快。不过苏驰娅没想管闲事，人家的家事还轮不到她操心。

"我们继续？"

听到迟野的话，女孩一愣，随即意识到迟野口中的继续是方才压在墙壁上干的事儿，迟来的羞窘顿时袭来："迟野你脸皮怎么这么厚！"

"我以为你故意拿分手激我，是因为喜欢这样的……"迟野将唇贴近苏驰娅的耳后，"刺激。"

苏驰娅皱眉，猛然意识到她似乎还没原谅迟野的自作主张吧？

枝头的茉莉还未完全绽开，但淡淡的茉莉香已经在空中飘荡，混杂着不知名的野花香，清风都带着淡淡的甜意。

从小路走出来，苏驰娅恢复了冷静："说吧，为什么骗沈琪过来？"

"你是不是想知道除夕那晚，伯父把我叫进书房和我聊了什么？"

当初苏驰娅怎么都撬不开迟野的嘴，他竟会在这个当口提起。苏驰娅抿唇，望着迟野的眼里带着疑问。

"他对我说，他后悔了。"

苏驰娅驻足，眼底是不可思议。

那日借着尚未完全退去的酒意，林轩和迟野谈了若干年前他曾找过 Kay。如果女儿一定要从事这行，那他不希望自己的女婿也从事这种危险行业。或许是出于父亲的私心吧，他希望自己的女儿能够被人照料，不必整日担惊受怕。

但女儿这一路走过来，特别是 Kay 受伤后苏驰娅一日比一日消沉，做父亲的又能如何不担心，他甚至开始怀疑自己这么多年想让女儿放弃赛车，想让女儿像普通女孩一样平平安安的是不是错了。

再固执、掌控欲再强的父亲，也会有老的那天。

"没有跟你沟通就私自将 Kay 找过来，联合设计让沈琪讲出那番话是我的不对，但是娅娅，你有没有想过是我不敢和你讲呢？"

迟野嘴角的笑容有些勉强，坐在草地上伸直双腿："Kay 对你有好感，我是从 Kay 的口中得知的；你要退圈，是伯父告诉我的；沈琪的那通电话伤害了你，是我猜出来的；甚至在你摔出场外，浑身虚弱地躺在地上时，你对我说的都是'不疼'。"

额间的发丝挡住了眼，迟野声音低沉："你看，你那时候还在骗我。面对什么都不肯和我讲的你，我又怎么敢主动和你谈这件事。"

苏驰娅咬紧了双唇，跟着坐下屈膝抱住双腿，不知说什么以回应。

不是她故意瞒着迟野，只是这么久以来她都习惯了一个人。

"娅娅，当时杭磊离开，你还记得我对你说过什么吗？"

那是很久之前的事了，当时杭磊离开几乎带走了 MFC 最后的希望，苏驰娅觉得迟野应该会撤资，那时，男人对她说了什么？

女孩努力思索了片刻才回道："你说学会表达自己的真实情绪，其实也是一种坚强。"

没想到苏驰娅还记得，迟野弯了弯嘴角："娅娅，我不想干预你，但我想让你能勇敢一点、坦诚一点。受了委屈你不说，那我帮你说。我一个

驰野

人生活久了，就特别珍惜身边的人。若是有人欺负你，我是定要讨回来的，我的人可不能挨了欺负还傻乎乎地受着。"

没有人对她说过这种话，即便是私下里疼爱她的亲哥林驰远也没有。苏驰娅浑身的刺慢慢柔和，憋了句："没人欺负我，再说……刚才我也都讨回来了。"

"嗯。"迟野像安慰小孩一样拍了拍女孩的头顶，"你很棒。"

她说他是她的光，迟野多庆幸自己听到了这些，原来他在女孩的心中，也很重要。

晚上，为了庆祝脱单，韩峰组织车队的队员们聚餐。白天正事放苏驰娅鸽子，晚上张罗吃饭倒是比谁都积极。

都已经是准备离开的人了，原本苏驰娅不想去，但无论是自己跟韩峰的情谊，还是季妃娜跟迟野的交情，她都推拒不得。

大概热爱运动的普遍也都喜欢吃肉，饭店就选在了以前一帮人常去的烤肉店，这次韩峰难得大方，几乎把菜单上有的菜从上到下点了个遍。

两人到餐厅的时候队员们已经入座，石头跟祁元夕几个人见到迟野比见到她还要亲热，站起身簇拥着迟野，特别是祁元夕，笑容里带着谄媚还有一丝崇拜，张口闭口都是什么"大作家"，连"蓬荜生辉"这种词都被用了出来，大病初愈的苏驰娅反而遭到了冷落。

桌子上只有两个空位了，却不是连在一起的位置。

迟野先一步被祁元夕截走，还在用纸巾狗腿地帮迟野擦着板凳。剩下的位置在 Kay 旁边，苏驰娅犹豫了片刻还是走过去。

Kay 把手里的香烟碾灭："开车过来的？"

苏驰娅"嗯"了声，垂着眼眸便不再讲话。

队员的喧嚣与他们之间的沉默形成鲜明对比，尴尬的氛围在空气里流转。

Kay"啧"了声，手指不耐烦地敲了敲桌子："怎么，不想搭理我了？"

"当然没有。"苏驰娅垂着肩膀，"我只是不知道说什么。"

还真是一如既往的诚实。

苏驰娅想来想去也没什么说的，最后问了句："你跟沈琪……还好吧？"

沈琪是 Kay 后妈的女儿，后妈当年算是小三上位。对这个便宜妹妹，Kay 谈不上喜欢或不喜欢，父母感情不好导致 Kay 性子也颇为凉薄，身上总有股厌世的颓然，叛逆的时候天天在街头飙车，被韩峰招入队成为职业车手后性子才渐渐收敛。

"无所谓好不好。"Kay 往后靠，坐在椅子上葛优瘫，"倒是你，因为那丫头几句话就不声不响要走，这是做好了跟我老死不相往来的准备了？"

"退出是之前的打算了，只是这次更加确定了而已，原本想解约之后找你的。"

听到这话，Kay 乐了："知道我喜欢你之后，就坚定了你离开的决心，这是因为担心之后跟我相处尴尬？现在被人扒裤子的是我，我都没别扭，你别扭什么。"

Kay 说话不讲究，直白地捅破了那层窗户纸，这样干脆反而让苏驰娅那点拘泥的心思消了大半。

"你不用想太多，我要是想跟你告白谁也拦不住，跟你爸没什么关系。你的情况迟野跟我说了，有病治病，没病赶紧练车。我发现你谈个恋爱矫

驰野

情了不少，这真是背后有仰仗了，什么毛病都出来了。啧，所以说感情真是麻烦。"

Kay 不会打温情牌，对着苏驰娅张嘴就是一顿痛骂，但苏驰娅心里莫名舒坦了很多。Kay 说得对，恋爱之后她确实矫情了不少，大概是真的仗着迟野喜欢她。

听到这话，苏驰娅跟着应道："没错，恋爱是挺麻烦的。"

"那你分手？"

"咳。"那边重重地咳了一声，迟野黑着脸瞪眼警告。

Kay 也勾起嘴角，抬手拍了拍苏驰娅的头："别折腾了，赛车手原本职业年限就短，你现在的年纪不容许你这么折腾了。"

季妃娜下班晚，跟着韩峰姗姗来迟，两人的谈话这才止住。

季妃娜跟迟野身上的气质其实颇为相似，大概都属于那种饱读诗书气自华的类型，坐在那边不说话就有股子难以亲近的劲儿。原本队员们对这样的精英女性心存畏惧，在得知韩峰跟季妃娜在一起时，不只是苏驰娅，其余的队员也都有点无法接受。

开始大家还有些拘束，毕恭毕敬地一口一个"嫂子"，结果几杯啤酒下肚都放肆了起来，对着韩峰开起了没大没小的玩笑。

酒过三巡，季妃娜坐到了苏驰娅身边，看着那群男生闹腾。

"好像认识这么长时间，还没跟你好好讲过几次话。"季妃娜开口，"我从毕业开始就来到迟老师的公司工作了，到现在是第六年了，从没看见迟老师这么开心过。"

季妃娜的话让苏驰娅来了兴趣，萌生了想要了解迟野多一点儿的心思，便扭头问："他以前什么样？"

"我刚开始挺怕他的，才华是一方面，他这个人就是太淡了，不像是个活生生的人，对什么事都冷冰冰的，一副事不关己的态度。"季妃娜喝了口饮料，"后来慢慢熟悉，对迟老师的家庭略知一二，觉着古人云'天将降大任于斯，必将苦其心志，劳其筋骨'大抵有道理，天才遭遇的挫折或许跟我们凡人真不太一样，所以觉得他更了不起了。"

确实，一个人平平安安地长大，如今还这么优秀，换作谁都不一定能做到。

"当初迟老师突然要投资 MFC 的时候，坦白地讲，我是反对的。整个公司对这行都不了解，加上那笔钱不是小数目，太过冒险了些。赚钱不容易，特别是对于迟野而言。每一本小说的爆红，都代表着身体的透支。"

苏驰娅没有打断季妃娜，侧耳倾听着。

"当然，迟老师也不会听取我们的意见，那么多钱说给就给了，公司里其实也一度谣言四起。后来看见他追你，我才恍然背后的原因。"

听到这里，苏驰娅笑了出来，感觉自己好像历史中误君误国的祸水。

"之前我不了解你们这行，其实对你们挺有偏见的，觉得玩机车的都不是什么正经人。"季妃娜吐了吐舌头，"不过在迟老师投资之后，为了将利益做到最大化，我被迫研究了一段时间，发现以前的观念错得离谱，你们纯粹又富有热情。"

这大概也是她会答应韩峰追求的原因。

"苏驰娅，我不得不说你跟迟老师一样都是天才，就像刚才我说的，大概天才的人生是注定不平凡、注定多曲折的。老韩和我说你想解约，是我劝他白天不要过来的，我相信迟老师能够帮助你看清自己，做出对自己更加负责任的选择。有时候天才和凡人不过一念之间，若是只因选择错了，天才变成了凡人，那才是这个行业的遗憾呢。"

烤肉店的那端，一群男孩子嘻嘻哈哈的声音不时传来，韩峰被一群人围着，喝得面红耳赤。迟野坐在他们之间，半靠着椅背，姿态轻松随意，和苏驰娅的视线对上，男人挑了挑眉，嘴角带着淡淡笑意。

苏驰娅不自觉地捻了捻耳垂，心口被炭火烤得发烫。

夜深了，马路上空旷得没有一辆车。

一群酒鬼勾肩搭背地沿着马路摇摇晃晃地走着，迟野拉着苏驰娅的手走在队尾，队员们在前面正手舞足蹈地开玩笑："峰哥，你究竟是咋追上嫂子的啊，传授给我们点经验呗。我看见你之后突然间来了自信，觉得我将来能找个电影明星那样好看的。"

祁元夕听了"咯咯"笑，白嫩嫩的脸喝得发红："我倒是觉得咱峰哥挺有人格魅力，被嫂子看上不奇怪。倒是我偶像追上了驰娅姐让我偷偷困惑许久，毕竟我之前一直以为……"

苏驰娅不自然地握紧迟野的手掌，觉得下一秒她可能会听到 Kay 的名字。就连前面的 Kay 都转头看了眼迟野，意思在说"看见了吗，我跟驰娅在队员心中可是官配"。

结果，祁元夕却说道："一直以为驰娅姐喜欢的是女生，她跟沈琪，超配的有没有。驰娅姐又飒又 A，沈琪属于那种娇小可人……结果没想到最后驰娅姐居然跟男人在一起了，真是魔幻。"

已经预备成为八卦对象的三个人："……"

一群人都喝了酒，护送酒鬼回家的重任就落在了在场的两位女士身上。

两对情侣分别去车库取车，其余的人站在外头等待，感慨着恋爱真好。

吹过的风带着暖意，两旁的树冒出新芽，路灯发出昏黄的光照着地面，站起身便能一眼望到道路的尽头。喝了点酒，困意在等待中袭来，这群孩子连说笑的声音都小了些，乖巧地坐在路边等着大家长过来接送。

或许所有的意外都是从平静中开始的。

从道路尽头走过来几个人，倒影拉长了他们的身影，投射在地面犹如吃人的猛兽。寂静的道路，有人出现本就异常引人注目，石头抬头瞧过去，蓝色的队服跟黑夜融为一体，说了句"真是晦气"，重新低下头。

"杭磊。"Kay 靠在墙边，瞧见来人挥了挥手。

"恢复得不错，现在都能直立行走了。"杭磊跑过来，用拳头捶了下 Kay 的胸口，"今天聚餐？"

"嗯，你们呢？"

"一样。"

吴佑凯嘴里嚼着口香糖，像只熊从后面晃过来："哟，Kay，好久不见，听说你回归 MFC 了。"

口香糖也无法遮住他满身的酒气："还好你回来了，再不回来 MFC 怕是要毁在女人手里了。"

石头本就看吴佑凯不顺眼，之前苏驰娅被黑的时候也是他发微博带的节奏，便扯着嗓子冷嘲了句："我们 MFC 不劳你操心，你注意着极速车队别毁在你手里就行。"

"我可没坑队友，瞧杭磊到我们赛队后过得多滋润。"吴佑凯晃荡着瞅了一圈，"苏驰娅没来啊，是不是还躺在病床上残着呢？要我说挺好，就以这个为理由彻底退出得了，省得一比赛就出事，在赛道上成为巨型路障还给别的选手增加风险。"

"你嘴巴放干净点！"

石头起身，MFC 几个队员也都站在石头身后。

"怎么，不爱听啊？"吴佑凯嗤笑，"听说当时 MFC 濒临倒闭，最后靠她男朋友投资才勉强得到资金顺利参赛的？她平时装得多清高，结果关键时候还不是要靠男人。"

就是怕有这样的传闻，MFC 之前一直压着迟野投资人的身份没有爆，即便是这段时间黑料满天飞，这个秘密也被紧紧捂住。吴佑凯得到的信息显然不是来自网络媒体，唯一的可能就是从杭磊口中得知的。

石头脑袋转得快，几乎一想就通，一双眼紧盯着杭磊嗤笑："真是一丘之貉，以前都没发现你嘴这么碎。"

杭磊略显尴尬，投资是饭桌上无意提起的，没想到会被吴佑凯曲解，他往后拉了拉吴佑凯让他适可而止。

偏偏吴佑凯酒精上头，不管不顾地嘲讽："做了陪睡的事儿还怕别人说啊，明天我就发微博让他们看看，网友心中的'驰野'CP 有多纯粹。"

"吴佑凯，你是不是有病！"

石头一拳挥过去，吴佑凯喝了酒大脑更是不清醒，两个人瞬间扭打在一起。

石头就是脾气暴躁的小孩，大多时候都动动嘴皮子没真上手打过架，吴佑凯不仅壮得像只熊，之前又没少在社会上混，几拳下去，石头就落了下风。

吴佑凯的话点燃了 MFC 队员的情绪，事情演变成了群架，撕扯在一起谁都没顾得上石头。而杭磊站在一边没有参与，他非常明白自己即将要参加 FIM 总决赛，此时受伤对他来说有害无利。

Kay 心里憋着火，见到石头挨打，骂了句脏话抬脚就想往上踹，被杭磊拦住："你打不过吴佑凯。他之前练过拳击，原本你身体就没完全康复，再受伤可就真的废了。"

"松开，再不管石头就要被打残了！"

Kay 用力推搡杭磊，杭磊说出的话却理智到近乎残忍："残一个总比残两个好。"

苏驰娅开车到的时候，见到的就是一堆人大打出手的场面，石头被吴佑凯压在地上，脸上还带着血，苏驰娅瞬间就没了思考，推开门就往上冲。

迟野怕女孩出事，跟在后面，卷起袖子说了句："粗鲁的事交给男人。"

迟野从背后一手拎起吴佑凯的衣领，力气大到将人直接扯了个趔趄。吴佑凯打红了眼，回手就是一个拳头，手被迟野牢牢抓住后拧，吴佑凯竟然动弹不得。

迟野一字一句："这一拳你可以挥下来，但我有能力告到你永远不能回到赛场。"

吴佑凯被迟野的气场惊住，一时间僵在原地。

两拨人冷静下来，苏驰娅跑到石头身边查看情况，杭磊拽住吴佑凯打圆场："大家都认识的，一个圈子别搞得太难看。"

刚才打起来的时候怎么不见他说这种话。

迟野不理会杭磊，扭头问了句苏驰娅怎么处理。石头的伤看起来颇为严重，苏驰娅咬着牙说道："先去医院。"

开心的聚餐最后却在医院画上了句点，孩子闯祸大人解决问题，韩峰和 Kay 在外面跟极速车队的经理邢震交涉，石头右臂在护头的时候软组织挫伤，缠了层绷带准备出院。

了解事情原委的苏驰娅脸色难看，看着石头恨铁不成钢："被他讲两句会少块肉是不是？瞧瞧你现在一身的伤，搞成这样就痛快了？你知不知道 FIM 总决赛就在下个月，手臂恢复不了，你要怎么参赛？"

"我就是看不惯他，想揍他很久了！"石头梗着脖子，还是一脸不服气。

"那你倒是打赢人家啊！"

苏驰娅忍不住用力戳了戳石头脸上的瘀青。

石头立刻疼得嗷嗷大叫，不服："他的手也受伤了的！"

"确实，人家打你打得太用力了。"

石头："……"

第十二章

◆ 浪漫的极限 ◆

大赛在即，MFC 跟极速车队的这一场架可以说两败俱伤。队员们都不同程度地挂了彩，吴佑凯右手手腕轻度扭伤，石头右臂更是不知何时能恢复，偏偏吴佑凯跟石头一个先挑衅，一个先动手，双方都有错，最后也只能不了了之，各自带回去批评教育。

　　MFC 一共就两名参赛选手，如今石头受伤，训练强度跟不上，比赛当天能不能上场都是未知数，夺冠的胜算瞬间下降了一半。虽然嘴上不说，但石头心里是懊恼的，期待已久的机会就这样被自己一拳打碎了。

　　韩峰和教练们商讨了一夜，决定目前最重要的是保住石头的决赛资格，而 FIM 团体赛则让苏驰娅和迟野代表 MFC 俱乐部参加。

　　团体赛是这届 FIM 大赛新增的环节，亚洲共有 20 个车队参加，每个车队将会派出两名选手，以两人的名次作为积分，计和决出前三名。此前从未有过如此盛大的职业俱乐部赛事，在某种程度上，这次比赛也将重新梳理亚洲职业俱乐部的排名，所以各家派出的都是最强选手阵容。

　　"我不同意。"这个当下苏驰娅不好再提退出，但韩峰的提议实在太过离奇，"我现在的状态上不了赛场，迟野算是半个新人，派我们两个代表 MFC 简直是胡扯。"

　　"不然怎么办，现在能够达到参赛水平的就这么几个人。石头参加个人赛已经很勉强，Kay 受伤不能参赛，元夕的水平还不如迟野。"

　　"那就派方显和迟野参赛，这段时间我会帮迟野训练……"

"让我参赛才是冒险。"苏驰娅话没说完，一直沉默的方显出声，"个赛耗费的体力太大，我的水平到哪儿自己知道。你跟迟野都是爆发型选手，你们参赛或许还能搏一搏。"

似乎所有的人都同意韩峰所做的决定，苏驰娅脸色通红，对着迟野说："你怎么看？"

迟野坐在会议室中间，抬眸看了眼韩峰嘴角挑了挑："看来 MFC 能走到今天，果然不是成绩好就能做到的，韩峰还是有点脑子的。"

苏驰娅不懂，迟野身子前倾："选我跟驰娅，怕不是只动了争名次的心思吧？"

如今迟野跟苏驰娅网上的热度最高，甚至连某些流量明星都没这么高的关注度，派他们参加这届的 FIM 团体赛，本就是个噱头。即便最后没有获奖，MFC 也算赚足了关注度。

苏驰娅这才恍然，想到 CSBK 赛时，韩峰也是因为担心输了比赛迟野撤资，把他强行推上了赛场。

小算盘被戳穿，韩峰摸了摸鼻子，底气却不虚："特殊时期，这是最佳的选择。"

不可否认，若是迟野在这个位置上，恐怕也会做这样的决定。

迟野垂眸沉思片刻，说道："让我参赛没问题，但驰娅是否参赛需要她自己做决定。"

天空成群的鸟绕着俱乐部上空盘旋，苏驰娅平躺在外面的草地上，仰头看着天空。迟野半坐在女孩身边，两个人各自做着自己的事，互相没有言语。

驰野

突然，一道男声从另一边传来："驰娅姐。"

苏驰娅扭头，逆光看见石头正迈着小碎步从旁边蹭过来。为了尽快恢复，石头手臂打了石膏，此时看着苏驰娅的眼神还有些可怜兮兮的："驰娅姐，对不起。"

石头道歉是因为一条微博。

打架的事不知被谁爆出，挥拳头打人的石头被送上了新闻头条，画面中被打的吴佑凯完全成了受害者，至于石头被人按在地上狂殴却只字不提。

吴佑凯趁机微博卖惨，还将迟野就是 MFC 新一任投资人的事捅了出来。在有意的舆论煽动下，苏驰娅靠姿色挽救车队这件事再次让大家议论纷纷，也让大家怀疑所谓的"驰野 CP"原本就是一场炒作。

无疑，苏驰娅再次成为众矢之的。

那一拳明明是想给苏驰娅出气的，却没想到反过来害了苏驰娅。

"跟你没什么关系。"

苏驰娅躺在地上跷着二郎腿，现在的她对于自己时不时被黑已经很适应了，一年前让她怎么猜怕是都不会猜到，自己有朝一日会这么"红"。

不过倒是有一件事值得关注，那日明明是偶然相遇，石头是被吴佑凯激怒才以拳相向，为何会被人精准地抓拍了照片还传到了网络。联想到前几次苏驰娅被黑上热搜，她猛然意识到或许根本就是有人故意针对她，故意黑她的。

苏驰娅想到的，迟野自然也早就想到。若是前面只是怀疑，那现在则更加确认。

只是苏驰娅不解："到底是谁和我有这么大的仇，难道是沈琪？应该不会，她还没那么大的势力操控舆论。该不会是吴佑凯吧，他居然有这个脑子？"

吴佑凯虽然嘴贱但没什么心眼儿，只能说他的个人喜好非常明确，一直坚定反对女性从事赛车行业。跟苏驰娅明面上不对付很多年了，属于头脑简单的直男癌。

"答案接近了。"

迟野仰头喝了口旺仔，觉得太甜皱了皱眉，把瓶子递给苏驰娅说道："如果我没猜错，应该是极速俱乐部。"

极速俱乐部，那就是……邢震？

想到每次见到自己都笑眯眯的男人，苏驰娅满脸震惊："为什么，我跟他又没仇没怨的。"

"确实没有，不过黑一个人也不需要太多理由。"迟野缓慢分析，"MFC跟极速争夺第一的地位已经很多年了，极速始终被压一头。如今终于有机会上位，他当然不想再拱手把第一的位置让出去，你要知道这背后牵扯着多少利益。而现在，你是他们最大的威胁。"

迟野继续说道："黑你对他们而言没什么坏处，不但能够为 MFC 增加黑料，还趁机反衬了极速车队的名声，也让更多的人关注到了赛车圈。如果一个不小心你受不住退出，那他们完全是渔翁得利，铁三角彻底瓦解，MFC 短时间内基本上构不成威胁。"

石头原本是来道歉的，这会儿听得云里雾里，小小的脑袋大大的疑问，最后张嘴说出了句："成年人的世界太复杂了。"

苏驰娅抿唇思考了一瞬，似是下定决心般对着石头说道："你去和韩峰说一声，FIM 的团体赛，我答应了。"

石头立刻咧开了嘴："这句听懂了，驰娅姐最帅！"

"做好决定了？"迟野扬眉。

"既然人家都把火烧到我家门口了，总不能坐以待毙任由他们欺负啊。"

这才是他喜欢的小姑娘。

迟野起身，伸手使劲儿撸了撸女孩的碎发："你的任务就是练好车，其他的不用担心，有我在。"

"你想干吗？"

迟野冷笑了声，伸手遮了遮太阳："跟你说过，我这个人啊，护短。"

温热的阳光洒在赛道上，两辆赛车一黑一红，几乎并肩疾驰，所经之处都会留下一团小小的烟雾。

不知跑了多久，稍稍在前方的红色机车率先停下，苏驰娅摘下头盔甩了甩头发，冲着后面的车比了个手势："休息休息吧。"

"这不像是苏驰娅会说出的话啊。"

迟野跟着摘下头盔，短发被汗水打湿，白皙的脸被闷得通红。

"你跟着我的速度太吃力了，等会儿不用陪我压弯，我看着你练技巧。"

如今对苏驰娅而言，当务之急并非提升技巧或速度，心理上的恐惧仍旧是她需要攻克的难关。

她在 FIM 预选赛上出现的幻听侧面反映出恐慌症正在加重，不过经过测试发现，苏驰娅的心理有一个潜意识划定的安全距离，只要身边的车手突破了安全界限，她就会出现应激反应。这也是为何那日杭磊在内侧超车，她会被吓到甩出赛道。

训练过程中，迟野更多的是继续担任陪练员的角色。苏驰娅对他比较熟悉，内心的排斥感并不强，随着一次一次的试探，苏驰娅对他的靠近越来越习惯。

两人骑着机车回到休息室，最先看见的是原本空无一物的桌子上，此时放满了成盒的水果。几个队员拿着根牙签戳来戳去，瞧见他们回来挥手还在招呼着赶快吃。

正奇怪这些水果何处而来，背对门口的石头扭过头，原本被石头挡住的男人露出脸来，苏驰娅惊讶道："林驰远，你怎么过来了？"

林驰远正检查着石头受伤的手臂，听到自家妹子的声音，回道："听说你打算重回赛场，我过来慰劳慰劳你。"

他居然会这么好心？苏驰娅表示怀疑。

迟野倒是觉得这一幕惊人的相似，迟野单手拎着头盔走进去，让苏驰娅用牙签扎了块西瓜放进自己嘴里，嚼了嚼问道："说吧，过来干吗？"

林驰远"啧"了一声："你们一个个的疑心太重了，怎么就不相信我是单纯过来看看呢。"

林驰远慢条斯理地起身，拍了拍手："今天刚好有时间，要不要跟我再比一场？"

迟野笑了笑，说了句"求之不得"。

好好的慰问变成了比赛，苏驰娅搞不清楚林驰远到底想干吗，为什么突然间对跟迟野比赛这么执着。

不过这次她倒是没拦着，手里举着旗充当施令员，站在两车中间，开始前拍了拍迟野的头盔，说了句："好好比，别给我丢人。"

隔着玻璃能看见迟野弯弯的眼角，男人点了点头盔上嘴巴的位置，苏驰娅看清这人的意图使劲儿敲了下，戏骂："想得美。"

被冷落的林驰远在一边冷哼一声："才隔了多久啊，站队就这么鲜明了？"

还记得上次某人还信誓旦旦地说两人是假情侣呢。

苏驰娅不理他，转过身子开始挥舞着方格旗。

旗帜落下，两辆机车从左右两端飞驰而出，如同两匹奔腾的马驶向远方。

无论看多少次迟野比赛，苏驰娅总会觉得热血沸腾，但这次与之前不一样，心中少了紧张，多了笃定。

迟野进步得太快了，她知道林驰远已经不再是迟野的对手，这一战迟野必赢。

队员们站在赛道两旁喊着加油，引擎声和欢呼声每天都在这里上演，苏驰娅站在一旁盯着遥遥领先的迟野，脸上漾着的是骄傲，是欢悦。

当初林驰远问她，在比赛时她目光看向的，心里惦念的是谁。

那时她没有回答，她不敢回答。

或许早在那时开始，她的心便已经先一步替她做出了选择。

原来，她早就心悦于他。

大局已定，两人实力已是过于悬殊。迟野在最后一圈刻意稍稍放缓速度，在林驰远追上来时先一步冲过终点，不至于让结果看起来过于难看。

这一战林驰远也跑得酣畅淋漓，摘下头盔脸上没有输了比赛的阴郁，反而笑着拍了拍迟野的肩膀："进步很快。"

迟野神色淡淡，倒是苏驰娅一脸得意："我早就说过迟野很有天分，他真的很厉害。"

这个语气，简直就像夸奖自家孩子的老母亲。

或许连苏驰娅自己都没意识到，自从跟迟野恋爱后性格转变极大，变得比以前更加开朗，也更加快乐了。

林驰远看着迟野，脸上虽仍旧挂着温润的笑，但眼神没有一丝戏谑："迟野，我这个妹妹可就交给你了。我们不反对她出战 FIM，但你得尽量护着她，带着她……平安回来。"

原来，这才是林驰远此番前来的目的。

林驰远叹了口气，摸了摸妹妹长及肩膀的头发："还是第一次见到你头发长这么长，小时候逼着你留长发说什么都不肯，那时候一根筋就知道赛车的小丫头，到底是长大喽。"

自家妹妹长大了，如今有了心爱的人，也有了护她一生的人。

比赛的时间轴拉近，MFC 最后一周直接到珠市熟悉场地外加训练。从机场出来，苏驰娅感慨万千，几个月前从这里回去时，她以为自己永远不会踏上这片土地，没想到短短时间自己就再次回归，还是以参赛选手的身份。

因为是亚洲级赛事，MFC 这次可谓是全员出动。不但担任教练的 Kay 全程陪伴，就连没有比赛的祁元夕都一同前往，准备开开眼界。

"右臂感觉怎么样？"

临出发前，石头去了医院做复查，基本上没有太大的问题，但毕竟伤筋动骨一百天，不可能短时间内完全恢复。

247

"还好，现在没什么感觉。"石头甩了甩手臂，然后又说，"先说好，就是这条胳膊断断了我可是也要参赛的，驰娅姐你不能背着我以此为理由偷偷取消我的资格。"

赛前要取消队员资格这事苏驰娅就干过一次，对象还是迟野。也不知道石头打哪儿听来的消息，天天担心苏驰娅取消他的参赛资格。

"我闲得慌，管你参不参加。"

苏驰娅无语。

"石头不用想太多，驰娅姐的关心爱护都给了另一个人。"祁元夕露出两道小梨窝，凑过来打趣。

曾经让迟野恼火的事现在提起，居然还滋生出了幸福的味道。迟野一手握着苏驰娅的手，另一只手推着两人的行李，面上的表情轻松愉悦。

为了方便训练，这次车队将酒店订在了训练场附近，登记的时候才发现他们和极速俱乐部的想法不谋而合，连韩峰都忍不住说了句"孽缘"。

大厅内只有杭磊坐在沙发上，不知道正跟谁通电话。Kay 跟韩峰是最先进来的，瞧见曾经的队友杭磊，韩峰只是微微点头打了个招呼，而上次还热络联系的 Kay 这次连一个眼神都未分过去。

眼睁睁看着石头在自己眼皮底下被打，是 Kay 如何都不能原谅自己的心结。

杭磊拦着他，他不能说杭磊做错了，却已经知道他们不再是一路人。如今又逢人生的十字路，错开便错开了。

苏驰娅进来时也见到了门口的杭磊，心里微不可闻地叹了口气，唤了声在后头鼓着脸的石头和祁元夕，跟他们并排走了进去。

石头挨打这件事，终究还是将他们划分成了两个阵营。

人潮很快散尽，大厅刚才的喧嚣仿佛只是错觉。杭磊挂断手里的电话，在门口处吹了吹风，不知在想些什么。

过了一会儿，吴佑凯跟几个队员从外面走进来，嘴里叼着烟："怎么不进去？"

"马上。"杭磊垂下眼睑，轻轻捻了捻手指，最后转身离开。

人生的选择无所谓对或者错，都是为了更好地活着。

宾馆的床上散落着成套的运动衣，颜色以黑白二色为主，苏驰娅双臂环胸，瞧着这堆衣服满是嫌弃。

都说衣到穿时方恨少，她平日怎么就没想到多买几件衣服呢。

电视里响起的《新闻联播》主题曲像是提醒着苏驰娅时间，她不得不加快手里的动作，最后还是在里面拎出了唯一的那条牛仔裤，上面搭了件白色运动外套。

如今头发变长，苏驰娅在脑后扎了个发髻，露出光洁的额头，快出门时犹豫了下，又急急忙忙从包里拿出了一支季妮娜送给她的唇釉，飞速在嘴唇上抹了抹，照了照镜子，这才开门跑出去。

迟野已经在大厅等候，约好般，男人也穿了深色牛仔裤，上面是白色衬衫，休闲又帅气。

相似的颜色搭配让苏驰娅有些窃喜，想着自己总算没挑错。

"等很久了吗？"

苏驰娅跑过去，自然地挎住男人的手臂。

"才到。"迟野身上的味道冷冽清香，不知喷了什么香水，十分好闻。

不知是因这次迟野跟随她一同上赛场，还是因着先前遭遇的事故太多，这次团体赛，苏驰娅反而放松了心态，没了那么多的纠结与紧张，每晚趁着休息时间，也开始和迟野像正常的小情侣一样牵手约会，在这座浪漫的南方小城闲逛。

　　走出饭店，正瞧见吴佑凯和另外一个男人打着电话往外走，苏驰娅认出那人也是极速的熟悉面孔，刚想避开，就听到吴佑凯粗着嗓子说："我们已经出发了，十里山见。"

　　苏驰娅眉头一皱，"十里山"是珠市的一处自然风景区，那里曾举办过城市摩托车赛，其中的一段盘山公路还被列为珠市十大最美风景之一。只是这么晚了，吴佑凯去那里做什么？

　　出于职业车手的敏锐，苏驰娅认为吴佑凯背着车队在那里私自接了什么商赛。

　　除非官方承办，私自飙车的行为在法律上是明令禁止的，尤其是对于职业车手，限定更加严格。

　　苏驰娅追了两步想要得到更多信息，被迟野拽住："你要去哪儿？"

　　"我怀疑吴佑凯……"

　　"不用你操心。"迟野捏了捏苏驰娅的手，"走吧，先去吃饭。"

　　商业区一片高楼林立，夜间万家灯火被点亮，苏驰娅站在天桥上，身下是一片车水马龙。女孩倚着栏杆，背对着繁华的街灯，忽明忽暗的灯光照在女孩脸上。

　　"我有没有和你说过我小时候的事？"

迟野拿着一杯奶茶，将吸管递到苏驰娅嘴边，等女孩吮了口才说道："没有。"

"在我爸没有受伤前，家里其实是没有阻止我练习摩托的。大概因为父亲是职业车手的关系，他以前以赛车为傲，并且急于把林驰远培养成接班人。记事起，我就跟班上的女生格格不入，别人喜欢芭比娃娃，我却对摩托车的模型情有独钟，那时我爸还经常逢人夸我，说我身上流着他的血。"

苏驰娅极少对人讲私事，这似乎还是第一次对旁人有了倾诉的欲望。

迟野没有打扰，听着女孩继续说道："后来我爸在比赛上受了伤，我年纪太小对这件事没有印象了，但记得那段时间我妈经常出入医院。后来我爸回家，第一件事就是没收了我全部的机车玩具，也不知怎么想的，还强行买了一堆娃娃给我，每天逼我穿得粉粉嫩嫩的，大概是想给我重塑性别认知。"

苏驰娅想到过去每天被迫跟娃娃睡觉的日子，就觉得无语。

迟野脑补了一下苏驰娅穿着粉色纱裙、扎着羊角辫的样子，也跟着笑了出来。

"改天可以穿给我看看。"

"原来你有这种癖好。"苏驰娅满脸嫌弃，伸出食指用力戳了戳迟野的胸膛。

迟野将女孩作乱的手握住："后来呢，你怎么偷偷练习的？"

"我爸不让我再碰赛车，却依然把林驰远当作接班人培养。"苏驰娅笑的时候露出一排整齐的牙，俏皮地眨了眨眼，"但林驰远天生洁癖，他最烦流汗的运动。"

女儿好动，儿子反而喜静，偏偏林轩想让他们性格颠倒过来。

251

"那时候我哥只要被轰出去练习，我就像个小尾巴跟着他。他偷偷把摩托让给我骑，事后我还以告状作为威胁，胁迫他给我买冰糕。"想到这儿，苏驰娅想到什么笑了出来，"有次我压弯的时候力气不够，从机车上摔了下来，额头被磕破了，流了好多的血。林驰远以为我要死了，哭着抱我直接去医院，求医生救救我。结果医生给家长打电话，林驰远被我爸暴揍了一顿。"

大概就是因为妹妹经常受伤，林驰远后来念了医学，成了一名医生。

迟野跟着苏驰娅的描述，仿佛回到了女孩的童年。严厉的父亲、温柔的母亲、纵容的兄长，还有俏皮可爱的苏驰娅。

路上的人形形色色，两人共饮一杯奶茶，手紧紧牵在一起，找到了未来的安定与归宿。

几天的时间，两人几乎把珠市大大小小的街巷全都走了个遍。这一趟磨平了上次比赛失利的遗憾，如今苏驰娅对珠市的记忆被迟野替代。

比赛仍旧是在预选赛的赛场进行，前来观战的人数却明显多了起来。偌大的观看台坐满了车迷，MFC俱乐部的旗帜也在人群中被粉丝高高竖起，上面写着"成为自己·永远的MFC"。

苏驰娅看着有些感动，虽然车队经历了太多挫折，但仍旧有人支持着他们。

团体赛在下午，上午展开角逐的是FIM的个人赛。

方显和石头已经在起发点做着准备，迟野和苏驰娅坐在看台上，女孩正在为迟野介绍参赛的其他国家的知名赛手。

周边的车迷认出苏驰娅跟迟野，低声尖叫着拿出手机，对着两个人拍照，窃窃私语："太般配了吧，真人颜值逆天了。"

苏驰娅现在竟也被拍习惯了，听到声音还扭头跟对方挥手，引来又一阵尖叫。

迟野捏了捏女孩的脸颊，戏谑："现在你倒是很适应。"

"我发现我还是蛮有当明星的潜质。"苏驰娅故意说道，"快帮我联系黎导。"

"你已经是迟导心中的大明星了。"

情侣间说着私密话，落到 Kay 的耳中终于受不了，回过头："酸死了，你们两个能不能尊重尊重比赛，马上就要开始了。"

语迄，指令灯熄灭，下面的机车悉数发出，苏驰娅跟着人群一起挥舞着加油棒，振臂高呼。从业这么多年，这还是第一次看比赛看得这么畅快，有一种置身事外的轻松。

目前排在第一位的选手是邻国的老将，也是苏驰娅的老朋友。杭磊紧跟其后，只是两人中间有一段距离，杭磊想要追上不容易。吴佑凯目前排位第四，在中国队员里算是不错的。

方显性格沉稳，发挥得一如既往的稳定，只不过实力确实与其他的参赛选手存在差距，目前徘徊在第七。

"石头的手臂还是影响了发挥。"苏驰娅盯着大屏幕上目前排在中下游的石头，语气有些遗憾，"压弯的时候不自然，应该是右手不太敢用力，不然排位可以靠前一些。"

"他还年轻，以后的机会还有很多，这次算是给自己的冲动买单，让他长个记性。"

石头冲动做事不计后果，这样的性格在现在的社会很容易吃亏。

比赛渐近尾声，结果已经没什么悬念。MFC战绩平平，跟往年铁三角在赛场角逐相比，根本没什么看点。杭磊没能实现逆转，最终夺得了亚军，吴佑凯跑了第四，无缘奖牌。

石头跟方显已经回到休息室，苏驰娅站起身原地蹦了蹦："下午要轮到我们了。"

迟野懒洋洋地伸了个懒腰："比完赛我要好好歇一歇，最近练车晒得我的脸都黑了。"

苏驰娅看了眼白白嫩嫩的迟野，吐槽："那太阳还真是毒辣，隔着头盔都能晒着你。"

尽管团赛是新增的环节，但下午的观众并不在少数。MFC提前在官网上挂出了赛队派出的阵容，迟野跟苏驰娅的照片现在被官博置顶，不仅吸引了大批"驰野"粉前来观战，连李予的书粉都跑过来一睹偶像风采。

现场几乎都是女生，"驰野"和"李予"的应援牌四处可见，明明是正经的摩托比赛，现在反而有种迟野和苏驰娅个人秀的感觉。

当迟野推着摩托和苏驰娅并肩从休息室走出，站上赛场的时候，看台上爆发出的尖叫声宛如演唱会现场。韩峰跷着二郎腿，跟着身边的人嘚瑟："瞧瞧，瞧瞧咱们MFC的人气。"

听这语气，不知道的还以为都是冲着他来的。

"感觉怎么样，紧张吗？"迟野拎着头盔，坐上那辆写着"驰野"的机车转头询问小姑娘。

"因为你在，所以不怎么紧张。"

两人起发连在一起，如同练习时一样，若不是周围的呼声太大，她还真没有什么别样的感觉。回答完，苏驰娅笑："你是第一次参加这种级别的大赛，应该是我问你吧。怎么样，紧张吗？"

"和你一样，你在我就不紧张。"

场外开始提示团体赛即将开始，车手们纷纷迈上机车进行准备。在震耳欲聋的轰鸣声中，迟野敲了敲苏驰娅，将头盔暂时摘下凑过身说道："记住，我就在你后面。"

苏驰娅点点头，竖起大拇指让男人放心。

这次，她不会让爱她的人失望。

五盏灯光熄灭，战斗的号角再次吹响。一辆辆机车迎空飞出，犹如搏击的雄鹰。

出战的 20 个车队均是全亚顶级的俱乐部，派出的车手也皆是精挑细选出来的精锐，可以说这一场比赛，代表的是全亚最高水平的摩托竞技。

苏驰娅趴在机车上，感受着风从耳边鼓鼓吹过。远方是晴天白云，身下是赛道土地，她的心此时一片静寂，仿佛与自然融为一体。

从起发开始，迟野就紧跟在苏驰娅身后，一如承诺的那般为女孩保驾护航。

迟野不知道他此时的车速是多少，只觉得自己开得非常快，快到心脏几欲蹦出胸腔，快到浑身的热血逐渐沸腾。此时他的眼中，他的心中，他的世界中，只有前方的苏驰娅。

而在场外，观众已经炸了。

大屏幕上迟野实时监测的最高时速已经突破 300，并且有不断往上攀升的趋势，目前仅次苏驰娅位居第二。

李予的粉丝们站起来拼命欢呼，谁能想到在他们心中清冷如月的大大内心居然住着小马达。"驰野"的 CP 粉们也沸腾了，尖叫着恨不得让全世界都来粉这对又燃又炸又美的情侣。

原本坐在场边观赛的 MFC 队员们都站了起来，连首次来现场观看比赛的季妃娜都屏息凝视，这样热血的场面几乎让她热泪盈眶。

只是这些专注比赛的人却一无所知，他们的全部注意力都聚焦在前方的土地上。

黑白旗在场边挥舞，提醒经过的车手比赛的圈数正在进入倒数阶段。

大概与心态有关，今天的苏驰娅再次找回曾经的状态，原本就是一流水平，超常发挥让她几乎在这片赛道上找不到能够匹敌的对手。

应激反应是看不见摸不着的病，就连苏驰娅本人都无法确定目前的心理状态。

赛前她和迟野开玩笑，调侃说赛程中不会发病的方法有两个：一是迟野死死地帮他挡住所有靠近她、企图近距离超车的选手；二是她自己的车速足够快，快到没人能追得上。

当时迟野还让她不要白日做梦，却没想到两个戏言在此时全部成真。

迟野就像苏驰娅的专属骑士，一直牢牢地护在她身后，咬着牙兑现自己的诺言。

邻国选手和杭磊、迟野依次排开，他们一直找机会想要寻得缝隙完成超越，可迟野对于赛道的把控天生敏感，如同穿不过的墙，做着几近完美的防守。

最后一圈，迟野明显感觉到了自己体力的极限，前方的苏驰娅逐渐变小，变成了十几年前他曾在网络上看见的那个朝气蓬勃的小姑娘。

在他人生的低谷，前面的姑娘以特别的方式闯入他的世界；而如今时过境迁，迟野在苏驰娅人生陷入绝境之时出现，一路陪伴她走到现在。

小姑娘曾说他是她的光，殊不知在迟野心中，却是苏驰娅最先将自己从深渊中救出。

当苏驰娅和迟野先后闯线的时候，全场爆发热烈的尖叫，声势浩大到甚至压过了现场的轰鸣。而在激动的人群中，MFC 的至亲队友却是寂静一片。

是谁先落泪的？

是祁元夕吧。

男孩率先发出了一声呜咽，随即立刻被吞咽回去。因为这一声，在场的人都红了眼眶，连最讨厌流眼泪的 Kay 都忍不住抬手蹭了蹭酸涩的眼睛，转过头去闷头不语。

MFC 赢了，MFC 是冠军。而"冠军"这两个字的重量，只有他们自己能理解。

纵然从泥潭中爬出，却依然身披荣光。这就足以证明，所有的坚持都是值得的。

几乎是闯过线，苏驰娅就将机车丢在休息区，跳下车冲着刚刚停稳的迟野跑去。

"你一直跟在我后面？"

苏驰娅一双眼睛闪耀着夺目的光。

迟野浑身被汗水打湿，因为体力透支脸上还带着不自然的苍白，但脸上的笑容不减："答应你的，我会一直在你身后。"

迟野也不过入行半年，他目前的能力、技术包括身体素质都远远达不到这样的速度，可他偏偏做到了，靠着的也仅仅是一句承诺，一个信念。

苏驰娅再也忍不住，她顾不得千万人在场，踮起脚搂住迟野的脖子，双唇稳稳落在男人的脸颊："迟野，我爱你。"

迟野就像获得了无限能量，嘴角的笑容越来越大："我也爱你。"说完，伸手刮了下小姑娘的鼻子，"位置亲错了，回去教你。"

苏驰娅没能理解迟野话中的意思，过了一会儿才回过味来，这个男人是嫌自己亲的是脸颊，不是唇了。

反应过来的苏驰娅脸爆红，这人居然还光明正大地说回去教她，脸皮还真是厚得一如既往！

这次 FIM 大赛，苏驰娅帮助 MFC 重回巅峰，而苏驰娅和迟野两人更是爆红网络，不但投资商，就连广告商都纷纷找上门寻求合作代言。

只是有人欢喜有人愁，大赛结束的第二天，网络上就有人爆出极速车队队长吴佑凯与两名队员在珠市比赛期间私自参加商业比赛的新闻。

如果是经过报备，有正经投资商举办的赛事就算了，偏偏经过扒皮大家发现这只是几个富商私下的小型赌约，比赛地点甚至没有进行合法流程审批。作为职业赛车手，吴佑凯及其队友的行为严重违反了相关规定。

事情爆出，极速俱乐部第一时间进行了公关，并且公开表示会对吴佑凯及参与人员严肃处理。只是公告才刚发上微博，紧接着第二条爆料再次被顶上头条，这次是极速车队队员晚上骑着重机，在市内飙车的新闻，配文中特别指出，极速车队飙车的地方，是法律明令禁止重机上路的城市。

群众对于公然违反法律法规却无人管理的嚣张行为尤其敏感，这则新闻一经爆出，造成的社会影响显然大于前者。相关部门开始介入，极速俱乐部即将面对的不仅是队长的处理问题，还有有关部门的进一步调查。

苏驰娅看着网络上的风起云涌，朝着迟野问道："这件事该不会跟你有关系吧？"

迟野坐在办公室，从剧本里抬起头，没有否认："不才，正是在下。"

"你怎么知道吴佑凯是去参加商赛的？"

迟野敲了敲剧本，说道："杭磊告诉我的。"

"什么？"苏驰娅发现迟野简直有当知心大哥的潜质，怎么大家什么事都愿意告诉他。

苏驰娅过于惊讶的表情逗笑了迟野，他解释道："其实我之前一直在找人调查极速，发现他们车队有人会在晚上跑出去飙车。极速车队表面上实力不俗，但实际内部管理混乱，队员大多个性比较强不服管教，杭磊跟他们相处得并不亲近。"

"那跟你就亲近了？"

她没记错的话，这两人没啥交集吧。

"当然不是。"迟野右手托腮，"他知道我在调查极速车速，他想当队长，吴佑凯在那个位置上挡他的路了。"

所以，就借着迟野的手直接举报，将吴佑凯踢出车队了。

苏驰娅的嘴巴张得大到可以塞进去一个鸡蛋："怎么会，他们不是关系挺好的，每次出来都勾肩搭背的。天啊，我突然觉得好恐怖，跟我一起训练十年的队友，我却不知道杭磊是这样的人。"

这跟笑面虎，背后捅人刀子有什么区别？

"只能说杭磊是个聪明人，他跟极速签了合约短时间内不可能离开。车队在吴佑凯手里管着，迟早也会完蛋。"

"你不许帮他说话，我现在三观还没拼凑起来呢。"苏驰娅皱眉打断。

"我不帮他说话，我帮你说话。"迟野拽过苏驰娅，强行把小姑娘压在自己怀里，"当初极速车队在网上针对你散布负面舆论，那我就也以同样的方法回敬他们，让他们见识一下资本的力量。"

苏驰娅瞧着迟野这副不可一世的表情，"扑哧"笑了出来，忍不住感叹：有钱真好！

其实用不着迟野花钱买水军引导舆论，实际上在大是大非面前，大多数网友还是智商在线的。

很多人都把之前吴佑凯在微博上发表的言论翻出来，发现这人不仅脑残，还是个不折不扣的直男癌，三观极其扭曲。

在这样的大背景下，网友们纷纷发帖，自行发起了一个"向苏驰娅道歉"的活动，这也出乎了迟野的意料。

当天晚上，迟野以本名注册了微博，并发表了一张没有任何配字的截屏照片，因为年代久远，当时的像素还没有现在这么高，照片并不太清晰。

照片上，依稀可辨是个骑着白色机车的少女，隔着头盔，他们看不见整个面容，只有一双外露的眼眸明亮坚定。

发布后，立刻有网友认出图片上的人正是十四岁的苏驰娅。

而苏驰娅本人在见到这条微博时，整个人惊诧不已："这是我第一次比赛的照片，我都没有了，你怎么会有？"

迟野眉目温柔："因为我喜欢你，从这一眼开始。"

一年后，GP 赛如期在迪国举行，经过两年的沉淀，苏驰娅已经摆脱了恐慌的困扰，如今坐实了"亚洲第一女骑士"的称号。

今年的 GP 赛不巧与全亚赛时间重合，迟野报名全亚会在先，却不想会与 GP 赛时间冲撞。直到苏驰娅临行前，男人还在惆怅地碎碎念："我想放弃全亚赛名额，陪你去迪国。"

"不许。"苏驰娅已经在收拾行李，听到迟野的话眼皮都没抬。

"全亚赛年年都有，我缺席一次也没什么影响的。再说现在队员们训练得越来越好，没有我，MFC 也能取得不俗的成绩，我没必要一定……"

话还没说完，苏驰娅一记横眼飞来："这场比赛对你来说也很重要，别打弃权的主意。"

想来之前劝他弃权的是苏驰娅，如今却反了过来。

迟野知道苏驰娅的脾气，叹了口气，不停地叮嘱："那你要每天都记得跟我视频，训练千万注意掌握尺度，别再受伤了。"

"知道啦，迟婆婆。"

迟野念人的功力如今炉火纯青。

被嫌弃了，迟野也不恼，接着说道："我这儿的比赛一结束，立刻飞过去找你。"

"好。"苏驰娅凑过来亲吻了下迟野的双唇，奖励似的拍拍男人的脸颊，"你好好比赛，抱个冠军回来。"

比赛虽在同一天，但迪国与北城有近六个小时的时差，迟野这边的比赛开始的时候，苏驰娅才刚吃过早饭。

驰野

这次迪国的比赛是 Kay 陪同苏驰娅前往参加，两人此时坐在客房，守在电视前一同观看网络直播。迟野的冠军几乎毫无悬念，男人从 CSBK 比赛开始就以黑马之姿出道，如今经过锤炼已然发展成技术成熟的职业赛车手。

再提及迟野，没有人会说他是"苏驰娅的男友"，而是直接以"职业车手"冠名。

视频中，迟野摘下头盔，高举冠军奖杯的画面定格，前任情敌 Kay 看着电视，忍不住夸赞了句："眼光不错。"

若是说之前 Kay 心里对迟野追到苏驰娅心存遗憾与不甘，当年的那场 FIM 赛则彻底让 Kay 放下了执念。能为了守护女孩的梦想做到如此，Kay 自问做不到。

"那是当然。"苏驰娅的头发已经长至腰间，此时高高扎成马尾，她近来被爱情滋润得容光焕发，听到 Kay 的夸赞眼角带着骄傲和得意。

颁奖结束，迟野来到了媒体区接受采访。苏驰娅起身伸了个懒腰，对着 Kay 说道："比赛结束了，走吧，跑两圈一会儿准备比赛了。"

Kay 也跟着起身："不看完了？"

"知道没给我丢人就好。"

结果还没走到门口，不知记者问了什么问题，房间继续播放的视频中传来迟野低沉的声音："今天对我而言是个特别的日子，不仅是我收获了人生的第一枚全亚赛金牌，还是我女朋友苏驰娅 GP 赛的决赛日。"

乍听到自己的名字，苏驰娅停下脚步，望着电视等待。

"很多人提起两年前的那场 GP 赛，可能都是不太美好的回忆，但对于我而言，那场比赛却让我拥有靠近苏驰娅的机会。"

最初，他谎称对摩托车感兴趣，其实只是对苏驰娅感兴趣。

最初，他扬言想成为职业车手，其实只是想成为苏驰娅的专属男友。

迟野沉声笑了笑，重新抬眸看向镜头："我因为喜爱苏驰娅而接触这项运动，又因这项运动喜爱上了这片赛场。接下来的时间，我会继续努力。"

这番类似告白的陈述让女记者跟着热血沸腾，好似自己就是女主角那般兴奋："迟野，如果此时苏驰娅在你面前，你有什么特别想对她说的话吗？"

迟野脱口："嫁给我。"

四周爆发尖叫，迟野立刻摆了摆手："不不不，不好意思我有点紧张，这段先别播，我重新说。"

精心准备的求婚居然这么草率地就说出来了，甚至还是在女主角不在现场的情况下。

记者提醒："恐怕不行，我们是直播。"

大屏幕上，迟野生无可恋的表情被无限放大，苏驰娅忍不住笑了出来。

捏了捏发酸的鼻子，笑完后，苏驰娅忍不住叹了口气，她好想见到他。

几个小时后，苏驰娅代表中国终于站上了最高级别的摩托车比赛的赛道，经过数年浮沉，如今的苏驰娅终于以冠军之姿结束了她的世界首秀，创造了第一位女车手夺冠的历史。

航班上，迟野的手机还未关闭，屏幕上的小姑娘高高举起奖杯，笑容张扬。

有记者询问苏驰娅是否观看了上午迟野的比赛，苏驰娅点头称"有"。

记者挖坑："迟野上午对着镜头和你隔空喊话，你有什么要跟迟野说

驰野

的吗？"

苏驰娅偏头想了想，接过话筒说道："年幼时我学习摩托，常常思索速度的极限到底在哪里，后来我发现成绩永远都能被刷新，速度仿佛永无止境。时间是无限的，空间是无限的，速度是无限的，于是我又开始思考，这个世界究竟什么是有限的。"

在场的人都被苏驰娅的问题吸引，也在思索着答案。

女孩微微一笑："后来我终于发现，或许浪漫有极限。对我而言，迟野就是我浪漫的极限。"

飞机起飞，在浩瀚长空拖出长长的线，而迟野，正在奔赴他心爱的姑娘。

后记

对我而言，当人物有了姓名，他们的故事就开始了。

简单的故事，我却仿佛写了好久。过程中迟野和苏驰娅屡屡脱离我的"控制"，将剧情带往超出我预期的方向。也不知何时，他们开始有了自己的意识和生命，仿佛正在和我讲述我不了解的，只属于他们的人生。

故事中，我最心疼的便是 Kay。

感情上，他喜欢女孩多年，却担心破坏友谊选择克制；事业上，终于熬出了头走到了某个顶端，却一夕间坠入深渊。

但生活好像就是这样，总是会在不经意间给我们开各种各样的玩笑。

Kay 是坚强的，做不成恋人就做朋友，比不了赛就当教练，他努力适应着人生的变故，寻找着让自己舒服的方式。

一度，我最不喜欢的便是苏驰娅。

看似洒脱的她实际上却被过去牵绊，面对感情小心躲避，将逃离视为自己的救赎。

可不得不承认，我最不喜欢的，恰恰就是和我性格最像的那个人。

敏感、固执、坚持又胆怯。既被过去所束缚，又对未来充满期待。所以才会一路磕磕绊绊，所以才会一路蹒跚向前。

我以为我写下了一本书，却意外地遇见了一群人。

书里的故事结束了，但我相信他们的生活，还在继续。

谢谢大鱼为他们的故事赋予了一个好听的名字；谢谢所有参与制作这本书的编辑；谢谢所有看到这里的读者朋友。

你们，是我固执地在写作这条路上努力往前跑的动力。

最后的话想送给仍旧为了梦想努力的人——

灰心丧气的时候别放弃，

我和你们一样都在路上。

丁十三
于庚子年春